マーガレット・オブ・ヨークの
「世紀の結婚」
英国史劇とブルゴーニュ公国

大谷伴子

春風社

マーガレット・オブ・ヨークの「世紀の結婚」
英国史劇とブルゴーニュ公国

目次

まえがき　　4

第 I 部
英国史劇を読み直す
──国民国家産出のグローバルな過程

第 1 章
『ヘンリー 5 世』とブルゴーニュ公国の表象
──英国史劇再考　　11

第 2 章
『ヘンリー 6 世』3 部作における「兵力と資金の不足」
──シェイクスピアの歴史劇と英仏百年戦争　　25

第 3 章
ヨーク家の国王エドワード 4 世の結婚
──交換される女が表象する薔薇戦争とヨーロッパ初期近代の地政学　　55

第II部
「世紀の結婚」
——ブルゴーニュ公国と英国初期近代の政治文化

第4章
ヨーク家のマーガレットと「世紀の結婚」
——ヨーロッパ宮廷文化の空間　　　　　　　　　85

第5章
英国史劇『リチャード3世』の王国とロンドンのシティ
——否認されるヨーロッパ宮廷文化と騎士道　　　129

第6章
英国史劇の変容と30年戦争
——移動するユートピア空間としての宮廷　　　157

Works Cited　　　　　　　　　　　　　　　217
図版出典一覧　　　　　　　　　　　　　　228

あとがき　　　　　　　　　　　　　　　　230

索引　　　　　　　　　　　　　　　　　　235

まえがき

　歴史小説が、近年、再発明されてこれまでになく流行っている。21世紀に入って出版された『現代英国小説便覧（*A Concise Companion to Contemporary British Fiction*）』（2006）の現代の歴史小説を論じた章において、こうした状況を「英国小説における歴史的転回」とみなすスザンヌ・キーンは、まっとうな文学テクストとしてはほとんど無視されるか、または、「歴史ロマンス」として区別され周縁化されている女性作家たちのテクストを、グローバルなコンテクストにおいて読み直そうとしている。先行する解釈として批判の対象となっているのは、歴史小説というジャンルのなかでも、「世界文学」につながるような「真面目な」小説に比べて、低い地位におかれたままの女の書き手たち——たとえば、B・ベインブリッジ、P・フィッツジェラルド、R・トレメイン、ヒラリー・マンテル等々——であり、その文化的生産を、旧来のフェミニズムからの逃走、または、伝統的な性役割（いまでもキッチン！）からの逃避にすぎないと単純に切って捨てる議論だ。空港の売店に並べられることでナショナルな境界線を超えるマテリアルな流通や文化の移動の可能性を示すこれらのグローバル・ポピュラー・カルチャーのテクストの意味を見誤ることに警鐘をならすキーンは、ポストモダンな「新歴史主義的小説」とともに、女性作家の「歴史ロマンス」に、大英帝国の過去へのノスタルジアや商品化されステレオタイプ化された歴史イメージだけでなく、現在のカルチュラル・ポリティクスの可能性をも探ろうとしているようだ。

　現代のグローバル化する世界において歴史小説というジャンルが横断するのは、ナショナルな境界線だけではない。「ハーレクイン化した歴史物語」と批評家や研究者からは批判の対象となっているフィリッパ・グレゴリーの『ブーリン家の姉妹』は、英国BBCでTVドラマ化されたのち米国ハリウッドで映画化され、異なるメディア文化において受容・消費されている。また、小説ではないが、2008年10月17日付『ガーディアン』紙で「BBC

は恥を知るべきだ」とテューダー朝歴史研究の権威デイヴィッド・スターキーから辛辣にコメントされた TV ドラマ『The Tudors──背徳の王冠』は、若くセクシーでファッショナブルなヘンリー 8 世の政治的な野望と性的な欲望を等しく前景化している。ソープ・オペラと眉をひそめられるこの歴史ドラマの英国王を演じたジョナサン・リース＝マイヤーズは、ヴェルサーチやヒューゴ・ボスの広告モデルでもあった。歴史を題材にした物語は、その生産過程の現在に注目するなら、小説という文学の領域だけでなく、映画・TV の映像文化やファッション産業などを跨ぐさまざまなメディア空間において存在している。

　そんななかで、たとえば、マンテルの近年の歴史小説、英国初期近代の政治家でヘンリー 8 世の側近トマス・クロムウェルを主人公とした『ウルフ・ホール（Wolf Hall）』（2009）と『罪人を召し出せ（Bring Up the Bodies）』（2012）は、いずれもブッカー賞を受賞しただけでなく、『エコノミスト』誌 2012 年 5 月 5 日号の書評によれば、批評家からも一般読者からも高く評価された。マンテルは、華やかな歴史的衣装やセクシャルな欲望と暴力を描くロマンス物という悪評から、女性作家の物語る歴史小説を救ったのか。王立シェイクスピア劇団（Royal Shakespeare Company）による上演は、劇評家マイケル・ビリントンにより 2014 年 1 月 9 日付『ガーディアン』紙でも、小説の舞台化（または劇場文化への翻訳）という厄介な仕事を見事にこなして叙事詩に変容させた、と高く評価されている。

　とはいえ、歴史をあらたに文化的・政治的に表象するこうしたテクストも、そのすべてが「ミルズ＆ブーン」のようなロウブラウとは言わないまでも、真正の歴史性が消滅した 21 世紀の資本主義世界とポストモダニズムの文化状況に出現した突然変異(ミュータント)としてみなすべきかもしれない。そうした突然変異(ミュータント)の特徴は、混交する時間、過去と現在の融合、物語の内部に登場する著者、撒き散らされるアナクロニズム、繁殖する別の結末、終末論との交渉、等々がある。『ロンドン・レヴュー・オブ・ブックス』2011 年 7 月 28 日号に掲載されたペリー・アンダーソン「進歩から破局へ（"From Progress to Catastrophe")」は、ポストモダン状況によって再発明された歴史小説の問題を、歴史を表象する現代のテクストが、たとえば 19 世紀の場合とは違って、もはや社会の全体性を描写するあるいは物語ることができなくなっている、と診断した。21 世紀現在の世界を歴史化したりその認識見取図をマッピングすることをやめてしまった突然変異(ミュータント)としての歴史小説の出現（あるいは歴史小説の不可能性の出現）の契機を、ジョン・ファウルズの『フランス軍中尉の女』から J・G・ファレルの「帝国 3 部作」やピーター・アクロイドの諸作品など、おおむね 1970 年代に開始されるネオリベラリズムに見出している。つまり、現代のグローバルな資本主義とその文学市場において女性作家が勃興するそもそもその前に、男性作家によるポストモダンな歴史小説や新歴史主義的な小説がすでに生産され価値評価されてきたということになる。これが、ルカーチの『歴史小説論』に言及しながら提示された具体的論点のひとつであり、アンダーソンがこの書評テクスト全体で問題提起したのは、グローバリゼーションが拡張しネオリベラリズムとポストモダン状況とよばれたものが、第 3 世界と無意識の空間をもほとんど覆い尽くしたかにみえる資本主義世界とその文化の現在にほかならないことである。

　本書『マーガレット・オブ・ヨークの「世紀の結婚」——英国史劇とブルゴーニュ公国』は、シェイクスピアの英国史劇をブルゴーニュ公国との関係性という視座から再読する。本書のこうした試みも、歴史小説あるいは歴史表象一般をめぐる現在の状況を踏まえているが、近代国民国家の存在を歴史的条件としたスコットやバルザックの小説テクストとは異なり、むしろ、そうした近代国民国家が産出される過程そのものが対象となっている。すなわち、社会の全体性の表象可能性は、ヨーロッパ初期近代のマネーとパワーが相互に関係しあい規定しながらグローバルに転回する物語とその痕跡において、問題にされることになるだろう。

　だが、そもそもマーガレット・オブ・ヨークとは何者か、そして、その「世紀の結婚」とは何か。マーガレットは、父ヨーク公リチャードの敵を討ち国王の座についたエドワード 4 世やその後戴冠するリチャード 3 世の姉妹で、

英国ヨーク家の女であるが、1468年ブルゴーニュ公国に嫁ぎ、シャルル無鉄砲公妃として迎えられる。ブルゴーニュ公シャルルとヨーク家のマーガレットとのこの結婚は、15世紀ヨーロッパにおいて最も重要な祝祭的出来事であった。マーガレット・オブ・ヨークの「世紀の結婚」こそが、宮廷文化の華と讃えられたのだ。しかしながら、こうしたマーガレットの姿が、英国のナショナルな創世を語る物語において、登場することはほぼ無きに等しい。もっとも、英国テューダー朝の政治文化であった歴史劇をステュアート朝においてもなお継承しようとしたジョン・フォードの『パーキン・ウォーベック』では、海を隔てて大陸側の低地諸国から英国テューダー朝創始者ヘンリー7世への脅威となるブルゴーニュ公妃、として名指される。ちなみに、悪魔的な女としてマーガレットの姿を舞台にかけるこの劇テクストは、ロンドン塔に幽閉され命を奪われたとされていた王子のひとりヨーク公リチャードが実は低地諸国で匿われ生き延びており、ブルゴーニュ公妃をはじめヨーロッパ諸国の支配者たちの後ろ盾を得て英国の王位継承権を主張するのだが、最後は僭称者——パーキン・ウォーベックという低地諸国のトルネイ出身の商人の息子——として逮捕され処刑される物語だ。（近年、パーキン・ウォーベックは、テューダー朝とそれに先立つ薔薇戦争の時代という歴史の隙間に置き忘れられた女たちに注目したフィリッパ・グレゴリーのポピュラーな歴史小説『白い女王（*The White Queen*）』（2009）の結末に、ヨーク家の正統な王位継承者として、登場する。）

　ブルゴーニュ公国に英国ヨーク家から嫁いだマーガレットを断片的に表象する『パーキン・ウォーベック』は、T・S・エリオットにより「シェイクスピア以外のエリザベス朝、ジェイムズ朝演劇中もっとも優れた歴史劇」と称賛された。だが、このテクストは、テューダー朝創始者ヘンリー7世の治世を描きながらも、奇妙なことに、王位簒奪者の名をタイトルに冠している。本書にとってより重要なのは、シェイクスピアの英国史劇とりわけ『リチャード3世』の場合も、同じことが言えることだ。なぜヘンリー7世ではないのか、この素朴な疑問が、そもそもの出発点であった。そして、それを解く鍵を、

英国とブルゴーニュ公国との関係性に探ろうとしたのが、本書のプロジェクトのさまざまな始まりのひとつであった。

　英国史劇・ロマンス劇は、ナショナルな近代国民国家産出という視点やそれと密接不可分なジェンダーとの関係性からだけでは十分に説明できないテクストのようだ。むしろ、これらの演劇ジャンルは、少なくとも15世紀に遡るヨーロッパ宮廷文化というトランスナショナルな文化的コンテクストに再配置される必要があるのではないだろうか。そして、マーガレット・オブ・ヨークの「世紀の結婚」を含むヨーロッパ宮廷文化と英国史劇の関係性は、「長い16世紀」すなわちグローバルな金融資本とその表象による歴史化によって読み直すべきではないか。

凡例

William Shakespeare のテクストの略号（引用は全て *The Riverside Shakespeare.* Ed. G. Blakemore Evans. 2nd ed. Boston: Houghton Mifflin, 1997 からである）

1H6　*The First Part of Henry the Sixth.*
2H6　*The Second Part of Henry the Sixth.*
3H6　*The Third Part of Henry the Sixth.*
R3　*The Tragedy of Richard the Third.*
H5　*The Life of Henry the Fifth.*
Oth　*The Tragedy of Othello, the Moor of Venice.*
Win　*The Winter's Tale.*
Tem　*The Tempest.*
E3　*The Reign of King Edward the Third.*

Thomas Heywood の劇テクストの略号

1E4　*The First Part of King Edward the Fourth.* Ed. Richard Rowland. Manchester: Manchester UP, 2005.
2E4　*The Second Part of King Edward the Fourth.* Ed. Richard Rowland. Manchester: Manchester UP, 2005.
2 If You Know　*The Second Parts of If You Know Not Me You Know Nobody.* MSR. Ed. Madeleine Doran. Oxford: Oxford UP, 1935.

第Ⅰ部

英国史劇を読み直す
——国民国家産出のグローバルな過程

第1章

『ヘンリー5世』と
ブルゴーニュ公国の表象——英国史劇再考

1 英国史劇における近代国民国家の産出＝表象

　英国史劇における近代国民国家の産出＝表象の問題を、外国の女性という視点から再考したのが、ジーン・ハワードとフィリス・ラキンだった。その主張によれば、前近代王朝国家から近代国民国家への移行とジェンダーに関する文化的理解の変化は密接不可分であった。近代国民国家の権力構造をいわば先取りして表象するシェイクスピアの第2四部作では、女性は公的領域から排除され男性の所有物として私的領域に押し込められてしまう。なかでも『ヘンリー5世』は、フランスの前近代的な騎士道精神を女性とみなし、英国のアジンコートの勝利のような近代的国家の目標達成を男性と同一視する。このテクストのジェンダー・イデオロギーにおいては、ヘンリーはもはや父系相続によるのではなく、己自身の個人的偉業により新たに男性君主の権威を（再）構築しなければならない。その時、女性はジャンヌ・ダルクのように私的領域の外に登場することは許されない。フランス王女キャサリンのように婚姻あるいは性的征服の対象物として、男性性の確立の証となるにすぎない（Howard and Rackin）。

　たしかに、ピーター・ウォマックが指摘するように、シェイクスピアの英国史劇において英国がフランスの問題に関わっている間に描かれる政治的支

配の形態は、近代国民国家とは異なる前近代王朝国家のそれであるようにみえる。英国国内の王と民衆の関係あるいは階級に注目するならば、第1四部作の『リチャード3世』が英国史劇の中心となるのかもしれない（Womack 138）。しかしながら、ジェンダーあるいは婚姻による支配という観点からすれば、ハワードとラキンが主張するように、キャサリンとの異性愛をもとに王の地位を確立するヘンリー5世の表象こそ決定的なものとなる。中心としての『ヘンリー5世』という解釈は上演された配列の点でも説得力がある。英国史劇は歴史的事件の発生の順序とは異なりヘンリー5世が最初と最後に表象される円環構造を呈している。

　ハワードとラキンのフェミニズム解釈は、現在のアメリカ社会の文脈から『ヘンリー5世』におけるレイプのイメージに着目したために、キャサリンによって表象されるフランスが重要視された。近代的男性主体がヘンリー5世の表象として確立されたかにみえた瞬間、実はそこには前近代的なレイプ幻想が密接不可分に共存していたことをあざやかに暴いている。だが、そのように近代国民国家とは異質な存在を探る際に、ジェンダー・イデオロギーと連動するが区別されるべきセクシュアリティの視点も必要ではないか。バーバラ・ホジドンも示唆するように、男同士の絆や女性化した王太子によって表象されるフランスにも目を向けるべきだろう。本章は、『ヘンリー5世』における近代国民国家の産出＝表象をジェンダーではなくセクシュアリティによって読み直す。ただし、外国すなわち英国の文化的他者は、フランスとして一義的に決定されるものではないかもしれない[1]。

2　『ヘンリー5世』とセクシュアリティ

　ジェンダーに注目して『ヘンリー5世』における近代国民国家の産出を解釈するならば、たしかにラキン、ハワードらが主張するように外国＝フランスという図式が成立するようにみえる。結末でのフランス王女との結婚によってヘンリーの正当な王位継承権はもたらされる。近代的男性主体として

第 1 章　『ヘンリー 5 世』とブルゴーニュ公国の表象

表象される英国の他者はフランスであるようだ。シェイクスピアの英国史劇において『リチャード 3 世』と『ヘンリー 5 世』だけがレイプと軍事的侵略を結びつけている。さらに意義深いことに、女性が戦場に現れずかつまた結婚がプロットの締め括りとなっているのはこの二つの作品のみである。いずれも戦闘での勝利を結婚という形で表し両ヘンリーの王としての権威を保証するのだが、『リチャード 3 世』では女性の名前のみが語られるのに対して『ヘンリー 5 世』では性的欲望の対象物としてフランス王女の身体が舞台に登る。ヘンリーは恋愛感情ぬきの求愛を拡大した支配権の強化・美化に利用する「専制君主」あるいは全体主義的権力であるにもかかわらず従来の批評では「完璧なキリスト教徒の君主」あるいは「クリスチャン・ヒューマニスト」とみなされてきたのは、セックスの成就が人間性あるいは主体の確立の証明だと無意識の前提となっていたからかもしれない（Howard and Rackin 196）。

　とはいえ、テクストの構造をよく見るならば、政治的なレヴェルと性的なレヴェルは完全に一致しているわけではない。戦争に勝利しトロワの宮殿で政治的支配が婚姻による支配と同一化されるかにみえて、強引にキスを求めるヘンリーは、和約の批准、付加、変更の自由権を自分以外の臣下たちに委任している。和約締結の場にはエクセター公やベッドフォード公がヘンリーに付き従っていた。さらに、ヘンリーがキャサリンを性的に欲望する最後の段になって、奇妙にも、その成就は結婚式の挙行とともに引き延ばされている。英国王がフランス王女の手をとり、両国の憎しみを結婚という愛の絆で終らせるというような喜劇的な結末は、フランス王等のスピーチによって遅延される。そのスピーチは、エクセターの要求に促されるのだが、一見すると異性愛のイデオロギーにとって関係ない無意味な挿入でしかないようにみえる。一方でそれらのスピーチのコミカルな調子は、トロワ条約やエドワード 3 世以来プランタジネット王家が主張してきたフランス王位継承権についていかにヘンリーが妥協しているかという点からも、注意を逸らそうとしているようにみえる[2]。この遅延は、英国王ヘンリーがフランス王女キャサ

13

リンの夫になることで新たに男性君主の権威を再構築し近代国民国家成立につながる、というジェンダーの視点からの解釈では説明できない。すなわち、『ヘンリー5世』において女性としてのフランスが近代国民国家英国の他者とは単純にはならないことを示唆している。

　また、このテクストは、王太子の王位継承権をフランス王自ら剥奪していることを忘れたがっているようだ。ヘンリーのライヴァルたる王太子の存在は明記されていないもののはっきりとは排除されていない。もっとも結末に至るはるか以前にその継承権は以下のように疑問に付されていた。「私の馬は私の恋人」(*H5* 3.7.44)と言う王太子は、前近代の残余として嘲笑の対象となる騎士道文化を具現するだけでなく、異性愛体制における規範的男性像からの逸脱の烙印を帯びている。父権制社会のシステムにおいて脅威となるのは、異性愛や結婚における女性ではないのかもしれない。その存在を抑圧し周縁化しなければならないのは、王太子のような女性化した男性ではないのか。王太子は騎馬に抱く欲望ゆえに女性化してしまい王位継承権より排除されることがそれを裏書きしてはいないか。依然としてフランスとの関係を重要視するとしても、セクシュアリティの観点から再考するならば、英国の他者はどのように読み解かれなければならないだろう。

　『ヘンリー5世』の結末を再読してみよう。まず注目すべきは、結婚の取り決めを支える男性同士のホモソーシャルな絆が描かれているということだ。このトロワ条約を正式に締結する瞬間に、エクセター公はシャルルに「わがフランスの正嫡英国王ヘンリー」(*H5* 5.2.339-40)とフランス語とラテン語で書き添えるよう要求する。ヘンリーも「その1ヶ条をも他と同様ご承認いただき、そのうえで、王女を下されますよう」(*H5* 5.2.346-47)求める。シャルル王はヘンリーを「息子」と呼び、ここに父・息子関係が成立したことを確認したうえで、キャサリンとの婚姻を承認する。どうも、結婚に先立ってヘンリーはシャルルの息子であることを公式に承認される必要があるらしい。たしかに、ホモソーシャルな絆が結婚に先立つことをこの場面は示している。このように解釈すると、重要なのは実はセクシュアリティということ

になる。ジェンダーではなく、新たに成立した父・息子関係という男性同士の絆が問題とされるべきであろう。

3 ヘンリーとキャサリンの結婚はどう表象されているか？

　英国史劇の再考においてジェンダーではなくセクシュアリティが問題となるならば、そこで構築されるべきイデオロギー的関係としては、近代国民国家英国とその他者フランスのホモソーシャルな絆が決定的ということになる。この友愛関係のためにこそ女性は交換され、女性化した男性は語る声を奪われる。ただし、外国あるいはそのナショナリティは、シャルル 6 世のフランスとして一義的に決定可能なものではないかもしれない。

　政治的関係をトランスナショナルなレヴェルにまで拡大した『ヘンリー 5 世』においては、この男同士の絆は、ブルゴーニュ公国のフィリップ善良公との関係によっても表象されている。ヘンリーはシャルル 6 世とだけ友愛関係を結ぶのではなく、王家の連枝ブルゴーニュ公とも関係を結ぶ。後者の取り持ちと媒介——「私のあらん限りの知恵、骨折りと努力の限りをつくし／この上なく偉大な御両名を、この裁定の席、会談の場へとお連れ申し上げた（all my wit, my pains, and strong endeavors / To bring your most imperial Majesties / Unto this bar and royal interview）」（*H5* 5.2.25-27）——があるからこそヘンリーとシャルルの同盟が成立したのだ。さらに、このような政治的レヴェルだけでなく、セクシュアリティのレヴェルでもブルゴーニュ公は決定的な役割を果たしている。

　婚礼の仕度に取り掛かり両家の絆の保証が求められるとき、その誓約をヘンリーが向ける相手は誰か。もし、結婚に先立ちそれを基礎づけるヘンリーとシャルルの絆が重要であるとするならば、当然義父のフランス王のはずである。だが、ここで実際にヘンリーの相手となっているのはブルゴーニュ公である。

婚礼の支度に取りかかろう、この佳き日に
ブルゴーニュ公殿、貴公の誓約をうかがいたい、
そして貴族一同の誓約を取り付けよう、われらの同盟の保証のために。
そしてケイト、そなたに、そなたからも、愛の誓約をかわそう、
われらが誓いが守られ、永久に繁栄しますように！　　(*H5* 5.2.370-74)

　トロワ条約の重要な条項であるヘンリーとキャサリンとの結婚は、両国の和解の象徴である。だが、この和睦を強固なものにするはずの誓約をヘンリーが取り付けようとするのは、ブルゴーニュ公である――「ブルゴーニュ公殿、貴公の誓約をうかがいたい（My Lord of Burgundy, we'll take your oath）」。その後ヘンリーとキャサリンとの結婚式自体が舞台で上演されることはないが、このブルゴーニュ公国との絆の印が英仏同盟の要ということである。トロワ条約が継続し平和が維持されるためにはヘンリーとブルゴーニュ公に始まるトランスナショナルな友愛関係（"our leagues"）が保持されなければならない。
　このように、結末の結婚にシャルル6世だけでなくブルゴーニュ公の承認が求められるのは、当時の歴史的状況に関係するのかもしれない。シャルル6世が狂人となるにおよび、王を補佐する国王顧問会議の主席の座をめぐり王弟オルレアン公ルイと争ったのが先代ブルゴーニュ公ジャンであった。この権力闘争によりフランスはブルゴーニュ派対アルマニャック派との二勢力に分裂し、両者とも諸外国に援助を求めるが、ブルゴーニュ公国は英国と結んだ。他方、英国はこうした絆を利用しアジンコートでの勝利をものにする。このような経緯を経て、トロワ条約の締結を媒介し実現にこぎつけたのがジャンの後を継いだブルゴーニュ公すなわちフィリップ善良公であった。このような歴史的状況を反映するかのようにテクストにおいてもブルゴーニュ公が英仏両家の結婚を最終的に請負う。こうしたブルゴーニュの決定的役割を端的に示すのがエピローグの庭のイメージである。エピローグの前半部、「英国の星（This star of England）」（*H5* Ep.6）であるヘンリー5世が征

服した「この世で最高の庭園（the world's best garden）」（*H5* Ep.7）はフランスであるが、そのフランスを "garden" として表象したのはブルゴーニュ公であった——「世界最高の庭園であるわが豊穣なるフランス（this best garden of the world, / Our fertile France）」（*H5* 5.2.36-37）。ここでのエピローグは、ブルゴーニュ公の声、フランスを英国との結合によってのみ救われる不自然で夫なき不毛な庭とみなす声を反復している。

4 『ヘンリー5世』とブルゴーニュ公国の表象

　『ヘンリー5世』がブルゴーニュ公国を表象しているのは、テクストで描かれる結婚が単にセクシュアリティの問題だけでなく両王家の継承権およびグローバルなヨーロッパの政治関係に関与しているからではないだろうか。そもそもブルゴーニュ公国は、政治的には、現在のブルゴーニュ地方に留まらず、ベネルクス三国、フランスのフランシュ・コンテなどにまたがる地域を領有し、ドイツ、フランスの中間国、あるいは古のロートリンゲンに相当する存在になる可能性を秘めていた。英国との関係についていえば、その後、エドワード4世の妹マーガレット・オブ・ヨークがフィリップ善良公を継いだシャルル無鉄砲公に嫁ぐことによって両国の絆は強化されるが、英国・ブルゴーニュ同盟は矛盾を抱えた複雑なものだった。ヘンリー7世の時代にはマーガレットのブルゴーニュは王を僭称するランバート・シムネルやパーキン・ウォーベックの反乱の後ろ盾となりテューダー朝に対する脅威であった。『リチャード3世』には出てこないが、ステュアート朝において歴史劇を復活させたフォードの『パーキン・ウォーベック』を見れば明らかだ。

　また、トロワ条約についていえばその基盤となった英国・ブルゴーニュ同盟は、血筋を重んじる自然なものではなく偶然のレアルポリティークによるものであったことが肝要だ。ブルゴーニュ公フィリップは、英国王ヘンリーがフランスの王位継承権を得ることを承認する英仏間の和約を実現させたも

第Ⅰ部　英国史劇を読み直す

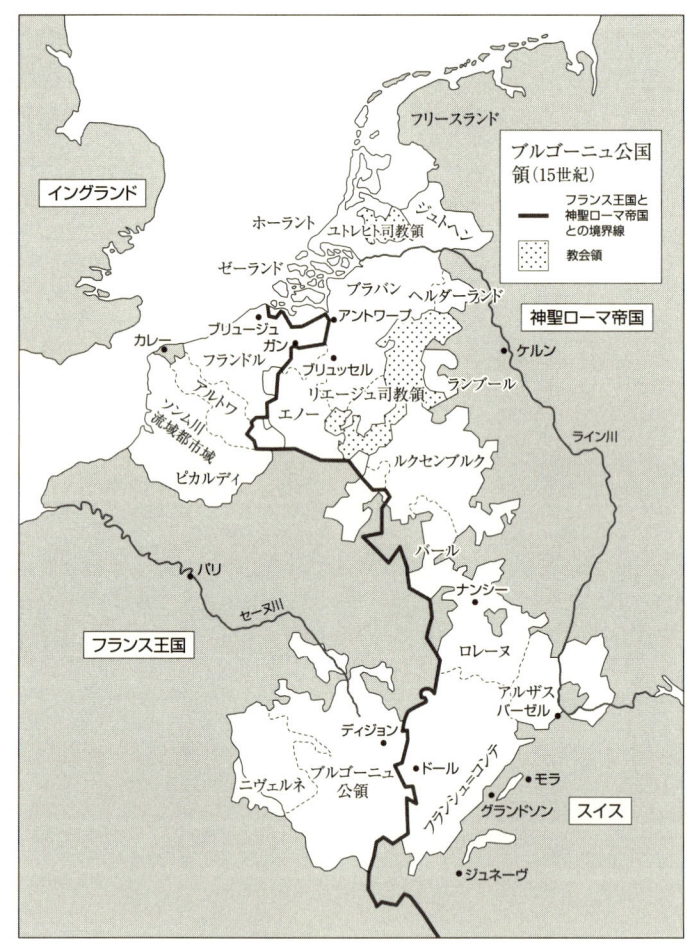

図版1．ブルゴーニュ公国

のの、そこには同じ血筋の王太子に対して抱くような真の長期にわたるような絆が成り立っていたわけでは、けして、なかった。にもかかわらず不自然な政治同盟を結んだのは、王太子を擁していたのがブルゴーニュ公ジャン暗殺に手を下したアルマニャック派であり、この事件によりブルゴーニュ派とアルマニャック派との和解の可能性は消滅していたからだ。その後、歴史的には、トロワ条約は長続きせず、英国はヘンリー5世とシャルル6世の死後のヘンリー6世の時代、英仏百年戦争が再開し、薔薇戦争の混乱の時代

へと突入する。

次のようにヘンリー6世に言及する『ヘンリー5世』のテクストも、近代国民国家として産出された英国の統一を描いているわけではない。

> ヘンリー6世幼くして王冠を戴き、
> 英仏両国の王として父王の後を継ぐが
> 国内には多くの政を司らんとするものがおり、
> フランスを喪失し英国は血を流すこととなる。
> このいきさつはすでに舞台にて御覧に入れております。
> この芝居も皆様のご愛顧を賜りますよう。 (*H5* Ep.9-14)

英国はフランスを失い血で血を洗う国の分裂状態に陥る——「フランスを喪失し英国は血を流すこととなる (they lost France and made his England bleed)」(*H5* Ep. 12)。ただし、エピローグにおけるこうした終わりが不十分であるかのようにそのあと代補として2行が付加されている。最後の2行におけるメタシアトリカルな表象、すなわち、歴史的過去と他の英国史劇との差異を消去するエピローグによって、国土の流血とりわけ国王の喪失という痛ましい歴史にあらわれる政治的矛盾や近代化の矛盾は隠蔽されたかのようだ。しかしながら、英国史劇全体の中心に結局は理想的な王は歴史的には現前しないままに幕を閉じる。英国の星として「みごとに生を全うした (most greatly lived)」(*H5* Ep.5) とされる超越的な瞬間は単に劇場的な表象によってあらわされた不在を強調するだけである (Rackin 82-85)。結局ここで表象されているのは、ヘンリー6世に王位が継承された後の政治的混乱なのではないか。ヘンリー5世の時の英仏の対立が英国国内の対立にすりかえられているようだ。言い換えれば、フランスとのホモソーシャルな友愛のかわりに王位継承権をめぐるヨーク・ランカスター両家の争いにかかわっているようにみえる。だが、ブルゴーニュ公国の存在をその表象の多様性において探るならば、ブルゴーニュ公のイメージのみならず、こうした場

面にこそ読み取るべきである。

　本章の観点からエピローグを再読すると、外国の存在が、抑圧され隠れているが、不在の表象として存在している。まず第1に、「争いあう英仏両国(the contending kingdoms / Of France and England)」（*H5* 5.2.349-50）の対立は単に英国国内に留まらずヨーロッパを越えたイスラム世界にも拡大する可能性を秘めていた。「フランス、英国半々の血を受け継ぎいずれコンスタンティノープルに遠征しトルコ王の髭を掴んで捕虜とするような男の児をつくろうではないか」（*H5* 5.2.207-9）。そもそも薔薇戦争は、外国との関係すなわち百年戦争の敗北、その後の大陸撤退に起因するのではなかったか。さらに重要なのは、ヘンリー6世が引き継いだ「国家には多くの政を司らんとするものがおり（Whose state so many had the managing）」（*H5* Ep. 11)、国内の対立・葛藤を描いているようにもみえるが、そうした者たちは必ずしも英国の臣下に限ったことではなかった。ここにはブルゴーニュ公国という外国の存在が、抑圧され隠れているが、含まれている。トロワ条約の折、ヘンリーとキャサリンの婚姻が成立する一方、ブルゴーニュ公はその姉妹のひとりをヘンリー王の弟ベッドフォード公に嫁がせた。このベッドフォード公夫妻のその後のパリ常駐は、英国・ブルゴーニュ同盟のシンボルでありそれを保証するものであった。だが、その死後、ベッドフォード公の意図に背く形で、ブラバンド公領に関わる結婚政策のいざこざが弟グロスター公を巻込むことになり、ついには英国とブルゴーニュの間の絆が綻ぶ（Blochmans and Prevenier 78）。さらにその後、ブルゴーニュ公がフランス側に寝返り王太子との和約を実現しそのフランス王位継承権を承認したアラスの和平により、換言すれば、ジャンヌ・ダルクにより「ころころ替わる（turn and turn again）」（*1H6* 3.3.85）裏切り者と呼ばれたブルゴーニュ公のせいで、英国の近代国民国家としての成立が政治的に突き崩される。このことは、英国が近代へと移行する過程において英国・フランスの関係よりも英国・ブルゴーニュの関係の方がよかれあしかれ決定的であったということを指し示している。

第 1 章 『ヘンリー 5 世』とブルゴーニュ公国の表象

　さらに、ブルゴーニュとの関係は政治的なものだけではなかった。周知のように、フランスおよび女性は、「庭」のイメージだけでなく、都市のイメージによってもあらわされていた。英国が侵攻するフランスの都市は、隠喩的に、処女の身体で表現されている「都市は乙女となった、というのは都市は処女の城壁によって完全防備され戦いの部隊が侵入することはないのだ(the cities turn'd into a maid; for they are all girdled with maiden walls that war hath [never] ent'red)」（*H5* 5.2.321-23）。ただし、そのようにセクシャルな意味合いをになう都市は、「バーソロミューの市の蠅のように成熟するまで大事に育てられる乙女（maids, well summer'd and warm kept, are like flies at Bartholomew-tide, blind）」（*H5* 5.2.307-9）のようにブルゴーニュ公を通して喚喩的にも表象されており、商業的なイメージとの連鎖を形成する可能性がある。トロワ条約によってもたらされる平和も、「その平和は買い取らねばならない、われわれが示す正当な要求を全面的に受け入れることによって（you must buy that peace / With full accord to all our just demands）」（*H5* 5.2.70-71）というように取り引きや売り買いの対象となっていた。経済的には、ブルゴーニュ公国内のフランドル地方は、北西ヨーロッパ都市圏と北イタリア都市圏との中間地点に位置し、ハンザ商人とイタリア商人が国家の境界線を越えて取り引きし交渉する場所であった。また、そうした低地諸国との商業上の利害がグロスター公とブルゴーニュ公との対立には絡んでいた。

5　英国史劇を再考するために

　『ヘンリー 5 世』を中心とする英国史劇はブルゴーニュ公国の表象によって再解釈されるべきである。シェイクスピアのテクストでは百年戦争の敗因、薔薇戦争の勃発は国内での対立・葛藤に起因するかのようにみえて、実は隠蔽された形で外国が表象されている。だが、その外国というのは女性として表象されたフランスではない。英国史劇を歴史的に読み直すにはジェンダー

よりもセクシュアリティが決定的であるようだ。英国王が結ぶホモソーシャルな絆を考えるとき、義父としてのフランス王のみならず、盟友としてのブルゴーニュ公も欠くべからざる存在であった。たしかに英国の他者として主題化された表象はキャサリンつまりフランスではあるが、エピローグのメタシアトリカルなレヴェルを含むテクストの構造において読み取れるのは単純にフランスとはいえない。英国史劇には、フランスのナショナリティと重なり合うが完全には同一視はできないブルゴーニュ公国のトランスナショナルな存在が刻印されている。換言すれば、近代国民国家の産出＝表象において問題にされるべき矛盾は、英国とブルゴーニュの複雑な関係に読み取れるさまざまな対立が規定してきたのではないか。

　近年、かつてのブルゴーニュ公領内の「ネーデルラント地方」が、「拡大地中海」という文脈から注目されている[3]。この概念は国家の枠組みを越えた地球規模のカネ、モノ、ヒト、情報の移動を、トランスナショナルな海域という視点から見直そうとする動きの一つである。こうした視点に立てば、初期近代の歴史や文化の研究においても、南方の先進地域イタリアと北方の後進地域オランダあるいは英国という二項対立を越えたグローバルな編制を問題にすることになろう。さらには、ヨーロッパ内部の文化として設定されてきたルネサンスをトルコを含むイスラム世界へと拡大したり、あるいは、そのように拡大された地中海世界をアフリカとアジアを結ぶ地域として捉え直すことも可能だ。ブルゴーニュ公国に注目する本章ならびに本書全体の視点も、こうしたグローバルな文脈のなかで初期近代の歴史や文化を再考する試みである[4]。

Notes

※本章は、大谷伴子「『ヘンリー五世』とブルゴーニュ公国の表象——英国史劇再考」『英語青年』145.9（1999）: 8-12 に加筆・修正をしたものである。
1　Howard and Rackin に関する論評としては、大谷「ナショナリズムと女性観

客」も参照されたい。ブルゴーニュ公国の歴史的再解釈やヨーロッパの宮廷文化との関係性についての近年の議論については、たとえば、Belozerskaya、Blockmans、Gunn、Hurlbut 等を参照のこと。

2 トロワ条約とは、1420 年にトロワにおいてヘンリー 5 世とフランス王シャルル 6 世との間で結ばれた和平協定で、ヘンリー 5 世のフランス王位継承権を承認しフランス王女キャサリンとの結婚を取り決めるというのがその重要な条項であった。また、この条約は、ブルゴーニュ公とフランスにおけるブルゴーニュ派の協力を必須の条件としていた、という弱点があった。トロワ条約については Jacob、城戸を参照のこと。

3 「ネットワークのなかの地中海」の歴史研究を試みた論集のなかで、中沢勝三「ネーデルラントからみた地中海」は、「ネーデルラント」とイタリアとの交易関係・商業の流れはその両端に英国とレヴァント、中近東地域を含むグローバルな経済的空間にあった。同時に、新世界アメリカの発見以前から強固に存続していた、ブルゴーニュ公国の低地諸国と西地中海のスペインあるいはイベリア半島世界との結びつきは、地中海を超えた「拡大地中海ともいうべき大西洋」へと転回する契機を有していたことを示唆している（歴史学研究会 89-112, 特に 89-91）。

4 たとえば、1990 年代米国の新歴史主義による英国初期近代の文学・文化研究を批判した、Ingham は、以下のように述べている。

...the particularities of a "New Historicist" method keep period markers firmly fixed in place, thus making it difficult to consider the history of the *longue durée*...the connections I seek to make between Arthurian traditions and the later theory of the "King's Two Bodies" constitute an attempt to rethink notions of sovereignty across the period divide. But I am also interested in suggesting...that the "European" and "international" affiliations of the late fourteenth and fifteenth centuries in Britain coalesce in interesting ways with what can be called national concerns. Rather than oppose the "national" to the "international," I seek to consider their mutual imbrications. (Ingham 233)

ヨーロッパ大陸を国家横断的に伝播するアーサー王伝説、さらに、その伝説を含

む宮廷と騎士道の政治文化との関係性に注目する Ingham は、英国のアイデンティティ構築の歴史を、大陸からの異文化との遭遇や交渉という視座から再考することを主張しているが、その試みにおいて重要な役割を担う「長い期間 (longue durée)」という概念は、近代資本主義世界システムとともに大西洋へ移動・転回する歴史を系譜的に遡行することにより見いだされた、「地中海世界」へのさまざまなユートピア的欲望を論じる物語範疇・形式であった。スペイン王フィリップ2世の時代におけるこの欲望の表象は、オランダから英国・米国への覇権の進展・交替という歴史物語とは異なる、ヨーロッパ・非ヨーロッパの間のさまざまな交渉や関係性が解釈される空間であった (Braudel "European Expansion and Capitalism"; Braudel *The Mediterranean*)。

　また、ヨーロッパ初期近代のグローバルな歴史を、狭義のジェンダー・人種のアイデンティティに注目する文化政治学やカルチュラル・スタディーズというよりは、むしろ物質的な基盤にも十分な注目を向けながら 21 世紀の文化史・文化研究に開く試みとして、Lisa Jardine の仕事を挙げることができるかもしれない。Jardine は、「ルネサンス」を単に文化的な再生というよりはおびただしいモノの流通や贅沢な商品の消費に徴候的にあらわれる経済的な奇跡として再解釈 (Jardine *Worldly Goods*) したのち、17 世紀の英国とオランダとの間の政治文化的交渉・翻訳を前景化することにより、英国とヨーロッパ啓蒙との関係性について論じている (Jardine *Going Dutch*)。

第 2 章

『ヘンリー 6 世』3 部作における「兵力と資金の不足」
──シェイクスピアの歴史劇と英仏百年戦争

1 英国史劇における『ヘンリー 6 世』3 部作とはなにか？

　第 1 四部作の最初の劇『ヘンリー 6 世第 1 部』は、第 2 四部作の最後の劇では描かれなかった悲劇の結末、偉大なるヘンリー 5 世王の厳かな埋葬の場面で幕が開く。抑えたドラムの音が葬列行進曲を奏でるなか、ひとつの棺が、会葬者たちに伴われ、厳かに舞台に運び込まれる。そして、この悲劇的な出来事を公的に弔う言葉が喪服姿のベッドフォード公の声を通じて述べられる。「天は黒雲におおわれ、真昼は夜となるがいい！（Hung be the heavens with black, yield day to night!）／この世の変事を告げ知らせる彗星よ、／その光輝く髪の毛を天空高く振りかざし、／ヘンリーの死に加担した反逆の星どもを／鞭打ってくれ！」(*1H6* 1.1.1-5)。この弔いは、亡き王の名声を称えるというよりは、その短き命が英国とその国民に残した暗黒世界への嘆きに向けられており、さらには、そうした王国の危機を招いた反逆者たちの処罰を天空に輝く彗星に託しているが、その明るい未来の光の背景となっているもの（「黒雲」あるいは「夜」）に注目してみよう。
　ベッドフォード公のいささか大仰な過剰に様式化された台詞にある黒のイメージは、舞台美術としては、黒幕を使用して舞台を覆ったものだが、こうした舞台空間のしつらえは、葬式の視覚文化形式としてたびたび使われたし、

第Ⅰ部　英国史劇を読み直す

図版2.　エリザベス1世の葬列

　また、当時の公的なパジェントリでも使われる約束の装置でもあったらしい (Neill 163)。つまり、『ヘンリー 6 世第 1 部』の悲劇的な舞台は、葬式の約束事によって視覚的・空間的にしつらえがなされている。別の言い方をするなら、シェイクスピアの出発をしるしづける『ヘンリー 6 世第 1 部』において、第 2 四部作の最後の劇にして英国史劇全体の中心でもある『ヘンリー 5 世』の結末の後に起こる出来事として予想されるキャサリンとの結婚式を描くことはなかった、ということだ。いうまでもなく結婚式は、喜劇やロマンス劇の結末で実際に祝宴というかたちで提示されるまたは含意されるだけでなく、戴冠式、入市式、行幸と同様に、実際の英国宮廷の重要なメディア文化の形式であるパジェントリのレパートリーを構成するものであり、これまで多くの研究がなされてきている。だが、弔いの最終目的地、墓場へ葬送行進曲とともに向かう葬列が悲劇的な物語においてもつ意味は、喜劇的な物語でも結末で和解を象徴する祝宴や舞踏と同じものである。葬式とその実践のプロトコルもまた、パジェントリのひとつとして、同じような政治文化を編制する要素であった、このことを忘れてはならない[1]。
　ヘンリー 5 世の身体が生物学的個人の身体というよりは宗教的イデオロギーによってコード化された社会的身体でもあることによって国民国家の存在と歴史と密接不可分のものであるとするなら、その死によって端的に示さ

第2章 『ヘンリー6世』3部作における「兵力と資金の不足」

れるいまだ幼少のヘンリー6世の王権の現在と歴史状況とはいかなるものか。まず第1の視座からするなら、それは世代（generation）の差異による、直線的な時間軸に沿った通時的な叙述に基づくものである。若い王が舞台にその姿をあらわすのは3幕に入ってからで、この劇テクストは明確な統一性のない物語の断片的な諸エピソードをさまざまに反復し続けている。強力な王権の欠如を浮かび上がらせる『ヘンリー6世第1部』において、先王ヘンリー5世と新王ヘンリー6世との歴史的関係は、トールボットが代表するヘンリー5世の過ぎ去りし旧世代とやがては薔薇戦争へと拡大してゆく権力闘争・党派争いを繰り広げる新たな世代との関係によって代理表象されているようにみえる。そして、後者の争い・内輪もめの果てにヨーク公とサマセット公2人の意地の張り合いがトールボットを息子ともども討死させてしまうことになるのであり、この物語の視座からするなら、英仏百年戦争の敗北をもたらしたのは、国内の世代間の差異ということになる。

　ナショナルなパジェントリとしての葬式がイデオロギー的に正統化・自然化しようとする階層化された王位継承の秩序は、常に反乱や罪によって引き起こされる無秩序の契機を孕んでいたことを、ここであらためて、確認してもよいだろう。亡きヘンリー5世の葬列を中断させるのは、あとに残された幼き王の後見をめぐるグロスター公とウィンチェスター司教の内輪もめであった。しかしながら、そうした内輪もめだけが葬列の過程において中断を産み出すわけではなく、フランスとの戦いにおいて英国が劣勢となりトールボットまでが敵に手に落ちるフランスからの知らせが舞台の上で上演されることになる[2]。

　こうして英国の国内だけでなく国外との関係に注目する第2の視座から空間的に俯瞰するならば、ヘンリー6世を王として戴く歴史状況は、男性性／女性性という二項対立によってジェンダー化された英仏の国家間の対立（インターナショナル）によっても提示されていることがわかる。この場合、英仏の百年戦争は、騎士道的理想を引き継ぐ英国の英雄的兵士トールボットと男性兵士の性役割やパワーをいわば簒奪しネガティヴなステレオタイプによって描かれる戦闘

少女ジャンヌ・ダルクだ。エリザベス女王のように神聖な乙女あるいはアストライアの娘として名指されることもあったのが、結局は、異性装や劇場的パフォーマンスで人びとをたぶらかすフランスの淫売・魔女として排除されるジャンヌは（Howard and Rackin 54-55）、トールボットと戦って一歩も引かず、死後その死体に蛆虫がわいた英国男性兵士の身体と対置されている、容易には解消されない緊張関係を保持したままに。

　ジェンダーと世代の異なる差異が交錯し個人と国家を媒介する家族というイデオロギー的空間の表象として、再度、国王ヘンリー5世の王権とその正統なる継承を比喩的にあらわす英国史劇の英雄的兵士トールボットのフィギュアに立ち戻り、その父／息子関係を吟味してみよう。サン・ミッシェルや金羊毛騎士に並び称される騎士にしてシュルーズベリ伯爵そのほか数多の肩書をもつトールボットは、その栄光の正統性を継承する嫡子たる息子ジョンともども、ボルドーの戦いで、ヨーク公とサマセット公との対立から援軍が送られなかったため非業の死を遂げる。問題はその最期がいかに上演＝表象されるかだ。国家の命運あるいは衰退のテーマを担う特権的なはずのトールボット父子の死の誇り高き精神性は、その身体性・物質性が、肩書きでごてごてと飾り立てられた男の腐った遺体とそこにたかった蛆にまっすぐ顔を向ける外国人女性ジャンヌの視線によって暴かれる。同時に注目すべきは、トールボットとジャンヌの対立を構築する世代（大人／子供）ならびにジェンダー（男性／女性）の差異の関係性は、（現前する父に承認される）嫡子と（不在の母が出産する）庶子との対立関係によっても、反復・変奏される。大仰に飾り立てられ軍神として自己劇化されたうえで死の世界へ赴かんとするトールボットの審美的イメージを、その直前に発せられる悪態によって引き摺り下ろしているのが、仏国オルレアン公の庶子の存在だ――「2人とも八つ裂きにして、骨まで切り刻むのだ、／生前は英国の誇り、フランスの脅威だったやつらだ」（*1H6* 4.7.47-48）。

　英国における家父長制的王位継承の歴史物語においては、父から息子への連続的な継承を正統化するために母と息子の目に見える身体的な絆をイデオ

ロギー的に転位し代替する文化的・言語的構築がなされる必要がある。しかしそのような父系の権威の継承の媒介である家族とりわけ女の役割・機能は、諸刃の剣でありいつもすでに王権の連続性への脅威となっている。たとえば、フランスのアンジュー家からヘンリー6世に嫁いだマーガレットの過剰な性的パワー。そうした脅威はまた、淫らにセクシャルな姦婦として、そして、その帰結としての庶子の存在として、舞台上に憑依したように取り付き立ち現れる（Howard and Rackin 64）。この歴史劇の前半、フランス軍をフランス王太子とともに率いるジャンヌの少女性・処女性に対して、「淫売だか乙女だか、王太子（dauphin）だかイルカだかサメ（"Dolphin or dogfish"）だか知らないが、／わが馬の蹄で心臓を踏みつぶし／脳みそまでぐしゃぐしゃにしてやるぞ」（*1H6* 1.4.107-9）といささか品性を欠いたリアクションが引き出されるが、ここに露わにされるトールボットの男性性が孕む危機と不安も、ヘンリー6世の王権の存在と存続をめぐる矛盾を歴史的に指し示している、と解釈されるべきだ[3]。

　一見すると『ヘンリー6世第1部』が舞台に乗せる英国初期近代の歴史は、薔薇戦争を導いたものが百年戦争を敗北に追いやったという視座からなされているだけのようにみえる。だが、この劇テクストは、そうしたあくまでもナショナルな叙述と同時に、英仏百年戦争とジェンダーの差異に基づく抗争・闘争の軌跡をもまた重ね書きしているのであり、その歴史物語は、いわばメタ通時的な表象形式に開かれている[4]。

　第1章では、英国史劇全体に統一性を与えるとみなされてきた『ヘンリー5世』のテクスト構造を批判的に再読し、第1四部作ではなく第2四部作を積極的に価値評価してきたこれまでの解釈を見直した。本章では、第1四部作のなかでも注目されることの少なかった『ヘンリー6世』3部作、とりわけ歴史的価値観に基づいて明確に性格造形された主人公不在の失敗作・プロットの統一性を欠いたカオスとされる第1部と第2部の戦争の諸表象に注目することにより、2つの四部作の関係性をあらたに問い直してみたい。まずは、英仏百年戦争の歴史をメタ通時的に物語る『ヘンリー6世第1部』

における兵力と資金のイメージを読み解くことから始める。そしてそのような読み直しのなかで、従来第1四部作第2四部作のいずれの範疇にも分類されてこなかった『エドワード3世』の特異な位置と意味をあらためて取り上げ、また、『ヘンリー5世』におけるバーソロミュー市(フェア)についてあらためて振り返ることになろう。そのうえで、シェイクスピアが提示した歴史劇の全体構造のなかで、怪しい魅力を湛えた悪役の国王イメージを体現しながらもテューダー朝につらなる栄光の英国史の歴史物語では周縁に位置し続けてきた『リチャード3世』の構造的意味についても探ることになろう。

2 『ヘンリー6世』における「資金と兵力」
——マネーとパワーの上演されない表象?

　『ヘンリー6世第1部』という劇テクストは、対仏百年戦争のこの時点における英国軍の敗退について、若い世代の党派争いとフランス側の男性的英雄的な騎士道の理念を突き崩す魔女との戦いを統一的なまとまりなく断片的に舞台の上で物語化することだけを通じて、表象しているわけではない。敗北の原因は、キャラクターに具現する英雄的個人の行為のドラマとしては上演=表象されない表象イメージともいうべきものによっても、観客に提示されている。すなわち、戦争資金と兵士の戦闘という労働。人間ドラマとしては展開しにくいこれらマネーとパワーのイメージ(あるいは抽象的フィギュア)は、まずは、『ヘンリー6世第1部』1幕1場においてフランスからの使者の台詞のなかで言及される。3人あらわれる使者の最初の報告によって、フランス諸都市における敗北と虐殺と喪失が知らされるのだが、英国軍によるオルレアン包囲から一転劣勢に転じたその原因は、ヨーロッパの戦場での裏切りでもなければ、国内での「党派(several factions)」(*1H6* 1.1.71)争いでもない。「ギュイエンヌ、シャンパーニュ、ランス、ルーアン、オルレアン、そしてパリ」を失ってしまったのは、戦場での「兵力と資金の不足(want of men and money)」(*1H6* 1.1.69)のせいだ、と明言されて

いる。さらに、敵方のアンジュー公レニエの口を通じても、「戦をするのに必要な兵員と資金もない」（*1H6* 1.2.17）ことが繰り返される。

　また、この「兵力と資金の不足」のためにフランスの領土が喪失されたという報告の直前、ベッドフォード公がグロスター公とウィンチェスター卿との内輪もめの仲裁に入る場面を取り上げてみよう。百年戦争において英国に勝利をもたらした英雄ヘンリー5世の葬列の場面で、「王の棺を運ぶ祭壇に黄金の代わりに武器を捧げよう、王が死んだ今や無用となった武器を（Instead of gold, we'll offer up our arms, / Since arms avail not now that Henry's dead.）」（*1H6* 1.1.46-47）。ここで注目すべきは、マネー・資本をあらわす黄金とパワー・戦争をあらわす武器の間の交換が表象されている。これらの表象イメージとその交換のポリティカル・エコノミーを分析する前に、英仏百年戦争の物語が、英国史劇全体において、そもそもどう構造的に配分されていたのか確認しておきたい。

　英仏百年戦争の歴史的結末は、『ヘンリー6世第1部』で上演されることはなく、それに続く『ヘンリー6世第2部』の第3幕第1場という奇妙に中途半端な位置におかれており、具体的には、サマセット公の報告というかたちをとっている。ここでは、ヨーロッパでの敗北自体よりも、『ヘンリー6世第1部』冒頭の使者の報告にすでにみられたように、英国国内の抗争・対立や党派争いのほうに焦点が当てられるため、大陸から撤退しカレーを除いたフランスの領土を喪失した——"That all your interest in those territories / Is utterly bereft you: all is lost"（*2H6* 3.1.84-85）——という歴史的事実は、前景化されることはない。そうした党派争いの上演に、前景のそれとは異質な光景が、一瞬、ダブル・ヴィジョンのように重ねあわされ場面が反転する可能性の契機を捉えることができる。なぜなら、英国王が戦いに敗れフランスの領土を失った原因は、グロスター公が英国兵士の給料を横取りし、かつまた、フランスから賄賂を受け取ったこと——"stay'd the soldiers' pay"（*2H6* 3.1.105）、"you took bribes of France"（*2H6* 3.1.104）——だ、とヨーク公に揶揄されているからだ[5]。この兵士の給料の出処は、

国内から徴収した税となっていたり、グロスター公の私財となっていたりして曖昧なままであるが、果たしてそれはいかなるマネーだったのだろうか。この問題を探るために、英仏百年戦争の始まりを描いた『エドワード3世』という第1四部作にも第2四部作のいずれにも分類されない劇テクストにおける戦争の表象を取り上げて、その間テクスト性から解釈する必要がありそうだ。

　ここで取り上げたいのは、百年戦争の山場のひとつ、『エドワード3世』5幕における英国軍によるカレー陥落に続く結末の場面だ。

> *K. Edw.* A day or two within <u>this haven town</u>,
> 　　　　God willing, then <u>for England we'll be shipp'd</u>;
> 　　　　Where, in a happy hour, I trust we shall
> 　　　　Arrive, three kings, two princes, and a queen.
> 　　　　　　　　　　　　　　（*E3* 5.1.240-43 下線筆者）

カレーという「港湾都市 (this haven town)」において休息したのち、エドワード3世一行は英国へ出帆するのであるが、このカレー開城をめぐる場面はたいへん興味深い。『エドワード3世』では、『ヘンリー6世』とは反対に、カレーの陥落とフランス王（ならびにスコットランド王）を捕虜としフランス王冠を獲得するという[6]、英国軍の圧倒的な勝利で幕を閉じるが、その結末の空間が、カレーとなっていることに注目しよう。

　エドワードは、クレシの戦い（ポワティエの戦いでも）で大勝し、カレー入市と市との同盟関係を求めたが、フランス王の救援をむなしくも期待したカレーの市民たちが拒否したため、市を包囲することになった。期待した救援も来ず、万事休した市民たちは議会を開き「命と商品 (life and goods)」(*E3* 4.2.66) を保証することを条件にエドワードに降伏し開城すると伝えてくる。エドワードは、この期におよんで完全降伏を拒むカレー市民に怒り、最も富裕な6人の商人を麻のシャツだけを身に纏った姿で首を差し出さな

い限りは許さん、といったんは突っぱねるが、王妃フィリッパに懇願されたこともあり、カレー市民との和解をしたうえで、平和的に入市することになる。(*E3* 5.1.8-59)[7]

　現実の歴史の流れにおいては、クレシの戦い、カレー開城、ポワティエの戦い、そして仏王ジャン2世捕獲という順序でこのあとも進展する。つまり英仏の戦いはさらに継続するので、カレーでの和平は暫定的なものにすぎない。だが、『エドワード3世』において英国側勝利の決定的な歴史の瞬間となるのは、カレー市民が屈服し統治者としてエドワードが入市するカレーという空間である。たしかに、ナショナルな勝利が描かれている場面ではあるのだが、この最後の場面で問題にされているカレーの都市空間は、商人、商品、織物というイメージに結び付けられてもいる。ひょっとしたら、英国経済におけるカレーの重要性、ならびに、英国・ヨーロッパの地政学的関係における枢軸としてのカレーの歴史的存在が、示唆されているのではないか。それまでブルージュにおかれていた英国の輸出羊毛指定市場がおかれることになったカレーは、毛織物産業・羊毛貿易の拠点として重要な港湾都市であるとともに、その地政学上、英国のエリートがヨーロッパ大陸との関係、すなわち、戦争・外交・政治を学ぶ場所という意味でも、非常に重要な場所であった（Grummitt 1）[8]。

　このような港湾都市カレーの地政学的な意味を確認したうえで、いよいよエドワード王の休戦の宣言に続き、略奪品の表象イメージが出現する結末の場面に立ち返らなければならない。

> *K. Edw.*　Here, English lords, we do proclaim a rest,
> 　　　　　An intercession of our painful arms:
> 　　　　　Sheath up your swords, refresh your weary limbs,
> 　　　　　<u>Peruse your spoils;</u> (*E3* 5.1.236-39 下線筆者)

ここで王は諸侯たちに、それぞれの略奪品（"your spoils"）をじっくり吟味

するよう命じる。諸侯たちが戦闘という兵士としての労働によって手にした略奪品は、エドワード王が手にしたフランス王の冠（"This wreath"）という比喩すなわち贈与（"the gift"）あるいは戦の報酬（"reward of war"）というイメージとは、明らかに区別されている。労働の対価としての略奪品といういささか奇妙なフィギュアは、いったいどのような戦争の形式を浮かび上がらせるのだろうか。

　戦争テクノロジーの社会史研究によれば、英国の支配者は、戦争の商業化の点では、ほかの点では後れを取っていた強力な敵方フランスに、明らかに勝っていた[9]。いまだ封建制の騎士に依存していたフランスに対して、英国は傭兵からなるセミプロの軍隊を発展させており、フランスは自らもジェノヴァで石弓隊を雇用し軍の補強を図る必要性を感じていたという。百年戦争において英軍のために戦っていた兵士たちは報酬を約束されていたが、それをフランスの戦場で受け取ることはめったになく、その代わりに、当面の生活費として近隣の村を略奪したり、富裕層から金銀を奪ったり身代金を要求したりしていた（McNeill 81-82）[10]。

　百年戦争の間に進行したこのような戦争テクノロジーの歴史的コンテクストを踏まえると、『エドワード3世』の最後に言及される略奪品は、そのポリティカル・エコノミーの形式において、戦争が商業化されていく歴史過程をひそかに表象していると言える。『ヘンリー6世第2部』における兵士への支払いの問題への言及も同様に戦争の商業化という視点で読むことができるのではないか。兵士たちの略奪行為は、短期的には、フランスの田舎には破壊的な影響をもたらしたのだが、長期的にみれば交易市場を活性化した。その結果、税収入の基盤が拡大し仏国王は十分な現金を集めて強大化する軍事力を支えることができるようになった（McNeill 82）。ここに付け加えるべきは、そうした商業化をそもそも可能にする条件としての支払い能力のある商人＝銀行家の存在だろうか。最初に指摘した『ヘンリー6世第1部』冒頭における金と武器との交換可能性に、それは含意されていたのではないか。

第2章 『ヘンリー6世』3部作における「兵力と資金の不足」

　百年戦争をめぐり『ヘンリー6世』3部作で挿入され繰り返し言及される「兵力と資金」の問題は、国内で若い世代が展開する党派争いや国外でのジェンダーをめぐる闘争などとは別の上演されない表象である。言い換えれば、このひそやかに表象され読み取られるべきマネーとパワーのフィギュアは、戦争の商業化が進行する英国・ヨーロッパ初期近代の歴史性を指し示している。

　「英仏」百年戦争を描いたシェイクスピアの英国史劇は、なかでも『ヘンリー6世第1部』は、実のところ、戦いの雌雄を決する「兵力と資金の不足（want of men and money）」（*1H6* 1.1.69）を決定的なかたちで表象していた。これが本章のとりあえずの結論である。舞台でひそかに上演されていたのは、つぎ込まれる資金と動員される兵力だけでなく、それらの供給に関わるグローバルなネットワークでもあり、研究者・演出家泣かせのテクストとみなされてきた『ヘンリー6世』3部作の統一性のないドラマ形式に窺われる一見無意味にみえるネットワークが指し示していたのは、当時の英国が置かれたヨーロッパの地政学的状況であったのではないか。

3　英国史劇が表象する英仏百年戦争――近代への移行の契機なのか？

　英国史劇に描かれる英仏百年戦争は、西ヨーロッパの2つの領土主義国家間の対立を明示的に描いていながら、その領土主義国家が戦争の商業化で強いられた資金の必要性とその出処はなにも言明していないのはどういうことなのか。

　英国史劇が描いた時代、百年戦争から薔薇戦争終結までのヨーロッパ世界は、どのようなものだったと思考し想像したらよいのだろう。この戦争をきっかけに、教会勢力の衰退、封建制や荘園制の崩壊により、常備軍や官僚あるいは廷臣に支えられた王権が伸張し、中央集権化が進んだ、と教科書的にはおおむねこのように説明されることが多い。百年戦争はそうした中央集権国家とそれに代理表象される近代という歴史性の契機ということになろう。こ

うした説明において、近代国民国家への移行は、直線的で、「発展」あるいは「進歩」として肯定的にとらえていることも一応確認しておいてよい。しかしながら、このような歴史的動きを、むしろ「危機」と捉えているような立場も存在する。中央集権化へと歩みを進める国家間の競争は、絶え間ない戦争や兵士による略奪、重税と政治的混乱、経済的停滞、貧困と社会不安も産み出したのであり、その歴史的契機は、神聖ローマ帝国やローマ教会の制度や政治文化を基盤とした13世紀ヨーロッパの一体性の消滅や分裂をもたらす危機とも捉えられていた[11]。

　英国史劇が描く百年戦争は、グローバルな金融資本と世界システムとしての近代資本主義の「起源」（あるいはさまざまな始まり）との関係でみるべきではないか。ドイツの経済史家リチャード・エーレンバーグにしたがうなら、イタリア・ルネサンスは、フィレンツェの商人＝銀行家の産物であると考えることもできる（**Ehrenberg 21-63**, 特に **22-25**）。フィレンツェの銀行ネットワークがヨーロッパ全体に拡大していく主たる動因は、ヨーロッパ世界経済において急成長を続け高い利潤を生みだした羊毛貿易であった。そもそも13世紀後期にフィレンツェの羊毛工業が急速に拡大し原料である羊毛の国内供給が尽きると、おもに低地諸国とフランスから大量に輸入した粗生地をフィレンツェの熟練工が加工した。さらに、スペイン、ポルトガル、英国が次々とよりよい供給地としてあらわれ、フィレンツェの生産活動は拡大するが、一方で、生産過程の一部はブラバントやホラントの地域あるいは英仏という国家に移転され、他方、イタリア都市国家の市場を補うレバント市場では毛織物製品が香辛料や染料などアジア製品と交換された。ヨーロッパの大西洋岸への移転つまりイタリア製造業の空洞化の過程で、やがてイタリアの企業と商人は銀行業と投資活動へその重心を移しながら変容していくことになるだろう。

　このような資本主義生産と市場の拡大の過程において、略奪品の表象イメージとともに舞台にその王権が上演されるエドワード3世は、ヨーロッパ低地諸国にあるフランドルの産業を破壊して、その産業の一部を英国に移

すことに見事に成功する。英国の業績は、新しい領域の産業起業を創設するのではなく、むしろ産業の移入にあった。減少していく世界市場——フランドルの毛織物生産3大中心地のひとつイープル市における減少分だけで、英国の輸出貿易全体より大きかった——を前にして、英国は国力を行使し、原料を経済的に管理・支配することで、フランドルを犠牲にして、地域の経済的繁栄を獲得したようにみえる（Miskimin 95-96）。

　だが、1339年すなわちカレー入市の8年ほど前、百年戦争が始まって2年もたたないうちに、英国のフランス侵攻に融資していたフィレンツェの銀行家バルディとペルッツィは、エドワード3世によって支払不能を宣言されていた（Ehrenberg 50-51）。これがひとつの契機となって、バルディとペルッツィが倒産するだけでなくフィレンツェなどほかの銀行の信用も低落し、ヨーロッパの信用システムが大きな危機に陥った。羊毛貿易で歳入を拡大できた黄金時代が過去のものになっていたのだが、英国王に貸し付けていた資金回収の方法として、さらに新たな多額の資金を貸し付けることが求められた。すなわち、エドワード3世が元本・利子の返済能力を高めるために企画する領土の征服かフランドル生地産業の本国への移転。こうした企てが図られたのは、もともとは、英国がイタリアとフランドルの製造業の中心地に良質の羊毛を提供できる羊毛貿易の重要かつ最大の供給地だったからだ。近代資本主義世界システムは、フィレンツェの金融資本という「起源」とフランスへの経済的・政治的侵攻という始まりに規定されるが、このシステムの螺旋状の拡大・移動・変容をともなう歴史的編制過程との関係においてこそ、百年戦争は、捉えなおされなければならない。

　羊毛生産の成長性が鈍り利潤が減少しはじめると、フィレンツェの商人＝銀行家たちは西ヨーロッパに抬頭しつつあった領土主義国家間の権力闘争、なかでも英仏百年戦争によって生じる可動資本の需要に、新たな基盤を求め始める。百年戦争が継続する間、メディチ家などのマネーは、対立関係にある2つの領土主義組織間の均衡状態と、英仏両国のパワーが戦争の商業化で絶えず必要とせざるをえない財政援助を供給した[12]。商業・金融での仲介

者・媒介者としての金融資本は、経済的にも政治的にもこの機会において十分に活用されて資本主義的な世界のネットワークが構築・編制されたのであり、このシステム状況の変化は、同時に、百年戦争が生んだ英仏両国家間の可動資本を求める競争によって産出されたものであった。

英国史劇が上演された1590年代には、カレーはすでに英国の支配下にはなくフランスの領土となっているのだが、フェルナン・ブローデルによれば、1558年にカレーがフランスにより奪還されたことを契機に、英国は、島嶼になった。言い換えれば、ヨーロッパ大陸から切り離された独立したユニットとなった。この転換点以前は、英国は、英仏というひとつの全体性、あるいは、ヨーロッパ大陸の戦場で領土や報償を求める終わりのない戦いにおける、一地方または田舎として機能していたということだ。カレー喪失により大陸から分離されたことは、ローマ教会との分離ともパラレルな関係にあった。ただし、英国は島嶼となったとはいえ完全に孤立したわけではない、とブローデルはさらに続けて述べている。羊毛産業・生地生産から毛織物工業への移行という点を重視するなら、英国はより一層ヨーロッパの交易ネットワークの内部に位置付けられることになった。むしろ、英国の交易範囲は拡大し、その船は危険や脅威や陰謀にも直面する外の世界に進出していくことになったとさえいえる（Braudel *The Perspective of the World* 353）。

百年戦争における英国のカレーでの勝利という結末を舞台にかける『エドワード3世』は、アジンコートでの軍事的勝利とフランス王女との結婚を経て誕生するナショナルな英国政体を描く『ヘンリー5世』同様、一見、近代国民国家の創成を先取りして表象しているように見えるかもしれない。だが、英国の勝利が描かれるカレーという空間とそこで表象される戦争の資金と兵力のイメージに注目すると、英国とヨーロッパ大陸とのつながりや、ヨーロッパ世界経済のネットワークにおいて英国がいずれ演ずる海洋国家のイメージが先取りされ想像されているかのようだ。メタ通時的な歴史へと英仏百年戦争の表象を開く『ヘンリー6世第1部』とそれと間テクスト的鎖状をなす英国史劇の諸テクストは、領土的にはヨーロッパ大陸の諸国から切

り離されることによってむしろ、近代資本主義世界のグローバル・ネットワークにより密接なかたちで参与し関係づけられるようになっていく英国の単純にナショナルとはいえないナショナリティの編制過程を上演している、と解釈できるのではないか。

　シェイクスピアの歴史劇は、実のところ、英仏百年戦争をけして近代国民国家形成への契機として想像したりなどしていない。その表象形式において表象されている英仏両国の間の長い戦争は、単純にナショナルな覇権国が確立していく通時的展開ではなく、国家横断的に取引される資本主義的マネーと英仏の領土主義的パワーの矛盾を孕んだ関係性にほかならない。そもそも、前近代あるいは中世から近代へと、単純にそして単線的に歴史が移行したと考えるべきではないのだろう。また、中央集権国家の成立は、早くとも17世紀まで待たなければならない。そのけして短くない間、いわばナショナルな近代国民国家とグローバルな国際金融資本との間には、ある時は協力関係ある時は対立関係で行く過程が存在していた。中世の都市・都市国家はすべてそのローカルな地域ネットワーク的な経済的機能とともに消滅したわけではないし、近代の中央集権的国民国家の権威も、高等金融に転化したフィレンツェのメディチ家のような存在によっていつもすでに物質的・経済的・金融的なレヴェルで突き崩される可能性を秘めていた。ナショナルなパワーとグローバルなマネーの矛盾を孕んだ関係を具現化したのが英仏百年戦争の歴史であり、その歴史的過程自体を表象しているのが、英国史劇だったのではないか。

4　『ヘンリー6世』3部作から『ヘンリー5世』を再考するために　　──シェイクスピアが表象する市(フェア)と金融資本？

　本章における解釈は、『ヘンリー5世』が属する第2四部作とは対照的な第1四部作のなかでも注目されることの少なかった『ヘンリー6世』3部作を取り上げ、強力な王権を具現する主人公が存在しない失敗作とされる第1

第I部　英国史劇を読み直す

部と第2部の戦争の諸表象に注目することから始めた。英仏百年戦争を描いたシェイクスピアの歴史劇『ヘンリー6世第1部』は、英国の宮廷で一見それほど重要な意味などなきがごとく言及されるヨーロッパ大陸の戦場での兵力や資力の断片的なイメージによって、あるいは、それらが前提とする物質的な供給を可能にしているグローバルなネットワークの存在によって、再解釈されるべきだ。

　このような英国史劇の解釈からあらためて振り返ってみるならば、『ヘンリー5世』におけるバーソロミュー市(フェア)の表象イメージについても、再考する必要があるだろう。その上でさらに、シェイクスピアが提示した歴史劇の全体構造、そして、2つの四部作の関係性をあらたに問い直してみたい。シェイクスピアが表象する歴史劇の全体構造のなかで、その女性性と劇場的パフォーマンスの政治実践によって怪しいパワーを体現する悪の国王を上演する『リチャード3世』の構造的意味についても、新たなやり方で探ることになろう[13]。

　まずは、英国史劇の中心『ヘンリー5世』の構造的意味を、『エドワード3世』の結末におけるカレーで吟味される略奪品とそれがあらわす戦争の商業化との関連において、解釈し直しておこう。『ヘンリー5世』におけるトロワ条約によってもたらされる平和が、"you must buy that peace / With full accord to all our just demands"（$H5$ 5.2.70-71）というように取引や売買の対象となっていることはすでに確認したが、ここでも、『エドワード3世』においてひそかに指し示された戦争の商業化が比喩的にあらわされているのではないか。その和解の媒介であるブルゴーニュ公の存在は、また、公国領内のフランドル地方にも結び付き、北西ヨーロッパ都市圏と北イタリア都市圏との中間地点に位置し、ハンザ商人とイタリア商人が国家の境界線を越えて取り引きし交渉する場所であるだけでなく、英国をヨーロッパの経済ネットワークにつなぐ空間として表象している。

　すでに第1章で論じたように、アジンコートの勝利によって英国が獲得したフランスは、英国軍が侵攻するフランスの都市のイメージに結び付けられ、

隠喩的に、処女の城壁で堅く身を守っている女性身体で表現されている——"the cities turn'd into a maid; for they are all girdled with maiden walls that war hath [never] ent'red."（H5 5.2.320-23）。ただし、そのようにセクシャルな意味合いをになう都市は、"maids, well summer'd and warm kept, are like flies <u>at Bartholomew-tide</u>, blind"（H5 5.2.307-9 下線筆者）のように、ブルゴーニュ公を通して喚喩的にも表象されており、商業的な取引とそのネットワークに連鎖を形成する。フランスの政治・軍事的都市のイメージは、英国王室の公認を得て毎年定期的に開かれるロンドンの夏の市（フェア）、織物をはじめさまざまな商品が売買されたバーソロミュー市（フェア）と、比喩的に結び付けられている。

　バーソロミュー市（フェア）は、ロンドン北西の屠殺場と公開処刑場のあるスミスフィールドという周縁的な空間で開かれ、いまだ勃興的な形態の資本主義の生産・流通・消費の萌芽が集約される場所である、と同時に、民衆を含む多種多様な階級・階層の人びとがさまざまな境界線を越えて訪れて商業的・文化的エンターテインメントや社会・政治的反乱の諸スペクタクルを経験することが可能な機会を提供していた。英国のスミスフィールドを含む市（フェア）の歴史をたどった研究によれば、堅固な城砦都市のような市（フェア）においては国中からさまざまな階層・階級の人びとが金とモノの売り買いのために集まり、そこではいかなる種類の「小売業者（retailers）の不足」もなかった——"the Fair is like a well Fortify'd City…'tis not a little Money, they lay out; which generally falls to the share of the Retailers, such as Toy-shops, Goldfmiths, Brasiers, Ironmongers, Turners, Milleners, Mercers, &c, and some loose Coins, they reserve for the Puppet Shows, Drolls, Rope-Dancers, and such-like, of which there is no want"（Walford 141）。

　1年あるいは半年ごとに開催され商品・貨幣が取り引きされるバーソロミュー市（フェア）は、中世における商業革命というより時間的・空間的に拡がりのある契機でとらえることができ、英国における市（フェア）も、ヨーロッパのたとえばシャンパーニュやフランドルにおける市の発展と連動するものであった。シャン

第Ⅰ部　英国史劇を読み直す

　パーニュの大市を代表とする中世の市(フェア)は、十字軍以降に交易路が開かれ盛んとなった遠隔地商業が行われた地中海商圏と北海・バルト海商圏を結ぶ内陸部の代表的都市として、パリやルーアン・ボルドー（ギュイエンヌ）などとともに、交通の要衝をなしていた。その後 14 世紀になると、国民国家形成に向けて中央集権化されてゆくフランス国王の課税強化や大西洋沿岸の航路の発展にともない次第に衰退する。だが、英国の市(フェア)は、17 世紀に復活・拡大したのであり、その歴史的背景として、16・17 世紀において金融市場、労働市場、農産物の取引、そして新たな消費産業の発展において市(フェア)が重要な機能を果たすようになったことが指摘されている。言い換えれば、市(フェア)は、取引における決済を荘園や都市の権力領域の外部に移動するようになり、公的市場における規制を回避するものであった（Agnew 46-47）。さらに重要なのは、市(フェア)の非日常的で特異な空間が孕むグローバルな資本主義の構築・編制という契機であり、バーソロミュー市(フェア)は、さまざまな「同胞集団」が集まるコスモポリタンな取引場所であったヨーロッパの交易のネットワークの中心として機能したアントワープやリヨンの市(フェア)、あるいは、その後それらに取って代わったジェノヴァ商人の定期交換大市が開かれたピアツェンツァに連結する歴史的存在であった、ということだ。

　英国初期近代のメタ通時的な歴史物語を規定する、グローバルな金融資本にまつわる矛盾を解消しようとした結果が、ラキンがいう亡き王ヘンリー 5 世を中心とした英国史劇の円環構造である。ラキンはそれをジェンダーの問題としているが、ジェンダーの問題と重層的にかかわっている金融資本という点から見直すことが重要だ。そのために、『ヘンリー 5 世』におけるバーソロミュー市(フェア)の表象に注目する必要があったのだ。

　この市(フェア)は、フランス王女キャサリンへ求愛するヘンリー 5 世に対してブルゴーニュ公が性的な意味合いをこめた「ややふざけた露骨な言い回し」で答えたすぐあとで言及されるが、この場面では、"fair" が、美しい女性身体と商業的な市(フェア)が開かれる都市の 2 つを同時に意味するように言葉遊びがある。「あなた方は私を盲目にした愛に感謝していい、私の行く手に立ちふさがる

ひとりの美しきフランスの乙女のために、無数の美しいフランスの都市がみえなくなってしまったのだから」(*H5* 5.2.316-19)。王女キャサリンというひとりのフランスの乙女 ("one fair French maid") が前景化され、その背後にある無数のフランスの都市 ("many a fair French city") (*H5* 5.2.318) が舞台に視線を向ける観客の意識から後景に退きはっきり目にすることができなくなる。複数の集合的な存在である諸都市がキャサリンの身体によって代表される単一の都市となってしまうのは、フランス王シャルル6世の声によれば、ヘンリー5世がまるでからくり眼鏡または小型望遠鏡を通して覗いてでもいる ("you see them perspectively") かのようだからだ。

> *Fr King.* Yes, my lord, you see them perspectively: the cities turn'd into a maid.... (*H5* 5.2.320-21)

言い換えれば、近代的な遠近法・透視図法的な視座から上演を経験するならば、フランスはキャサリンという女性が英国の男性ヘンリーに対峙するかたちで表象される。

　だが、近代とは異なる形態をとるグローバルな金融資本のネットワークの比喩形象となっている「処女の諸都市 (the maiden cities)」の存在こそが何よりも重要だ。ひとりの乙女としてのフランス王女の個人的身体に、まるでそのおまけあるいは代補として、付け加えられるのが、侍女として王妃につきしたがう処女の諸都市である。「よろしい、あなたのいわれる処女の諸都市が侍女として王妃につき従ってくるならば、そして私の希望をさえぎるべく立ちふさがった乙女が私の欲望への道案内をつとめてくれるならば、話は決まりだ」(*H5* 5.2.326-28)。このように近代的な異性愛のイデオロギーをともなう結婚の準備と国民国家の形成へと歩みを進めるヘンリー5世は、「乙女のように大切に育てられ成熟の夏を過ごした」「バーソロミュー市の蠅」(*H5* 5.2.307-10) 同様[14]、さらにひょっとしたら舞台上の上演をまじめに楽しむ観客同様、盲目の愛に囚われているのかもしれない。

第Ⅰ部　英国史劇を読み直す

　そして、「処女の諸都市」に表象される交換・流通システムの結節点となるフィギュアは、第1章で指摘したように、ブルゴーニュ公であった。字義通りにここであらためて確認し直すならば、和睦を結ぶ英仏両国間の盟約が保証されるために、英国王は、ブルゴーニュ公の、そして、貴族一同の誓約をきかなければならない。そうした誓約があってこそ、はじめて、結婚するヘンリーとキャサリンとの愛の誓約の行為が結婚式とともになされるのであるし、その誓いはまたヨーロッパ資本主義世界システムに属する人びとの商業的・経済的繁栄を予示するはずのものであった。「ブルゴーニュ公殿、貴公と貴族御一同の誓約を／うかがいたい、われらの盟約の保証のために／そしてケイト、そなたとも、そなたから私へも、愛の誓いの言葉を互いに交わしあおう／われらの誓いが守られ、繁栄しますように！」（$H5$ 5.2.371-74）。ブルゴーニュ公の存在を媒介にして炙り出されるグローバルな資本主義の空間を指し示す諸都市のいくつかは、しかしながら、『ヘンリー6世第1部』の冒頭でフランスの手に落ちたと報告される。これらの都市が指し示すのは、パリやオルレアンのような政治的・軍事的な都市だけではなく、ギュイエンヌ（アキテーヌ、ボルドー）や中世大市のシャンパーニュを含む商業都市の記号によってイメージされるような、国民国家の境界線をすり抜けて移動する自由な金融ならびに商業・物流のネットワークにほかならない。

　だが、国民国家のパワーだけでなく金融資本のマネーを含む資本主義の世界システムによって、英国史劇の全体構造もとらえ直されるべきだったのではないか。旧来、シェイクスピアの歴史劇はエドワード・ホールの『年代記』を代表とするテューダー朝歴史叙述に提示されてきたいわゆる「テューダー朝神話」を支持する歴史観によってとらえられ、そうした歴史観の反映を目的論的・直線的な形式において読み解いてきた。英国は中世最後の正統的な王リチャード2世の王座をボリンブルックが簒奪し亡き者としたことで神の呪いを呼び起こし、エデンの園から転落して薔薇戦争に突入するが、幾多の流血の苦難を経てランカスター家の血を引くリッチモンドが、積悪を一身に集めたようなリチャード3世を破り宿敵ヨーク家のエリザベスとの婚姻

によって両家を合体、テューダー王朝を開いてエリザベス 1 世のもとの幸福と繁栄の用意をした。これが 2 つの四部作において「幸運なる転落」を語るテューダー朝神話である（斎藤 169）。

　こうした不和と和合、混乱と秩序の間で揺れ動く不安定な英国が平和と秩序を取り戻す物語を歴史的に語る、その表象形式自体の意味が、徹底的に、とらえ直されなければならない。そもそも、シェイクスピアの歴史劇には『ヘンリー 7 世』という劇テクストが存在しないのはなぜか。そしてまた、英国史劇の順序は、歴史的事件の発生の順序とは異なり、歴史が知られた順序となっているのはなぜだったのか[15]。「テューダー朝神話」を支える摂理史観だけでなく新たに勃興しつつあったマキャヴェリ的史観の存在をも視野に入れながら英国史劇を再考したラキンによれば、第 1 四部作では、摂理の歴史観が力と偶然が支配する醜悪なマキャヴェリ的歴史観によって破壊されたのち、第 2 四部作では、両史観が渦巻く弁証法のうちに進行したのち転落した英国を「キリスト教徒の国王の鑑」（*H5* 2 Cho. 6）ヘンリー 5 世が回復する摂理の物語がイデオロギー的に理想化・神秘化してきた。摂理史観からマキャヴェリ史観への移行は歴史的事象に対する神学的説明と世俗的説明が葛藤しつつ共存しているものとしてみなされなければならないのだが、シェイクスピアの歴史劇全体の中でもとりわけ『リチャード 2 世』から『ヘンリー 5 世』までの第 2 四部作は、英国の前近代王朝国家から近代国民国家への移行を描く物語として特権的地位を与えられたままであり、他方、ヘンリー 6 世の荒廃した治世を上演する第 1 四部作は依然として周縁化されている（Rackin および斎藤）[16]。

　ラキンが分析した『ヘンリー 5 世』を不在の中心とする円環構造は、もとをただせば、ヘンリー 7 世の王権すなわちテューダー朝の権威を、イデオロギー的に正統化するためだったのではないか。テューダー朝の政治文化を再検討した研究によれば、1590 年代英国国内の反乱や政治・軍事プロパガンダや失業や激しいインフレーションといった経済危機という歴史状況においてこそ、英国史劇のさまざまな表象がとらえられなければならない

(Herman)。さらに、ヘンリー 7 世治下の詩人・歴史家たちは、ヘンリー 5 世の王権の系譜をイデオロギー的に構築するために、帝権の表象を活用した、ヘンリー 5 世が戴冠した帝冠（imperial crown）はその息子にして継承者であるヘンリー 6 世に移譲され彼ら 2 人の正統な継承者であるヘンリー 7 世の現在に脈々と続いていると（Herman 221-22; Anglo *Spectacle* 37)[17]。

だが、このような政治文化研究も示唆するように、帝国を表象する王権の継承は、物質的・生物学的には、血統の問題と切り離すことはできないのであり、父と息子の絶え間なく反復される連続性は、母あるいは妻となる女性の存在すなわちジェンダーの問題にいつも媒介されなければならない。そもそもヘンリー 7 世の王位継承権を正統化する必要性はヘンリー 7 世の出自に関わっている。ヘンリー 7 世はオウエン・テューダーの孫にあたるとされるが、この祖父は、夫ヘンリー 5 世に先立たれた妃キャサリンの再婚相手だった。ランカスター家を代々継ぐ系譜をつくるときの鍵を握っているのがこの王妃ということだ。実際、ヘンリー 5 世と 6 世が亡くなった今、王冠の行方は彼女がだれを結婚相手とするかという彼女の選択に依存せざるを得ない。そしてこうした王位継承の物語をヘンリー 7 世の桂冠詩人にして公的な歴史家であったベルナール・アンドレや詩人マイケル・ドレイトンが構築し流布させている（Herman 222-24）。父と息子の連続性を強調するこの系譜とは別に、こちらは前景化されることはないがヘンリー 7 世はその母マーガレット・ボーフォートを通じてランカスター公ジョン・オブ・ゴーントの血縁につながっている[18]。シェイクスピアの歴史再構築のプロットは、歴史叙述の目的論的直線的な年代順序を、ヘンリー 5 世の死で始まり、終わるという円環構造に変更し、王の喪失の瞬間を表象する点で接するその円環が、ヘンリー 5 世という名前が名指す英雄的過去あるいは不在を取り囲む。だが、ラキンが主張するように、英国史劇は、目的的・直線的な歴史を歴史叙述と劇場的パフォーマンスの始まりも終わりのない反復に置き換えるだけではない。

「なぜ『ヘンリー 7 世』じゃないのか」、それは、『ヘンリー 5 世』によっ

て中心化される英国史劇がそれ自体を空虚な表象形式において脱中心化する構造を通じてテューダー朝の正統な王権という物語をその現在性において突き崩しているからにほかならない[19]。このように国内の政治・軍事イデオロギーならびに経済状況のコンテクストにおいて解釈されるシェイクスピアの歴史劇の全体構造を、さらに、近代国民国家とは異なる帝国やグローバルな金融・経済のネットワークの文化空間に拡大・転回し、その表象形式の意味を問い直す可能性はないだろうか。

　このような英国史劇の再読が、英仏百年戦争を経済的に規定する不在原因すなわちグローバルな金融資本を触知しそのネットワークの流通・運動を探ることになる。このような劇テクストの読みにおいては、ジャンヌ・ダルクの浅薄な愛国主義への訴えによって説得されフランス側に寝返ったブルゴーニュ公フィリップ（善良公）ではなく、その息子シャルル無鉄砲公に注目することが重要だ。英国史劇の舞台にはその姿をあらわすことはないが、シャルルは無謀にも古のロートリンゲン復活の野望を抱きそれを実現せんとする過程でフランスをはじめとする周辺の国と対立・闘争を繰り返し、最期は、スイスの長槍隊＝傭兵によって斃された。最後のブルゴーニュ公シャルルの戦争を規定していたのも、この同じグローバルな金融資本であった。「フランスのルイ11世、イングランドのエドワード4世、ブルゴーニュのシャルル無鉄砲公が互いに闘っていたとき、メディチ家は、世界史の流れに最大の影響力をもっていた」（Ehrenberg 52）。このような「世界史」を規定するグローバルなマネーとナショナルなパワーのポリティカル・エコノミーにおいて、百年戦争をメタ通時的に上演・表象した『ヘンリー6世第1部』における「兵力と資金の不足」も、解釈されるべきだったのではないか。

Notes

1 　パジェントリとしての葬式と英国テューダー朝の劇場文化との関係については、すでに以下のように主張されている。"Funeral obsequies are the pageant

theater of death and mourning; tragedy...is above all a drama of death: the funeral constitutes, I would suggest, an important and largely neglected area in the study of pageantry on the English stage (Neill 154)." ここに引用した Michael Neill は、伝統的な歴史研究の主題領域と美術を含む視覚芸術とが交錯し互いに流通する場において、初期近代英国演劇を広くとらえる可能性を実践し続けている研究者である。ケンブリッジ大学で M. C. Bradbrook のもとで学んだニュージーランド出身の Neill は、旧来のシェイクスピア研究をナショナリズム・植民地主義の観点から批判した 1980 年代以降の英国の政治的解釈とも、米国のジェンダー・人種・セクシュアリティによって読み直す新歴史主義とも少し違ったスタンスから、新旧さまざまな歴史研究（たとえば、Lawrence Stone, Erwin Panofsky, Roy Strong 等々）を継承・転回している。

　また、シェイクスピアの演劇とりわけ歴史劇を、グローバルなメディア社会あるいは情報社会の現在という視点から探り、さまざまな舞台上演や映画版テクストに差異を孕みながら反復されたりアダプテーションとして流通・消費される過程を論じた Hodgdon の研究も、参照せよ。Hodgdon の解釈は、テクストの内容ではなく閉止＝完結性（closure）という形式が孕む差異性や矛盾をていねいに読み解くものであり、英国のナショナルな歴史に関する表象作用自体における歴史叙述・排除・反転などの意味を狭義の文学・演劇を超えた文化空間において問い直す試みである。必ずしもさまざまな上演やパフォーマンスまたはフィルム・テクストを直接扱うことはしないが、本書で実践される読みもまた、劇テクストの閉止＝完結性と矛盾に注目して、現在のグローバル資本主義世界とそのメディア文化における「演劇」を考察する。と同時に、本書は、英国初期近代の歴史の表象形式をブルゴーニュ公国の政治文化との関係性に注目することにより、英国史劇の構造をその全体性において解釈することを目指す。

2 　王位継承にかかわる「時間の正当な連続 "fair sequence and succession"（*R2* 2.1.199）」には悲劇的終わり・結末をめぐる黙示録の時間感覚が伴っている。その契機における葬式は、弔いの黒のイメージが帯びるすべてを平等に水平化する無名性の記号となっている。"The funeral procession is not simply an incarnation of earthly order, but an intimation of the process that will ultimately sweep that order away forever: against the elaborately arranged hierarchy of its processional form funeral sets the leveling anonymity of

its mourning blacks-symbolically confounding the meticulous hierarchies of costume enshrined in what Keith Thomas has dubbed 'the vestimentary system'"(Neill 164)。

3　Rackin はすでに以下のように指摘していた。英国の失われた過去の栄光へのノスタルジアが、そのイデオロギー的転位・隠蔽にもかかわらず暴露してみせるのは、シェイクスピアの歴史劇がジェンダーの差異をめぐる闘争と抗争のうちに文化的に構築されたものにほかならないことである。端的に言い換えるならば、英国史劇のジェンダー表象に注目することは、その表象の劇場性（theatricality）が商業的 (commercial) 表象でもあったことが示唆されている (Rackin 85)。『ヘンリー 6 世』の劇場性については Howard and Rackin 51-55 をみよ。フェミニズムの解釈とは別に、『ヘンリー 6 世』のジェンダー、劇場性、商業性の関連について同様の読みの可能性を示唆した例として玉泉の以下の解釈も参照せよ。「トールボット亡き後、戦争の亡霊は彼女だけ、その戦闘的イメジを観客意識の中で葬らねばならない。捕われた彼女が火焙りの刑を免れんとして、妊娠しているだの何だのとわめきだし、急に魅力をなくすのは、こうした観客の心の動きの先取りだったのではあるまいか。だが、このままで劇が終っていたら、彼らは浮かぶ瀬はないし、客は客で物足りなさを覚えたに違いない。観客とはどう仕様もなく身勝手な存在なのだ。……この科白を耳にした時、観客は……男装の美少女を悲劇の主人公、女主人公に再び祭りあげえたと感ずるのではあるまいか」（玉泉 19-20)。「この科白」は「全面講和」を求めてきた「キリスト教国支配者たち」に従う意志を伝えるヘンリー 6 世の書簡の内容を聞いたヨーク公の怒りへの言及である。「われらがかさねた苦役の結果がこれか？／これまでどれだけ多くの貴族たちが無残に殺され、どれだけ多くの将校や紳士、兵士たちが／この戦いで斃されたか／そして国の利益 (their country's benefit) のためにその体を犠牲 (sold their bodies) にしてきたか／それなのに結局はこんな女々しい和睦を結ぼうというのか？」(*1H6* 5.5.102-7)

　トールボットとジャンヌの関係性について、その単純な対立を批判的に検討した例として、すでに Leggatt *Shakespeare's Political Drama* がある。捕えられ処刑されるジャンヌと最終的に対決するのは、王位をひそかに狙い薔薇戦争の発端に絡むヨーク公だった。

4　スペイン無敵艦隊の撃退後の処女王エリザベスが統治し王権を引き継ぐ世継ぎが

第Ⅰ部　英国史劇を読み直す

期待できない英国の歴史状況、あるいは、メアリーの処刑に続く内乱の危機をめぐる年代記や劇のさまざまな表象も、単純なイギリス／スペインの戦争・抗争を超えたグローバルな地政学的関係において解釈されるべきであることを示唆しているのではないか。

5　歴史的には、グロスター公が、ヘンリー 6 世の同盟者ブルゴーニュ公の利益を犯しただけでなく、兄であるベッドフォード公の意向に反しても妻の権利主張に基づいてエノー、ホランダ、セーランドに侵攻した、そして、これらの行為がもとで、諸侯たちの信頼が薄かったとされる。

6　フランス王の王冠は、エドワード 3 世に「贈与（gift）」あるいは「報酬」として、エドワード黒太子によりもたらされる。"My gracious father, here receive the gift, [*Presenting the crown of France.*]/ This wreath of conquest and reward of war, / Got with as mickle peril of our lives /As e'er was thing of price before this day;" (*E3* 5.1.192-95 下線筆者).

7　エドワード王とカレー市民との緊張関係に和解をもたらすのが、王妃フィリッパによる嘆願であることも興味深い。フィリッパが表象するのは、彼女の出身国フランドルに隣接する低地諸国の 1 つエノー伯（領）でもある。1 幕 1 場でフランドルや神聖ローマ帝国との媒介として登場するエノー伯に代わり、英国とカレーとの同盟関係、すなわち、英国がヨーロッパ世界経済のネットワークの内部に位置付けられるために、低地諸国が媒介となっていることが、王妃の存在によって示されているようだ。

8　"Despite its importance in the English wool export trade, Calais was, as contemporaries recognised, above all a "town of war." It had the largest permanent establishment of military resources in late medieval and early Tudor England and served as the arena in which the English elite of the fifteenth and early sixteenth centuries could gain experience in war, diplomacy and politics. Because of its proximity to France and the Burgundian, later Habsburg Netherlands it was also the means by which European methods and theories of warfare were transmitted to England." (Grummitt 1 下線筆者)

9　だが、戦争の商業化における英国のフランスに対する優位は、のちに覆され、英国軍はフランスから追い払われることとなった。

第 2 章 『ヘンリー 6 世』3 部作における「兵力と資金の不足」

10 "Thy ransom, John, hereafter shall be known;/ But first to England thou must cross the seas, To see what entertainment it affords" (*E3* 5.1.209-11 下線筆者) ここでは、エドワード 3 世が捕虜として捕らえたフランスのジャン 2 世の身代金を要求している。興味深いのは、略奪・捕獲された人質とマネーが、宮廷文化のメディア表象（"entertainment"）の消費との結びつきにおいても示唆されているようにみえることだ。

11 欧州連合条約（マーストリヒト条約）が調印された 1992 年に出版された、フレドリック・ドルーシュ『ヨーロッパの歴史——欧州共通教科書』は、「連邦制」あるいは「ヨーロッパ市民」という立場から、従来「発展」とみなされた移行とその契機を「危機」と捉えている（ド・ルーシェ 159）。EU が発足するのは 2 年後、1994 年は、アメリカ大陸にもリージョナルな自由貿易圏 NAFTA が形成される。ユートピア的な連邦主義を、地中海の無数の群島からなる島嶼性のヴィジョンや複数性に特徴づけられた多島海のシステムによって提示したのは、Braudel *The Mediterranean* 154, 160-61 であった。

12 資本主義的組織と領土主義的組織あるいはマネーとパワーの議論については Arrighi も参照のこと。

13 『ヘンリー 5 世』は英仏戦争におけるアジンコートの戦いで勝利をおさめ、ヨーロッパ大陸に領土を広げる外向きの英国を、他方、『リチャード 3 世』は薔薇戦争におけるボズワースの戦いでヨーク家のリチャード 3 世とランカスター家の傍系リッチモンド伯の抗争そして終結を描く内向きの英国を提示するようにみえる。しかしながら、『ヘンリー 5 世』は、その後百年戦争で、外向きに拡大するどころか大陸での領土を失う。内向きに収縮していくかにみえる『リチャード 3 世』であるが、この劇テクストで英国の王権につくヘンリー 7 世の時代、外交政策＝大陸撤退などにより島嶼に退却したことが、むしろ大英帝国の基礎を築くマネーとパワーの新たな同盟につながるのだ。第 5 章で『リチャード 3 世』を論じるときにあらためて論じるが、この新たな同盟は、英国史劇上演に先立つ 1560 年代に、グレシャムがエリザベスに提案したもので王立取引所が具現するものであった。

14 第 1 章でも部分的に言及したバーソロミュー市（フェア）の比喩的イメージが挿入される場面で、ブルゴーニュ公がヘンリー 5 世の求めに応じて王女キャサリンを巧妙に説得し取り込むことを約束した台詞を原文で示せば、以下の通り。

51

第Ⅰ部　英国史劇を読み直す

> Bur. I will wink on her to consent, my lord, if you will teach her to know my meaning; for maids, well summer'd and warm kept, are like flies at Bartholomew-tide, blind, though they have their eyes, and then they will endure handling... (*H5* 5.2.306-10)

　興味深いことに、これまで政治的・性的な意味を特に重視して解釈されてきたこの場面の前に、求愛の場面、あるいは別の言い方をすれば、外国語としての英語を話すスキルをもちあわせぬフランス王女に英国王ヘンリーがほどこす言語レッスンの場面が設定され、『ヘンリー6世第1部』におけるトールボットの英語とジャンヌのフランス語との抗争の場面と共鳴しているようだ。
　また、バーソロミュー市(フェア)に集まる夏の蠅は、市(フェア)でも有名で屋台で売られるバーソロミュー豚にたかる蠅を指示しているらしい（市河・嶺）。さらに、『ヘンリー6世第3部』でも、タウトンの戦いでヨーク家の勝利が決定的になり、クリフォード卿が死を目前にランカスター家の命運を憂いながら、勝者ヨーク家の周りに「夏の蠅のように群がる」民衆や、「夏の蠅のようにのさばる」（*3H6* 2.6.17）ヨーク家の比喩表象として使用されている。
15　実際にそうした試みの一つとして、すでに本書第1章において、Howard and Rackinの研究を検討しておいた。
　ここで、これまでのシェイクスピアの歴史劇全体に関して研究史の概要と典型的な解釈を振り返っておこう。本格的な批評・研究が始まった20世紀に入って、まずは悲劇との差異に注目したジャンル論的アプローチにはじまりその政治性に踏み込まれるような研究が行われたが、E. M.W. Tillyard, *Shakespeare's History Plays*（1944）という英国史劇研究を画する書物が上梓された。歴史劇を政治劇とみるティリヤードは、『ヘンリー6世』3部作と『リチャード3世』を第1四部作、『リチャード2世』『ヘンリー4世』2部作、『ヘンリー5世』を第2四部作と捉え、そこに首尾一貫したヴィジョンすなわちエドワード・ホールが『年代記』で示した「テューダー朝神話」の歴史観を読み取るというものだ。『ヘンリー6世』3部作についていえば、それまで合作・剽窃説もあり、特定の主人公が存在しない統一性を欠いたつぎはぎ細工的なテクストとして低い評価を与えられてきた。だが、そうした統一性を欠いたようにみえる歴史劇は、そもそも不和と和合、混乱と秩序の間で揺れ動く不安定な英国という国家そのものを主人公としている

のであるから、不和／混乱につながるその統一性のなさにこそ意味が見出されることになる。その後の歴史劇批評は、Tillyard から発するというほど、その影響力は意外に大きく長い。たとえば、1990 年代半ばの時点で「ティリヤード再読」を試みた斎藤の例をみよ。

　70 年代以降、反 Tillyard 的な立場が明確になるが、1980 年代に登場した新歴史主義批評あるいは文化唯物論批評が「歴史的コンテクスト、理論的方法、政治的コミットメント、テクスト分析を併合し、……文学テクストの含意を歴史の中で研究する」というマニフェストを掲げて Tillyard の議論に代表される「特定の歴史的・地理的制約、政治的イデオロギーを超越した普遍的価値の体現者として、統一的なシェイクスピア像を前提に行われてきたリベラル・ヒューマニズムのシェイクスピア研究」（岡本 244）を批判した。そうした研究状況において、劇の結末が孕むエリザベス朝後期・ジェイムズ朝初期の権力関係の関連を上演研究の視点から研究した Hodgdon、フェミニストの立場から歴史劇を再読した Howard and Rackin 等々の研究が登場した。これらの研究については、本書第 1 章ですでに議論した。

　その後 21 世紀の研究については、たとえば、2010 年の *Shakespeare Survey* 63 における英国史劇の特集を、参照のこと。

16　英国史劇第 2 四部作に含まれる『リチャード 2 世』、『ヘンリー 4 世』2 部作が舞台にかける時代は、歴史的には休戦交渉、休戦協定の期間であった。『リチャード 2 世』は、ヘンリー・ボリンブルックによる王位簒奪を扱っているが、その基調となる表象モードは中世の封建的世界をノスタルジックに理想化したものであった。また、『ヘンリー 4 世』は、ヘンリー 5 世に即位する前のハル王子が若き放蕩ものとして民衆文化の空間に参入するものの、結局はフォルスタッフら放埓な仲間たちを追放し、彼らとの差異化を通じて自らの自己成型をなし立派な新王として戴冠するという、いわゆる生産的権力の「転倒と包摂（subversion / containment）」のダイナミックスが主題化されている（Greenblatt）。

17　ヘンリー 7 世の帝国支配のイコノグラフィー、とりわけ、帝冠の表象については、Hoak ならびに大谷「テューダー朝の政治文化とヘンリー七世」も、それぞれ、参照のこと。ほかに、文化史の観点からテューダー朝の国王権力を分析した井内の例がある。また、テューダー朝のヘンリー 7 世とその宮廷祝宴局を中心とした「エンターテインメント」あるいは文化外交（cultural diplomacy）については、

有路・成沢 2-32 がある。
18 21世紀の現在、この母マーガレットと息子ヘンリーの関係についてはフィリッパ・グレゴリー（Philippa Gregory）が女性の視点から描いた大衆歴史小説 *The Red Queen*（2010）があり、グローバル・ポピュラー・カルチャーとして流通している。
19 シェイクスピアの歴史劇の年代的順序や全体構造について、ディコンストラクション批評の最良の実践を通じて、その時々において断片的なかたちではあるが、鋭い洞察力を示したのは Parker であった。"Such providentialist language – presenting Richmond's victory over Richard III as the apocalyptic "point" or period of this history – was of course commonplace in Tudor writing. But Shakespeare's staging of this rhetoric in the context of dramatic histories that <u>preposterously rearrange</u> the order of the Tudor chronicles undoes the sense of culminating conjunction and hence the *telos* or "end" on which the structure of a providential line itself depends"（Parker 70　下線筆者）. 英国史劇の特異なアレンジメント（preposterous rearrangement）を、その全体性において構造分析し、「近代世界システムの起源、構造、進化」という点から再考するのも本書の目論見のひとつである。

第 3 章

ヨーク家の国王エドワード 4 世の結婚
―― 交換される女が表象する薔薇戦争とヨーロッパ初期近代の地政学

1 薔薇戦争と『ヘンリー 6 世第 3 部』

　第 2 章では、『ヘンリー 6 世』3 部作のうち第 1 部と第 2 部における戦争の諸表象に注目し、これまで失敗作、カオスとみなされてきた『ヘンリー 6 世』3 部作において、舞台でひそかに上演されていたのは、つぎ込まれる資金と動員される兵力だけでなく、それらの供給に関わるグローバルなネットワークでもあることを論じた。言い換えれば、『ヘンリー 6 世』3 部作の統一性のないドラマ形式に読み取れるネットワークが、当時のヨーロッパの政治的・経済的国際関係の全体性あるいは地政学的状況を部分的に前景化した英仏間の戦争を規定していた可能性を探った。本章では、英仏百年戦争終結後の薔薇戦争とヨーク家による統治の始まりを描いている『ヘンリー 6 世第 3 部』を取り上げる。英仏百年戦争の結果、英国はカレーを除くヨーロッパ大陸における領土を喪失し北フランスにおける英国による支配は崩壊し、英国国内の体制が揺らぎ、百年戦争中にすでにみられた党派同士の抗争が激化し、動乱の時代に突入することになる。これがいわゆるヨーク家とランカスター家との王権をめぐる闘争、薔薇戦争の時代である。薔薇戦争は 1455 年のセント・オールバンズの戦いに始まり、1485 年のボズワースの戦いにおいて終結する[1]。『ヘンリー 6 世第 3 部』も『ヘンリー 6 世』を冠するほかの 2 つ

のテクスト同様明確な主人公は存在しないのだが、ヨーク家のエドワード4世に注目するならば、1455年に始まる薔薇戦争の初戦セント・オールバンズでの戦いの後、彼が1471年テュークスベリの戦いにより復辟するまでを描いている。歴史的にはそれは1461年タウトンの戦いに勝利して即位した後の安定期の時代といわれる期間にあたる。

『ヘンリー6世第3部』においても、いったんはランカスター側に奪取された王権をヨーク家のエドワード4世が「買い戻した（Repurchas'd）」（*3H6* 5.7.2）ことに目をつけて、本書前章の解釈のように、戦争のための資金とその供給のネットワークにアプローチすることができるかもしれない。また、相争う両家の戦いにおいて兵士の亡骸を探り金貨やゴールドを求める場面（*3H6* 2.5.55-93）に注目して、商業化される戦争における略奪品の意味をさらに探ることもできるかもしれない――「風が吹きゃあ誰かがもうかるようになっている。おれだって一対一で戦ってこの男を討ち取ったが、こいつの懐にだっていくらかの金貨はあるだろう」あるいは「さあ、ゴールドをちょうだいするぞ、いくらかでももっていればだが、さんざん斬り合ってやっと手に入れたゴールドだからな」。ただし、この場面が表象する結局はカネ目当てに参加する戦争あるいは戦争の商品化は、家族の危機を描いてもいるようだ。薔薇戦争を扱うシェイクスピアの歴史劇は王に徴収されてロンドンからやってきた無名の兵士たちを描くのに「父親を殺してしまった息子」と「息子を殺してしまった父親」とを舞台上にのせる。敵味方に分かれて争い父が子を子が父を殺めることが果てしなく繰り返されるような、家父長制への挑戦が上演されていたということか。

近年、『ヘンリー6世第3部』は、内乱によって引き起こされた王権ならびに家族の問題によって、あるいは、旧い親族構造にもとづいた家父長制的国家の崩壊と新たな異性愛体制によるその再構築によって、アプローチされてきている。なかでも、ジェンダー表象に注目し逸脱した女性像の私的空間への閉じ込め（domestication）のイデオロギーによって『ヘンリー6世第3部』を解釈するハワードとラキンは、内乱としての薔薇戦争と男同士の絆

(male bond) に基づいた家父長制的国家にして家族でもあるヨーク家の亀裂と崩壊を問題にしている。だが、ヨーク家という家族の亀裂のそもそもの契機となっているのは、エドワード4世の結婚でもある。本章の読解は、3部作最後の劇テクストで上演・表象される結婚の問題に注目したい、『ヘンリー6世第3部』ヨーク朝の外交政策でもある結婚政策すなわち具体的には女の交換が表象するヨーロッパ初期近代の地政学を炙り出してみたいからだ。そのように『ヘンリー6世第3部』を再解釈することによって、英国史劇における近代国民国家としての英国の産出が、国内のナショナルなポリティクスだけでも英仏の対立だけでもなく、どのようなグローバルなネットワークに関わっていたのか、ということを探ることになるだろう。

2 英国国内の亀裂・対立とヨーク家の家父長制的国家・家族

『ヘンリー6世第3部』は、エドワード4世が「宮廷の楽しみ（the pleasure of the court）にふさわしい豪勢な勝利の祝宴そして愉快な道化芝居（stately triumphs, mirthful comic shows,/Such as befits the pleasure of the court）」（*3H6* 5.7.43-44）を命ずる姿で幕を閉じる。きわめて興味深いことに、テュークスベリの戦いにおいてランカスター側に勝利し一度は失った王権を再びその手に取り戻したエドワードは、ヨーク家の王権存続を願いながら、妻エリザベスと息子エドワードにそれぞれ愛称で、ベス、ネッドと呼びかける。「ここにきてくれ、ベス、わが子にキスさせてくれ、ネッドよ、おまえのために、叔父さんと私は、冬の夜も甲冑を付けたまま寝もやらず、夏の焼けつくような日の盛りも徒歩で行軍したのだ、おまえが平和のうちに王冠を戴くことができるようにと。その労苦の収穫をおまえがかならずや刈り取ってくれよ」（*3H6* 5.7.15-20）と。華やいだ雰囲気のうちに祝われるこの勝利とヨーク家の家族のなかには、後継ぎの王子の叔父たち、すなわち、ともに戦ったリチャードだけでなく、一度は敵方に寝返りながらも最後は和解をしたジョージも含まれている。薔薇戦争の内乱と党派争いに一時的な平

和をもたらしたこの王権が再建されるのは、エリザベスとの異性愛ならびにエドワード王が兄弟たちと結ぶ男の絆が確認される場において、ということだ。「今こそ心安んじて王座に就くことができる、わが国の平和とわが弟たちの愛 (my country's peace and brothers' loves) とを、わたしは得たのだから」(*3H6* 5.7.35-36)。この場面には、ヨーク家の治世という「永遠の喜び」(*3H6* 5.7.46) の始まりとともに、英国王家の新たな家族の再構築が上演されているようにみえる。

　ハワード、ラキンのフェミニズム解釈によれば、この場面で家族の喜びに浸ってしまっているエドワードは、公的な王国の問題よりもエリザベスへの私的な愛を優先させてしまっている。舞台の上にいるはずだが一言も台詞を与えられない「愛しく従順な」女性エリザベスは、実は、権謀術策渦巻く戦場と宮廷のレアルポリティークの世界を生きるエドワード４世の男性性を優しく穏やかな家庭生活の耽溺へと甘く誘い込むことにより王としての公的権力に対する脅威となっており、ジャンヌ・ダルクやヘンリー６世妃マーガレットのような好戦的で野心に満ちて公然と家父長制に挑戦するような悪魔化された女性と同じかそれ以上に巧妙かつ危険な存在である (Howard and Rackin 99)。エリザベスが近代的異性愛にもとづいて構築されたヨーク家の王権にとって脅威となるのは、エドワードとの結婚が、男同士の絆に基づいた旧い家族形態あるいは親族構造としてのヨーク家の亀裂と崩壊の原因となっているからだ。

　実際、ハワード、ラキンも論じるように、『ヘンリー６世第３部』の結末、５幕７場の祝祭空間にひそかに挿入されドラムとトランペット (drums and trumpets) の喜ばしき楽音をノイズのようにかき乱すリチャードの傍白に注目すると、再構築されたはずの家族が前提とする家父長制的血統の連続性を支える男と男の間の絆にほころびが生じているのがわかる。親木である兄エドワード王への愛のしるしとしてその果実である甥に口づけするとき、「実を言えば、胸に悪意を抱きながら、主イエスに口づけし、『万歳』と叫んだユダと同じさ」(*3H6* 5.7.33-34) とリチャードの不満が漏れる。かつては、

第 3 章　ヨーク家の国王エドワード 4 世の結婚

　ヨーク公リチャードという勇敢な父親を通じて、3 人の息子は兄弟の絆で固く結ばれていた。ウェイクフィールドで戦うヨーク公の身を案じるリチャードは、その勇敢さを讃え、父との絆を確認する。「ああ、父上の息子というだけで、大変な名誉だ」(*3H6* 2.1.20)。その直後、エドワードとリチャードは天空に奇跡的ヴィジョン、すなわち、3 つの完全な太陽が「まるでこの同盟の絆はけして破られることはないというように、近づき、抱き合い、口づけする」(*3H6* 2.1.29-30) 不思議な光景を目にする。息子（son）と太陽（sun）の言葉遊びであることは一目瞭然であり、「勇敢なプランタジネットの 3 人の息子」(*3H6* 2.1.35) の堅固で神聖不可侵な絆を誇示するかのようだ。

　しかしながら、エドワードの盾の紋章でもあるこの 3 つの太陽の結合は崩壊へと向かうことになる。淫靡に隠されたリチャードの欲望と野心の噴出が、英国史劇の第 1 四部作最後に位置する『リチャード 3 世』の舞台で存分に上演されるのをいずれ目にすることになるだろう[2]。だが、『ヘンリー 6 世第 3 部』においてすでにその片鱗は十分うかがえるのであり、異形の身体に生まれ落ち異様な女性性と怪物性を備えるリチャードの権謀のパフォーマンスが、グレイ家の未亡人の女エリザベスの性的魅力に一瞬にして虜となったエドワード 4 世が求愛する舞台の中心から距離を置いた周縁空間で演じられる。

　「はっきり言おう、私はあなたと寝たいのだ」(*3H6* 3.2.69)。英国王エドワードの求愛は、フランス王女キャサリンへのヘンリー 5 世のはっきりと政治的な政策に基づく結婚で使用された慣習的な回りくどい比喩表現と比べれば、ずいぶん直截なそしてあまりに露骨に即物的ですらある表現だ[3]。エドワードという男性個人が望む愛は、グレイ夫人が思うような美徳の精神性に特徴づけられた愛などではなく、彼女がこの謁見で願い出るものの見返りとして臣下の身分の女性に要求するものを意味している。"the fruits of love" という言葉が 2 人の間で繰り返され交換されるが、この言葉は、未亡人にとっては主君への感謝と祈りという「愛の証」であっても、男性主体にとっては性的対象エリザベスの肉体にほかならない (*3H6* 3.2.58-59)。

第Ⅰ部　英国史劇を読み直す

　このような近代的異性愛体制に彩られたエドワード4世の個人的な欲望と愛の行為は、弟や自らの出自であるヨーク一族の家系への忠誠心が完全に喪失していることをあらわしてもいる。ヨーク家の親族構造と男たちの間で絆によってその王権を継承すべき国王が、欲しいものは個人の強い意志と能力あるいはパフォーマンスの力によって手に入れればよしとする性的男性主体に変容している。このとき、エリザベスに魅了されたエドワードの変容を目の当たりにする2人の弟たちは、傍で、批判的な視線を向けている。とりわけ、グロスター公リチャードは、ヨーク家の親族への裏切りをきっかけに、自らも権力を欲望する男性主体として王冠への野心を明確に台詞にしてみせる。「俺は、ネスター以上に弁舌の才をふるいもしよう、ユリシーズ以上に巧みに欺きもしよう……色を変えることではカメレオンにも勝る、かたちをかえることでは海の神もかなうまい、残忍さにかけてはマキャヴェリ (the murtherous Machevil) だっておれの弟子だ。そのようなおれが王冠ひとつ手にできないのか？ばかな、引きはがしてでもこの手にせずにおくものか」(*3H6* 3.2.188-95)。

　リチャードの独白があらわすマキャヴェリズムと劇場性あふれるパフォーマンスが表象するのは、ハワード、ラキンが主張するように、ランカスター家との抗争を勝利に導いたヨーク家の男同士の絆における亀裂であるのは確かなようだ。また、ランカスター家の家族についても、旧来の伝統的な血縁による結びつきは危機にさらされているようにみえるのも興味深い。3幕1場でスコットランドからひそかに変装して敗走し森番に捕えられたヘンリーが自分の保身のために英国と国王への忠誠心に虚しく訴えかける場面があるが、国王ヘンリー自身、自らの身体と王冠が象徴する王権を存命中は維持することと引き換えに、英国の王家としてのランカスター家への忠誠を敗れたヨーク公に譲渡していた (*3H6* 1.1.171-75)。王冠は、父ヘンリーから息子へと男性の間で継承されることはない。薔薇戦争をヨーク家と戦うランカスター家においても、新たに産出される家族は変容している。ひょっとしたら、この変容は、王権の商品化の過程とも連動して勃興したものであり、英

第 3 章　ヨーク家の国王エドワード 4 世の結婚

国の王家とその家族の絆の継承が、神聖なる相続（sacred inheritance）ではなく、譲渡可能な財産（transferable property）に変容したのかもしれない（Hattaway 14; Howard and Rackin 89-94）。このように、『ヘンリー 6 世第 3 部』を規定する近代的な異性愛体制は薔薇戦争の長い紛争のなかで一時的に確立したヨーク家の王権を突き崩す要因となっている。言い換えれば、旧き親族構造における男同志の絆（なかでも国王と弟リチャードとの間）に亀裂を生じさせやがて大きな対立・戦いへと展開する原因となる、男性主体エドワード 4 世の私的なセックスと家族への欲望は、性的対象としてのエリザベスの身体によって生産されたものである、といえるかもしれない。

　このような伝統的な親族構造の崩壊を、ジェンダーの差異とそのイデオロギーに注目するハワード、ラキンは、エドワードとエリザベス・ウッドヴィルの異性愛関係をヨーク家 3 兄弟の男同士の絆の亀裂という視点から解釈しているが、異性愛体制に基づくこの結婚は、交換される女エリザベスの表象によって、再解釈される必要がある。まず第 1 に、未亡人としてのエリザベスのエドワードとの結婚は、亡夫のグレイ家とヨーク家を結びつける。色好みの評判をとるエドワードは未亡人の女に魅了され愛人のひとりとしてではなく正式な妻すなわち王妃として迎えたのだが、そもそも、エリザベスがエドワードと顔を合わせることになったのは、セント・オールバンズの戦いでランカスター側の騎士として戦い命を落とした夫の没収された所領のためであった。未亡人がグレイ家の失われた領地の回復を国王に嘆願しなんとか手にすることを願うのは、亡き夫が残した 3 人の「子どもたちのため」（*3H6* 3.2.26-41）であった。エドワード 4 世からすればグレイ家の領土と引き換えにエリザベスという性的身体が取り引きされるのだが──「とにかくあの女の願いを認め、夫の領地をあたえることにしたからな」（*3H6* 3.2.116-17）──、この性的取り引きと政治的結婚を通じて残されたグレイ家の男たちは英国宮廷の政治に参加していく。第 2 に、このような同じことはエリザベスの実家ウッドヴィル一族にさらにあてはまる。1464 年のエドワード 4 世の結婚で姻戚関係を結ぶウッドヴィル家と王妃の連れ子グレイ家の男たちを

61

第Ⅰ部　英国史劇を読み直す

図版3.　レディング修道院におけるエリザベス・ウッドヴィルの即位式

加えた集団が、タウトンの戦いでの勝利以降の宮廷政治において重要な勢力の一派をなすことになる。こうして、『ヘンリー6世第3部』において交換される女として表象されるエリザベスは、ウッドヴィル家ならびにグレイ家とエドワード王のヨーク家とを媒介する機能を担っていると同時に、エリザベスの結婚によって抬頭する2家族の新興勢力はキングメーカー、ウォリック伯のネヴィル家一派の力と緊張関係を産み出すことになる。エドワード4世とエリザベス・ウッドヴィルとの結婚すなわち英国の結婚政策において期待されない相手との婚姻関係は、ヨーク家の家族の絆を分裂するだけでなく、薔薇戦争のさまざまな内乱・紛争を多種多様な対立に反復しグローバルに拡大していくことになる。

3　エドワード4世の結婚とヨーロッパ初期近代の地政学

　エドワード4世とエリザベス・ウッドヴィルとの結婚は、ヨーク家の家族内における男同士の絆に楔を打ち込み崩壊に導くだけでなく、国王とキン

グメーカー、ネヴィル家のウォリック伯との間の絆にも亀裂を産み出す。この亀裂は、国内だけの問題などではない。たとえば、地方の新興勢力を取り込むことで王権強化を目論む国王と旧来の土地貴族を「残滓的 (residual)」に代表しいまや過大な力を有するネヴィル家の党派との対立といったように。それは、英国国家の外交・軍事政策でもある結婚政策のレヴェルで明らかになるように、百年戦争終結後も続くヨーロッパの政治的・経済的国際関係と切り離せない問題である。ただし、それは、ハワード、ラキンが論じるように、英仏間だけの対立の問題であろうか。

『ヘンリー6世第3部』2幕6場において、ランカスター家との抗争において勝利を手にしたヨーク家のエドワードに、ウォリック伯は、ロンドンに堂々と凱旋し英国王として即位するよう促し、自らは戴冠式を見届けた後、フランスに向かい仏王妹ボーナ姫との結婚と英仏同盟を取り結ぼうとする。「さあ今からロンドンに堂々と凱旋し、そこで英国王として即位されますよう、そこから私ウォリックは海を渡りフランスへ、ボーナ姫をあなたのお妃に迎えにまいります。そうすれば両国の絆を固く結ぶことになるでしょう」(*3H6* 2.6.86-90)。ウォリック伯の外交政策は、英仏同盟の強化であり、ボーナ姫との政略結婚を通じて、英国王家があわよくば再びフランス王位を回復することすら視野に入れていた。しかし、その後エドワードがウォリックに相談することなく秘密裏に結婚してしまったためウォリックの計画は台無しになってしまう。「名誉を傷つけられた (He dishonors me)」(*3H6* 3.3.184)と憤慨したウォリックは、自らの名誉をけがしたエドワードを見限りランカスター側に寝返る。まずは、娘アンをヘンリー6世の息子エドワードに娶せ、もうひとりの娘をエドワード4世の弟クラランス公ジョージと結婚させることがその第1歩になる。ジョージの方でも、兄エドワードの結婚政策に憤りを覚え、ウォリック伯とともにランカスター側につき、戦いだけでなく結婚においてもエドワードに勝利して、王位継承を主張しようと企むことになる。だがそれ以上に重要なのは、ウォリック伯がランカスター家の前王ヘンリーの復位を、庇護・支援を求めてフランス王のもとを訪れていたヘンリー

6世妃マーガレットに、約すことである[4]。「名誉をもって報いられるべき私だ、彼によって失われた私の名誉を取り戻すために、彼を捨てヘンリーのもとに戻るぞ。お妃さま、過去の遺恨は水に流しましょう、これからはあなたの忠実な僕としてお仕えします。ボーナ姫に対する侮辱の仇を討ち、ヘンリーをもとの王座にお着かせします」(*3H6* 3.3.192-98)。

このように、シェイクスピアのテクストにおいては、エドワード4世により汚された「名誉」が意味するウォリック伯の男性性が問題になっているようだが、より注意深く読解するなら、前近代的王朝国家の政略結婚と近代的国民国家の異性愛体制との対立図式そのものを規定するジェンダーならびにセクシュアリティのイデオロギーが表象されている。歴史的には、ヨーロッパの地政学的状況と英国国家の政治的戦略が、ヨーク家の国王の結婚問題に関与していた。すなわち、ウォリック伯は英国の代表的親仏派としてルイ11世と反ブルゴーニュ攻守同盟政策を追求したのに対し、エドワード4世と王の親戚としてグレイ家とともに重用されたウッドヴィル家の集団は、親ブルゴーニュ公国の路線を選択したのだ。

もとはウッドヴィル家のエリザベスで現在は英国内では爵位のない騎士の未亡人であるが、グレイ夫人は、初代リヴァース伯リチャード・ウッドヴィルとジャケッタ・オブ・ルクセンブルクの娘であった。母のジャケッタは、ヘンリー5世の弟ベッドフォード公の2人目の夫人であり、夫の死後身分の低いリチャードと結婚したため相続するはずの寡婦財産も没収されるが、ジャケッタの生家サン・ポル伯家は、かつてはボヘミア王やハンガリー王、神聖ローマ皇帝すらも輩出した名家ルクセンブルク家の分家であり、その本家は15世紀にブルゴーニュ公国の領内に参入された。騎士と下級貴族の中間ほどの階級的地位にあったウッドヴィル家と英国王家との間で交換される女エリザベスは、実は、母方のルクセンブルク家の血縁と系譜を経由して、英国国内を横断的に超越し、ブルゴーニュ公国すなわちフランスとは異なる外国にも結び付いているようなのだ[5]。

交換される女エリザベスは、ウォリック伯とライバル関係にあるウッド

第 3 章　ヨーク家の国王エドワード 4 世の結婚

ヴィル一族である、と同時に、その対立関係が、英国国内の境界を横断的に超越して、ウォリック伯派・フランス同盟と英国国王派・ブルゴーニュ公国同盟との諸対立としても拡張され複雑に再編されている可能性を孕んでいることになる。それでは、このようなヨーロッパ初期近代の地政学において重要かつ特異な位置を占めるブルゴーニュ公国の表象は、劇テクスト『ヘンリー 6 世第 3 部』のどのようなところに探ることができるであろうか。英国史劇では、国内の対立が英仏の対立には結び付けられているものの、英国とブルゴーニュ公国との関わりは、なぜか、前景化されていない。しかしながら、薔薇戦争の実際の戦闘を物質的に支える過程について注目し読み直してみるならば、このヨーロッパの同盟勢力が、ヨーク側に援助を提供することで、いったんはランカスター側に英国を追われ王権を喪失したエドワード 4 世に勝利と復位をもたらす、ウォリック伯派にはきわめて厄介な存在であることに気づく。このテュークスベリの戦いにおいて勝敗を決定する存在として登場するブルゴーニュ公国が表象しているのは、なにか。

　ウォリック伯の寝返りにより、エッジコートの戦いで敗れたエドワードは、一度はブルゴーニュ公国の領土である「フランドル（Flanders）」（*3H6* 4.5.21）に逃亡するが、その後、「ブルゴーニュからの待望の支援（desirèd help from Burgundy）」（*3H 6* 4.7 6）を得て英国に上陸する。

　　第 7 場　ヨーク市の前
　　華やかなラッパの吹奏　王エドワード、グロスター公リチャード、ヘ
　　イスティングズ、兵士たち（ホラント人の軍隊）登場
　　王エドワード　さて、リチャード、ヘイスティングズ卿、その他のもの
　　　　　　　　　も聞いてくれ、この度は運命もかつての埋め合わせをし、
　　　　　　　　　この身の落ちぶれた境遇とヘンリーの輝く王冠とをもう
　　　　　　　　　一度取り代えてくれようとしている。
　　　　　　　　　われわれは無事海を渡り、ブルゴーニュから待望の援軍
　　　　　　　　　を連れて再び海を越えてきた、こうしてレーヴンスパー

第Ⅰ部　英国史劇を読み直す

の港に上陸し、ヨーク市の城門前に到着したからには、あとはただ、自らの公爵領に入るがごとく入市すればいいのだ。(*3H6* 4.7.1-9)

これに対して、4幕2場のト書きで示されるフランス兵を率いて英国に上陸するウォリック伯のほうは、フランス王ルイから「王室艦隊」(*3H6* 3.3.253)と「5000のフランス兵」(*3H6* 3.3.236)の支援を取り付けている[6]。それでは、ブルゴーニュからの支援の具体的な内容はどうか、そしてまた、いかなる表象形式において提示されているか。

　ヨーク側の逆襲をまさに迎え撃とうとするウォリック伯はエドワード王の声を通じて上演されるブルゴーニュを差異をともなう反復形式において再演・表象するのだが、その台詞は、以下の引用にあるように、ブルゴーニュ公国を修辞的に表象するこの隠喩的イメージをそのまま字義通りに解釈しようとすると、少なからざる読解上の混乱を引き起こす。

> WARWICK　What counsel, lords? Edward from <u>Belgia,</u>
> 　　　　　With <u>hasty Germans</u> and <u>blunt Hollanders,</u>
> 　　　　　Hath pass'd in safety through the Narrow Seas,
> 　　　　　And with his troops doth march amain to London,
> 　　　　　And many giddy people flock to him.
>
> 　　　　　　　　　　　　　　　　(*3H6* 4.8.1-5 下線筆者)

エドワード4世と海を越えて英国に渡った援軍は、ブルゴーニュ公国の兵士たちとは単純にいえないような存在だ。少なくとも、英国兵やフランス兵といった言葉で現代のわれわれ観客が思い浮かべるような近代国民国家の常備軍とは、似ても似つかない兵力の表象イメージが舞台の上に立ちあらわれているのは、間違いない。ロンドン大司教の館でヘンリー6世やモンタギューらを集め迎撃の作戦を練るウォリック伯の視座を通して、エドワード4世

第 3 章　ヨーク家の国王エドワード 4 世の結婚

と彼が率いる部隊が、難なく海峡を渡って英国に上陸しはやりにはやってロンドンを目指して兵を進めており、移り気な民衆も多数もどってきた王を歓迎しているのは明らかである。だが、エドワード王が率いてくる「せっかちなドイツ人や無骨なホラント人（hasty Germans and blunt Hollanders）」（*3H6* 4.8.2）の正体はなにか。換喩的に脱修辞化されたイメージによって提示されるこれらの兵士たちは、はたしてブルゴーニュ軍と呼べる存在なのだろうか。またその前に、エドワードが母国へ向けて出発した亡命先を指示しているとおぼしき「ベルギー（Belgia）」とブルゴーニュ公国の関係は歴史的にどう理解したらいいのか。

　「ベルギー」の辞書的な意味は、低地諸国あるいはネーデルラント（the Low Countries）内のスヘルデ川やマース川が流れている地域（*OED*）であるから、フランドルを含む地域ということになる。つまり、「ベルギー」の意味内容には、ブルゴーニュ公国領内のフランドルも入っていることになる。近世のフランドルには、アントワープも帰属しており、15 世紀末、ブルージュに取って代わってヨーロッパ経済の中心になることになるアントワープでは、ドイツ人やホラント人たちが商人として活躍した。「無骨なホラント人」も、現在のオランダとは同一のものではなく、彼らの拠点となるホラント伯領は、当時においては、ブルゴーニュ公国内の領土の一部をなしていた。こうした商人のイメージが、エドワードの軍隊と一緒に上演されているドイツ人やホラント人なのか、すなわち、ヨーク家のエドワードを勝利に導くのは、ブルゴーニュ公国軍の軍事的援助だけではなく、フランドルというヨーロッパの地域空間で活躍する商人との経済的関係ということなのか[7]。だが、劇テクストと歴史的コンテクストとの関係はそのように単純反映論ではとらえられないのではないか。

　フランドルはブルゴーニュ公国に属するが、それはいかなる空間だったのか、今一度、確認しておこう。1460 年代のヨーロッパにおいて、ブルゴーニュ公は、フランス王を除けばもっとも強大な資力と権力を誇る支配者であり、英国王に引けを取ることはけしてなかった。歴代のブルゴーニュ公に歳入を

もたらしていた 2 つの主要な地域はなんといってもフランドルとホラント であり、その次がブラバント、そしてアルトワとエノーが続き、南部のブル ゴーニュ公領を含むそれ以外の領地から入る金額はほとんど意味のない程度 のものであった（Vaughan *Valois Burgundy* 103）。

　そもそもブルゴーニュ公国領内に富の源泉であるフランドルが含まれるの は、初代ブルゴーニュ公フィリップ剛胆公がフランドル伯の娘と結婚しフラ ンドル伯の爵位と領土を獲得したからだ[8]。ブルゴーニュ公国の政治力も、 たとえ公国名の由来であるブルゴーニュ公領なしでも、低地諸国で保たれて いた。フランスの勢力があまりに強大になるのをおさえることを第一の目的 としていた英国の外交政策において、ブルゴーニュ公をフランス王へ対抗さ せる必要性があった。だが同時に、フランドル、ブラバントやセーラント等 を含む、低地諸国の独立性を保持しておくことのほうが、英国経済とりわけ 羊毛産業にとっては、重要であった。なぜなら、フランドルは、英国産の羊 毛の重要な輸出先であり、ブラバントとセーラントは、重要性が増大した毛 織物の輸出先であり、そしてアントワープは、ヨーロッパの市場における英 国産製品取引の中心であり、英国とブルゴーニュ公国は緊密な結びつきが あったからだ。もちろん、歴史的に、両者あるいは英国の毛織物商人とフラ ンドル諸都市の間の商業的利害がパートナーとして一致することもあればラ イヴァルとして齟齬をきたすこともあった（中澤）。だが、英国とブルゴーニュ 公国それぞれが相手方を出し抜き政治的な同盟関係をフランスと結ぶ局面が あるとしても、フランス王権を牽制し抑制することが両国の国益・利害に合 致していた。

　ヨーロッパの国際政治において英国にとってもうひとつ重要な空間が存在 した。ブルターニュ公国である。このブルターニュ公国とは、英国にとって フランスに対抗するための有益な同盟相手であったのであり、それはフラン スが対英国のためにスコットランドとの間に結ぶ協力関係に匹敵する。ブル ターニュ公国は、強力な海軍と水兵を有するだけでなく、海岸には強い南西 風が吹いて大陸側から英国を攻撃するのに絶好の基地となっていた。ブル

ターニュ公国が 1491 年にフランスの支配下に陥った折に、英国政府は莫大な費用をかけてでも、強大な常備海軍を配備する必要にかられた。英国の外交政策において、ブルゴーニュ公国とブルターニュ公国を防衛することは、フランスの領土拡張主義を封じ込めるためにも、死活問題であったのだ (Davies 165-66)。

『ヘンリー 6 世第 3 部』では、この場面の後まもなく結婚・外交政策においてエドワード 4 世と対立することになるウォリック伯が、エドワードのロンドンでの戴冠を見届けた後エドワードの婚姻の交渉を進めるため、ブルターニュに向かう。「海を越えてブルターニュへ渡りご結婚の成立をはかります、ご異存がなければ」(*3H6* 2.6.96-98)。さらに、ランカスター側のサマセット公はリッチモンド伯ヘンリー(後のヘンリー 7 世)を庇護するために送り届けるのが、ブルターニュだった。「いやな知らせだな、エドワードが逃亡したというのは。ブルゴーニュは必ず援助の手をさしのべるだろうし、そうなると遠からずまたしても戦争というわけだ。たったいま、この幼いリッチモンドに対するヘンリー王の希望に満ちた予言に心躍らせたばかりなのに……内乱の嵐が過ぎ去るまでこの子をブルターニュに送ろうと思う……」(*3H6* 4.6.89-97)。

また、ウォリック伯は、エドワード 4 世がブルゴーニュ公と交わした対仏侵略を妨げるために、英国をドイツ人商人たちのハンザ同盟との抗争に巻き込むことに成功するが、エドワード王はこれまで抗争を続けていたハンザ同盟から遠征を支援する軍隊を提供する同意を取り付けるという驚くべき策をとった。ちなみに、これがのちに 1474 年のユトレヒト条約に発展し、ハンザ同盟は英国において特権的な立場を得ることになる (Davies 173)。シェイクスピアの劇テクストでは、ウォリックは「忠愛なる市民」(*3H6* 4.8.19) がいるとみなすロンドンにヘンリーを残しウォリックシャーの忠実な部下たちとランカスター側の宮廷が置かれたコヴェントリー近くのテュークスベリでの決戦に挑む。だが、この戦いの始まる前にすでに、ヨーク派の捕虜となったヘンリーの姿が舞台にあらわれ、再び英国王として宣言せんとするエド

ワードによってロンドン塔への幽閉を命じられる（*3H6* 4.8.57）。ロンドンは以前から親ヨーク・反ランカスターだったようだ。そもそもヨーク派の聖俗諸侯とロンドン民衆の推薦を受けて王位についたエドワードは1461年、ロンドン市当局の財政的支援を得て、大兵力とともにランカスター派をヨークシャー南部のタウトンの戦いで破ることで支配を確立した。さらにこれより前の1461年のセント・オールバンズの戦いでは、財政的窮迫のため兵士に賃金を支払うことができなかったランカスター派は英国南部の略奪・破壊・虐殺を公認したためロンドン市への入市を拒まれた。ヨーロッパ大陸から英国へ帰還したエドワードがヨーク市長と交渉のうえ入手した鍵で開門し「自らの公爵領に入るように市内に入る(we enter as into our dukedom)」(*3H6* 4.7.9) のとは鮮やかな対比をなす。

　ヨーク派を政治的に裏切ったウォリック伯の失墜という歴史的出来事は、ハンザ同盟と英国の総力戦の継続に対するロンドンの商人たちの思惑を見誤ったことにあった。かつては、政府が自分たちの利益を保護政策によって守ってもらえない不安を抱えていたロンドン商人たちと、カレーに拠点をもち自分の私的な海軍でフランスや低地諸国を攻撃していたウォリック伯は、同じ利害を共有していた。ところが1467年、ウッドヴィル家のエリザベスと結婚したエドワード4世の英国は、それまで国内毛織物製造業保護のために外国商人とりわけブルゴーニュ公国内のフランドルの商人に対して敵対的な政策（たとえば関税やポンド切り下げを含む）を反転させる。英・ブルゴーニュ公国通商条約が結ばれ、ここに、貿易戦争の終結をみる。以前は外国との総力戦を歓迎していたロンドン商人も、新たな和約のほうが利益になるとすばやくフレキシブルに方向転換したのに対して、ウォリック伯のほうは、低地諸国における貿易戦争継続がロンドンにおいて支持されるはずだと誤算した（Davies 170, 173）。海峡を越えてヨーロッパ大陸にまたがる英国の薔薇戦争を規定するこのようなマネーとパワーの錯綜した関係を、すなわち、ハンザ同盟だけでなくフランドルの地域空間で活動するローカルな商人たちさらにはロンドンあるいは地方都市の市民たちとも連結する多種多様な

第 3 章　ヨーク家の国王エドワード 4 世の結婚

歴史的対立・連携を、「せっかちなドイツ人や無骨なホラント人」という断片的な言説に、直接的に、読み取ってしまってもよいのだろうか。

　ここで、英国国王エドワード 4 世が志向した親ブルゴーニュ公国政策を、ブルゴーニュ公シャルル無鉄砲の政策・戦略の観点から歴史化しておく必要がある。英国における危機はフランスとブルゴーニュ公国間の戦争勃発と時期を同じくしていた。ブルゴーニュ公国は、ヨーク家の政権が倒れ危機に直面している英国からの報復を心配する必要がなくなったルイ 11 世により、宣戦布告をうけていた。シャルルのフランスとの戦いの勃発は、薔薇戦争のさなかにある英国の危機状況と時を同じくしていた。ウォリック伯派との戦闘に敗れたエドワードを支援しヨーク家側につくことを危惧したシャルルは、ランカスター王家を承認し英国に対して中立の立場をとろうと考えたのだが、その外交政策の転換を選択させる地政学的状況が出来する。低地諸国を英仏の間で分断しようと企むルイ 11 世は、ウォリック伯にホラントとセーラントを報償として差し出したのだ。これに対抗してシャルルはブルゴーニュ公国と英国ヨーク家との同盟を決意する。しかしながら、無鉄砲公シャルルが実際に実践に移す政策・戦略に、十分な注意が払われなければならない。政治・軍事状況の急変や異変に素早く対応しマネージメントできるように、ブルゴーニュ公国の臣下たちには、自らの軍隊を派遣する支援を禁じたうえで、エドワード王の英国に 20000 ポンドの資金を提供・供給することにより兵力としてホラントの船隊と傭兵隊を戦争の労働力として雇用することを可能にした（Ross 160; Vaughan *Charles the Bold* 71）。『ヘンリー 6 世第 3 部』の舞台上にかけられているエドワード 4 世の援軍を実際に構成するのは、こうしたドイツ人やホラント人からなる傭兵部隊であり（*3H6* 4.8.1-5）、これら国・地域や所属の点で種々雑多な傭兵たちのなかには、フランドルの砲兵たちの姿もあったらしい（Hammond 141）。

　英国史劇における兵士たちは、英国からいくつもの境界線や海峡を越えて転回し拡大された政治的・経済的戦いの諸地域とその分散的なローカルな空間から調達されている。「せっかちなドイツ人や無骨なホラント人」は、そ

の差異をともなう反復形式において、ブルゴーニュ公国の隠喩的イメージ「ブルゴーニュからの待望の支援」を脱修辞化する表象であり、このトランスナショナルで異種混淆的な兵力の集団性が、ヨーロッパ初期近代の地政学を特徴づけている、と解釈されるべきだ。

4 もうひとりの交換される女とカレーの空間
――ブルゴーニュ公国の隠れた表象?

　交換される女エリザベスの表象は、ウッドヴィル家との間にその絆が構築された英国王エドワード4世とその絆の構築によって排除されたキングメーカー、ウォリック伯との国内の対立だけを上演するわけではない。ウォリック伯の政略的な結婚政策とエドワード4世の異性愛による成婚との亀裂において、前者が目指したフランス王ルイ11世と英国王を軍事・資金の面で援助するブルゴーニュ公国との地政学的対立もまた表象されている。そしてその過程において、ヨーロッパ大陸のカレーとブルゴーニュ公国領のフランドルという経済・金融上の拠点をめぐる複雑な同盟・矛盾の存在が指し示されている。

　ヨーク家の初代王エドワード4世の結婚は、フランス王家の血筋との縁組ではなく英国国内の身分の低い女性を選択することで、一見大陸撤退の外交政策を選択したようにみえる。しかしながら、その女性の出自にかかわるルクセンブルク家とそのヨーロッパ大陸の旧家を領土内に所持するブルゴーニュ公国との関係に視線を向けると、そう単純ではないことが確認できる。エドワードの結婚ならびに外交政策をめぐる対立は、ブルゴーニュ公国とフランスそれぞれに対する英国の外交政策・戦略の亀裂が関わっており、国内の戦争や対立がヨーロッパの国際関係をめぐるマネーやパワーと国家横断的に関わっていることに注目しなければならない。言い換えれば、英国史劇における近代国民国家としての英国は、その文化的他者＝外国をフランスとみなすハワード、ラキンによるフェミニズム解釈が示唆する以上に、より

第 3 章　ヨーク家の国王エドワード 4 世の結婚

グローバルな空間を舞台とする歴史的過程のうちに産出されたものである。ヨーク家の王権の始まりを描いた『ヘンリー 6 世第 3 部』は、エドワード 4 世の結婚を実質的に具現する女の交換が表象するヨーロッパ初期近代の地政学によってこそ、再解釈されるべきだ、これが本章の結論である。

　本章の最後に、『ヘンリー 6 世第 3 部』のもうひとつの読みの可能性を探るために、ウッドヴィル家のエリザベスとは別のもうひとりの交換される女にも注目してみたい。すなわち、英国王ヘンリー 6 世にフランスのアンジュー家から嫁ぎ、ランカスター家との男同士の絆を構築する媒介項となった王妃マーガレット。『ヘンリー 6 世第 3 部』の結末、敗北したランカスター家の一員として捕虜となったマーガレットが、父レニエ公が支払う「娘の身代金（her ransom）」（*3H6* 4.8.40）と引き換えに、再度、英国からフランスへ交換される。王エドワードは「あの女を船に乗せ、フランスへ送り返してやれ」（*3H6* 4.8.41）と命ずる。この劇テクストの冒頭、ランカスター派の敵意を代表するマーガレットによって、このときは敗戦を喫し謀反人の汚名を着たヨーク公リチャード、エドワード 4 世の父が、勝ち誇る盗賊が手を伸ばす「分捕り品（their conquer'd booty）」（*3H6* 1.4.63）に身をおとされ、屈辱と恥辱のうちに縊れヨーク市の城門の上に晒し首となる場面と対照されて、同じ捕虜の身分でも、ヨーロッパ初期近代の政治文化と戦争におけるジェンダーの差異と女性身体の機能が際立ったかたちで提示される。

　問題は、交換される女としてのアンジュー家のマーガレットの身代金はどのようにして調達されたかだ。

> Clarence. What will your Grace have done with Margaret?
> 　　　　[Reignier], her father, to the King of France
> 　　　　Hath pawn'd the Sicilis and Jerusalem,
> 　　　　And hither have they sent it for her ransom. (*3H6* 5.7.37-40)

マーガレットの父レニエは、フランスのアンジュー公の爵位をもつと同時に

第Ⅰ部　英国史劇を読み直す

シチリア、ナポリの王を兼ねており、フランス王家の血筋につながる彼は、娘の身代金を英国に払うために、シチリアとエルサレムの領土を抵当としてフランス王に差し出したと、エドワードの弟クラランス公ジョージの台詞は述べている。だが、別の場面の国王エドワードによれば、アンジュー公レニエは「名目だけはナポリ、シチリア、エルサレムの王ということになっているが、その実、英国の田舎地主（yeoman）ほどの財産も持っていない」(*3H6* 1.4.121-23)。マーガレットの父親が現実にはそれほど豊かではなく"the Sicilis"と呼ばれるイタリア南部や中東の領土の資産価値をあてにできないとするならば、娘を交換するための資本あるいはその代替物はどこに求められたのか。薔薇戦争ではなく、そもそもそれに先立つ英仏百年戦争における交換される女としてマーガレットを描く『ヘンリー6世第1部』において、シチリアやエルサレムといった領土とは別の空間のイメージが表象されている。

> レニエ　ふつつかな娘をそのような立派な方の花嫁にとのお申し出、恐縮するほかはない。
> 　　私としては、メーヌ、アンジューのわが領地（Maine and Anjou）を他国からの圧制も受けず、戦禍も被ることなく平和の裡に収めることさえ認めていただけるならば、喜んで娘をヘンリー王のお手に差し上げたい。
> サフォーク　そのお言葉を身代金として、姫をお返ししよう。
> 　　また、2つの領地を、平和と安寧のうちに治めたい、とのご希望については、私が責任をもってお引き受けする。
> 　　　　　　　　　　　　　　　　　　　　　　(*1H6* 5.3.151-59)

対仏戦争の収拾策の和平交渉において、マーガレットと英国王ヘンリーの政略結婚がその要となったが、その外交・軍事交渉の過程において、英軍占領下のメーヌとアンジューはレニエに明け渡されることになった。そして、こ

の2つの領土のうちメーヌは、ブルターニュ公国に隣接し軍事的に重要な拠点であった。この北フランス・ノルマンディ地域にあるメーヌをめぐる英仏の闘争・抗争は、常にフランスからの英国の撤退を印しづける象徴的空間となっていた。

　同じような問題を含んでいるのが、ヨーロッパ大陸にあるカレーの空間だ。『ヘンリー6世』3部作が上演されたテューダー朝の時代、そのナショナルおよびグローバルな政治文化を処女王エリザベスの結婚・外交政策によって解釈するにも、ドーヴァー海峡が北海と交わる地点に面するカレーに注目することが意味をもつかもしれない。『ヘンリー6世第3部』においては、英国は大陸における領土をすべて喪失する、そして、この喪失が薔薇戦争という国内の内乱あるいは党派争いに戦いの場を移すという歴史物語の図式の前提をなしてきた。たしかに、セント・オールバンズの戦いの後のヘンリー6世は「フランスのことを語るな、あなたはそのすべてを失った人だ」(*3H6* 1.1.110) と非難され、エドワードは、ヘンリー5世の遺産は「フランスから洗い流され、本国では王冠をめぐる内乱が渦巻き始めた」(*3H6* 2.3.157-59) と主張しながらマーガレットと対峙する。だが、実際には、テューダー朝のある時期まで、カレーは、まだ、フランスの手にわたってはいなかった。ヨーロッパ大陸における英国の最後の足場がフランスの手に落ちたのは、メアリー・テューダーの短い治世になってからであった。

　たとえば、ランカスター家の王妃マーガレットは、ヘンリー6世復位のため兵力と資金援助を仏王ルイ11世に請う見返りに、カレーを差し出そうとした。実際、ルイ11世にマーガレットが「正義のご援助を請い願う (thy just and lawful aid)」(*3H6* 3.3.32) のを、いささか抽象的な言辞においてではあるが、シェイクスピアの歴史劇も描いている。フランスは間もなくカレーを包囲し征服に成功するところまでいくが、カレーの特定市場つまり羊毛貿易を行う商人がエドワード4世にカレーの駐屯兵の給料支払いのため41000ポンドを貸与してくれたため、英国はカレーを失わずにすんだ (Munro *Wool, Cloth, and Gold* 158-59)[9]。このようにカレーにおける駐屯

軍を維持するための資金調達は、薔薇戦争に明け暮れる英国の王権に深くかかわっていた。また、外交政策においてブルゴーニュではなくフランスとの同盟関係を探っていたウォリック伯も、もともと英国北部を拠点としその地域を中心に勢力を誇ってきただけではない。外交政策の舞台で重要な役割を演じるようになったのはセント・オールバンズの戦いでヨーク公リチャードとともに勝利をおさめた後カレー総督の地位を引き継いだ（そして "keeper of the seas" にさらには5港の総督に任命される）ことが契機となり、その後のキャリアを築いていく（Hicks 138）。

　カレーという空間のもつ意味は、英国にとっては、経済的利害を担ったフランドルと軍事的拠点としてのブルターニュの両者の機能を重ねあわせたものであると同時に、地政学的には、ブルゴーニュ公国のエンクレーブであり（Hicks 139）、英国内の領土の外部に存在しながら内政問題が新たなかたちで集約的に再演される場所であった、少なくともエリザベス女王がメアリー・テューダーの後をついで王位に就くまでは。

　ここで、薔薇戦争を表象する英国史劇について本章で解釈したような、グローバルな経済ネットワークの拡大に対応する国家の役割という視点から、テューダー朝の歴史と女王エリザベス1世による英国国家の改革・再編について、一瞥しておきたい。薔薇戦争に勝利したテューダー朝のもとでその王権は強化されたのではあるが、ヨーロッパ大陸の地政学的状況においては、その政治・軍事力は大幅に縮減されていた。少し前の時代には英国の侵攻の餌食となっていたスペインとフランスがいまや攻撃的な君主国となり両国の間でイタリア半島の征服を争っていた。それら2国に負けない程度の国内的統合を達成していた英国は、スペインならびにフランスから離されてしまっていたのだ（Anderson 122-23）。テューダー朝の王たちもヨーロッパの国際政治に参入していないわけではなく、慎重な現実主義的をモットーとするヘンリー7世もフランスの王位に対する主張を復活したりブルターニュ併合を阻止する戦いに努めたりすることをやめはしなかった。ヘンリー8世の場合は、即位するやいなや過去に失った地歩を回復しようと、たとえ

ば、フランス・ヴァロワ家とスペイン・ハプスブルク家との戦争へ軍事介入を開始したりもした、もっともそのために、没収した修道院の土地譲渡を急いだり貨幣の大悪鋳にも手を出さなければならなかった。にもかかわらず、テューダー朝の英国はスペインやフランスと競争して勝利できるほど強力な国家のパワーを具現していなかったし、フィレンツェなどイタリアの金融資本家と張り合うほどのマネーも備えていなかった。

　いってみれば、政治的にも経済的にもヨーロッパ資本主義世界システムの空間においては、どっちつかずの存在だった英国を引き継いだのがエリザベス女王だったのである。それはエドワード4世が参与し巻き込まれたヨーロッパ初期近代の地政学的関係よりもさらに激烈かつ多様な対立・競争関係においてだったかもしれない[10]。しかしながら、本書でも次章以降においてその歴史的軌跡をたどることになろうが、英国はまずその支配者集団がこうした地政学的不利を有利な条件に転換する方法を学ぶ長い歴史的過程に参入することになる。グローバルな経済ネットワークが16世紀後半から17世紀・18世紀にかけて拡大し、世界商業の中心地が東地中海からアメリカ・アジアとバルト海が出会うドーヴァー海峡（あるいはイギリス海峡）に転回することになり、英国の商業と海軍の拡大にまたとない機会が歴史的に提供される。このような観点から長い歴史の過程において見直すならば、カレーを失いヨーロッパ大陸から撤退・後退した英国は、世界通商のネットワークの結節点にある島国という有利な条件を認識する歴史的条件を与えられたことになり、処女王エリザベスの英国は、政治・軍事でもなく経済・金融でもない文化を含む外交政策・戦略とそれを物質的に支える国家の再編——たとえば、海外投資を拡大する特許株式会社の設立、艦隊の近代化、ポンド通貨の安定化、国内製造業の育成のような諸改革——をさまざまに始める（Arrighi; Braudel *The Perspective of the World*）。これこそが、交換されない女エリザベスが実施したことである、すなわち、グローバルに転回する資本主義世界のネットワークに対応しつつ未来の英国自体が拡大するために、国内のシステム的条件を再生産すること。

第 I 部　英国史劇を読み直す

　英国史劇を構成する諸テクストは、英国が地理的に地中海と大西洋の間におかれた特異な位置を活用しヨーロッパ大陸から拡大・転回する資本主義世界において覇権を握る長い歴史的過程の始まりを舞台にかけているのであり、その歴史的過程が幕を開けたのは、グローバルな金融資本のマネーとさまざまに矛盾を孕みながら、英仏ならびにブルゴーニュ公国の諸パワーが争った百年戦争終結後の薔薇戦争であった。シェイクスピアの歴史劇は、ブルゴーニュ公国の表象によって再解釈されるべきである。これが本書『マーガレット・オブ・ヨークの「世紀の結婚」──英国史劇とブルゴーニュ公国』が論じていきたいことだ。とりわけ、ヨーク家のマーガレットとブルゴーニュ公シャルルの世紀の結婚に注目することから始めるのが重要だ。本章が解釈したウォリック伯と対立するエドワード 4 世の結婚そしてその交換される女エリザベス・ウッドヴィルが、代理表象の形式において、歴史的に指し示すのは、ひょっとしたら、薔薇戦争において英国を支援するブルゴーニュ公国と両国の同盟関係の要となるヨーク家から嫁いだブルゴーニュ公妃マーガレットの存在、さらには、その交換される女が炙り出すグローバルなパワーとマネーのネットワークの存在かもしれない[11]。

Notes

1　クラランス公ジョージの遺児ウォリック伯エドワードを名乗るランバート・シムネルを王位継承者として掲げたヨーク派の残党とのストーク・フィールドの戦いの年、1487 年を終結の年とする説もある。

2　有名な「不満の冬」の独白ではじまる『リチャード 3 世』もまた、ウォリック伯の娘アンに求愛するグロスター公リチャードのパフォーマンスを幕が開いて間もない時点で上演している、政略結婚によってヘンリー 6 世の息子に嫁ぐも、夫の戦死により今は未亡人になっているからだ（*R3* 1.2）。義父であるヘンリー 6 世の葬列のさなか、「せむし」という身体的欠陥をもち規範的な男性性から逸脱したリチャードの口説きの戦術──"Was ever woman in this humor woo'd? Was ever woman in this humor won?"（*R3* 1.2.227-28）──によって娘アンの交換

　　　　　　　　　　　　　　　　　第 3 章　ヨーク家の国王エドワード 4 世の結婚

を媒介にしてウォリック伯派の勢力をこの悪の英国王となる男にもたらす。
　エドワード 4 世の家族についていうならば、『リチャード 3 世』においてはヨーク家の国王は病に侵されいずれその死が言及されるだけであり、『ヘンリー 6 世第 3 部』の最後で祝福のキスを受けたネッドを含むいまだ幼き息子たちもリチャードに幽閉されたロンドン塔の牢内であっさり暗殺されてしまう。エドワード 4 世が言祝いだヨーク家の「永遠の喜び」に満ちた王権は完全に崩壊してしまっている。

3　ただし、この求愛の場面には、『ヘンリー 5 世』の場合と同じというわけではないが、弟たちが 2 人の間の傍白という形式で参加している。クラランス公ジョージは「まるで火攻めだ、女の封蠟も溶けざるをえまい」（*3H6* 3.2.51）と政治的・軍事的に、リチャードは「契約成立か、女がお辞儀で封印しているぞ」（*3H6* 3.2.57）と経済的・商業的に、それぞれの比喩表現を使用している。

4　ウォリック伯は王の秘密結婚の知らせを聞いた直後ヨーク家に反旗を翻すと描かれている。たしかに、このウォリックの寝返りは、自らが企図したエドワードをめぐる結婚政策の失敗がひとつの契機となっているのではあるが、歴史的には、ヒックスの研究が示すように、ことはもう少し複雑なようだ。ボーナ姫を媒介にした英仏同盟が実を結ばなかった後も、別の結婚政策──エドワードの妹マーガレットをめぐる──により英仏の政治・軍事関係を強化しようと奔走した。このヨーク家のマーガレットを、英・仏間、あるいは逆に、英・ブルゴーニュ公国の間、で交換するのかという外交上の選択において、ウォリック伯とウッドヴィル一族との対立関係は激化する。結果的には、マーガレットはブルゴーニュ公シャルルと結婚することになり、英国はブルゴーニュ公国との間に同盟関係を成立させることになる。これこそ、ウォリック伯の計画が完全に破綻し、ヨーク家に対して反旗を翻すことになった原因とされる（Hicks 254, 255-78）。

5　現代のポピュラー・カルチャーあるいは歴史ロマンスの商業的イメージが生産する英国初期近代のドラマ、たとえば、真正な歴史家を気取る研究者からは侮蔑的な扱いを受けるテクストも、このようなトランスナショナルな政治文化の空間やグローバルな金融ネットワーク・商業資本というコンテクストにおいて、その必ずしも不毛な消費主義には終わらないような可能性を掘り起こす作業が必要ではないか。

6　実際には、ルイ 11 世によって援助された資金と船隊だけでなく、ウォリック伯

第Ⅰ部　英国史劇を読み直す

自身の艦隊がこれらに加わって英国に上陸した（Davies 172）。

7　だがそうした早急な解釈ですましてしまう前に、「ベルギー」によって、ブルゴーニュ公国と低地諸国がどのように重層的に差異化されているか歴史的に振り返っておいてもいいだろう（Blockmans and Prevenier）。1590年代英国史劇が上演された時代には、かつてのブルゴーニュ公国は存在していなかった。シャルル無鉄砲公が1477年ナンシーの戦いにおいて馬を失いスイスの槍兵隊に斃されたあと、ブルゴーニュ公国はフランス（ヴァロワ家）と神聖ローマ帝国（ハプスブルグ家）の領土主義の野心の対象となった。その抗争の中、ブルゴーニュ公国という呼称のもともとの起源であるフランス内のブルゴーニュ公領はフランスへ、そして低地諸国は神聖ローマ帝国領内へと分断されることになり、「ブルゴーニュ」の勢力は低地諸国内において保持されることになった。のちの皇帝カール5世は初期の治世においてブルゴーニュ公領奪還をその戦争目的に掲げていたが、長期的には、ブルゴーニュ公国にとって重要であったのは、「ブルゴーニュ公領」ではなく低地諸国（ネーデルラント）の存在であり、その地域をフランスの支配から自由にしたまま存続させたことであった。このようなブルゴーニュ公国と低地諸国との差異を伴う重層性を考える際に、ホイジンガの指摘が参考になるかもしれない。

> シェイクスピアの若干の個所は、彼にとって Burgundy がネーデルラントを意味することを考慮するときはじめて理解可能である。例えばリア王の1幕1場の数行 "The vines of France and milk of Burgundy"、また "Not all the dukes of waterish Burgundy" それからいちばん明瞭なのは、リチャード3世の1幕4場、クラレンスが彼の夢を語るところ、"Methought that I had broken from the Tower, and was embark'd to cross to Burgundy"」（ホイジンガ　118）。

8　英国のエドワード3世も、また、毛織物業の主要地域フランドル伯領をはじめとする大陸の封土を獲得するために、フランドル伯の娘と息子エドモンドとの結婚を進めていた。英国のフランドルでの勢力拡大を封じ込めるため、フランス王シャルル5世がこれに抵抗するために、フランドル伯との長い交渉の末、フィリップ剛胆公とフランドル伯の娘との結婚を成立させた（カルメット　59-62）。

9　"During this last phase of the Wars of the Roses, the problem of financing the Calais garrison again caused the Crown grave anxiety; for at one point Edward's fate seemed dependent on maintaining the garrison's support. Thus, in April 1462, the deposed but not defeated Queen Margaret fled to France to seek Louis XI's support for a Lancastrian restoration. In desperation, she offered him Calais in return for troops and money. Louis agreed and by June their combined forces were ready to besiege the port. For an easy conquest, they counted upon the disaffection of the Calais garrison troops; reportedly, they were ready to mutiny 'for defaute of their wages' and to open the gates to Margaret's forces upon receipt of her silver. On hearing such disastrous news, the royal Treasurer rightly had 'mych to do for thys cause.' Fortunately for Edward, the Staplers rescued him with a loan of £41,000 for the garrison's wages. Calais was secure, but only so long as the Crown could continue its payments in coined money." (Munro *Wool, Cloth, and Gold* 158-59)

10 ウッドヴィル家とウォリック伯の対立が示す、英国の外交政策が一枚岩ではないことは、英国史劇が上演されたエリザベス朝の英国の外交政策における対立にもつながるかもしれない。エリザベス1世はオランダ独立戦争に際し1585年にレスター伯を中心とする援軍を低地諸国に送ったが、このことがフェリペ2世をしてアルマダ無敵艦隊を英国に対して向わせた主要な原因だった。そもそも低地諸国援助に関しては政府内に論争があり、レスター伯やウォルシンガムら戦争派に対して政府内の最大の実力者であるセシル卿（バーリー卿）は平和政策を支持し低地諸国援助には反対だった。だが、フランスが宗教戦争状態になり、フランスがスペインとの間に勢力均衡状態を保てなくなると、英国の脅威となるスペインに対抗して、低地諸国援助を決意した（Wernham）。

　低地諸国では、1570年代後半からオレンジ公ウィリアムらが17州を1つの国家として統合し、ブルゴーニュ公国の騎士道文化の黄金時代を復活させようと試みていた。スペインとの抗争すなわちオランダ独立戦争において、ウィリアムは、アンジュー家のフランソワ（ヴァロワ家の王子であり、エリザベス女王の花婿候補でもある）にブルゴーニュ公国再建の夢を託すこともあったが、ブルゴーニュ公国再建のシンボルは、アンジュー公の軍に参加した英国詩人サー・フィリップ・シドニーであった。オレンジ公ウィリアムの助言者でありフランス人外交家で宗

教改革者ヒューバート・ランゲとの交際が始まった頃からアーヘンでの死まで、シドニーの多様な業績の数々を統合しているのが低地諸国であった。

シドニーがブルゴーニュ公国復活の動きに深くかかわり、オレンジ公の息女との結婚に発展する可能性もあった。この結婚の実現の妨げになったエリザベス女王の反対がなければ、シドニーはホラントとセーラントの領主となっていたはずだった。ブルゴーニュ公国復活にはキリスト教ヒューマニズムに身も心も捧げられる騎士の存在が必要であった。つまり、学問（Learning）を伴う騎士道（Chivalry）を推奨することで、スペインの抑圧的支配に抵抗しプロテスタンティズムを勝利に導くこととも結びついていた。ブルゴーニュ公国復活の鍵は、単に宗教改革運動にあったのではなく、新しい公が学問を維持し向上させてくれるであろうという希望にあった。ブルゴーニュ騎士道を具現していたシドニーにはそこのところがよく理解できた。真のブルゴーニュの伝統を引き継いだ騎士というのは、詩人エドマンド・スペンサーもその牧歌 *Shepheardes Calendar* において表現したように、ブルゴーニュ騎士道の理想を形式において具現化した "Shepherd Knight" である。"Sweet Sidney, fairest shepherd of our green,/Well-letter'd warrior,' the Burgundian knight had become a symbol of England's national aspirations" (Kipling *The Triumph of Honour* 172).

11 "At this time emissaries were sent to England from Flanders seeking the Lady Margaret, King Edward's sister, as a wife for the Lord Charles, eldest son of Philip, duke of Burgundy (the father being still being alive). The marriage took place and was solemnised in the following July, 1467[recte 1468]. Richard Neville, earl of Warwick, who for some years had appeared to favour the French as against the Burgundian faction, was deeply offended....It is my belief that this was the real cause of dissension between the king and the earl rather than the marriage between the king and Queen Elizabeth..." (*Crowland* qtd. in Hicks 259).

第 II 部

「世紀の結婚」
——ブルゴーニュ公国と英国初期近代の政治文化

第 4 章

ヨーク家のマーガレットと「世紀の結婚」
―― ヨーロッパ宮廷文化の空間

1　薔薇戦争とヨーク家のマーガレットの結婚

　1468 年 6 月 18 日の朝、ブルゴーニュ公国へ嫁ぐヨーク家のマーガレットは、出立の仕度に追われていた。そしてまた、この英国王エドワード 4 世の妹を見送るロンドン市民の祝祭ムードは頂点に達していた。国内外の反対やそのために起こった婚礼の遅延にもかかわらず、ようやくマーガレットは未来の人生に向けてロンドンの居住地ロイヤル・ワードローブから出発する。結婚に同意したことを公に知らしめるためウォリック伯の乗る馬に添え鞍をつけロンドンの街を抜けセント・ポール寺院での寄進を終え、チープサイドで市長と市参事会員らの挨拶を受けるとともに 100 ポンドの価値のある金張りの銀器を贈られた。マーガレットの一行はロンドン・ブリッジを渡り、テムズ河の南にあるストラトフォードの修道院で一夜を過ごした後、王室の人びとをはじめ皆に別れを告げ、2 人の弟、ウォリック伯、シュルーズベリ伯、ノーザンバランド伯らと従者たちに付き添われ、カンタベリーへと巡礼した。翌日さらにマーゲートからニュー・エレン号に乗船し追い風を待ち、ニューカスルのセント・ジョン号やソールズベリのメアリー号を含む 16 隻からなる船隊は海峡を越えて、スロイスに向かった。そこから、ダンメでの結婚式、そしてブルージュへの入市が続く。英国側を代表してこの結婚式に

第Ⅱ部 「世紀の結婚」

図版4. マーガレット・オブ・ヨークの奉納王冠　マーガレットが結婚式の際に着用したとの説があるもの

図版5. マーガレット・オブ・ヨークの肖像画　作者不詳

　付き添うのは、ウッドヴィル家のスケイルズ卿アントニーとその弟エドワード・ウッドヴィル、そして、国王の信頼厚き友デイカー卿をはじめとする一団がいる。
　エドワード4世は、フランスとではなくブルゴーニュ公国との同盟を選択し、フランス王ルイ11世の薦めるブレス伯フィリップとの縁組を蹴って妹マーガレットをシャルル無鉄砲公に娶わせることにしたのだ。英仏百年戦争のさなかジャンヌ・ダルクの活躍によって戴冠したシャルル7世の息子がルイ11世であり、シャルル無鉄砲公は、父フィリップ善良公がこのフランスと和解することに反対していた。なによりも1463年にソンムがフランス王に返還されたことに憤りを覚えていた。万が一にでも英仏同盟が結ばれることがありルイ11世がブルゴーニュ公国のさらなる拡大・統合の妨害を

第 4 章　ヨーク家のマーガレットと「世紀の結婚」

やりやすくなることを恐れていたシャルルは、ブルゴーニュ公国内の北のフランドルと南のブルゴーニュを間隙なくつなぎ、古のロートリンゲンの復活を夢見ていたのだ。この結婚は、後にエドワードをして王冠を賭けた戦いに巻き込むこととなるが、結果として、この時に保証された英国ブルゴーニュ同盟こそが、1471 年のエドワードの英国王復位を可能ならしめた。

　このヨーク家とブルゴーニュ公家との間の結婚は、英国国内の対立であったはずの薔薇戦争と分かちがたく関係している。そして、『ヘンリー 6 世第 3 部』でもその戦いの勝敗を決定したのが兵力・資金の面で多大な支援をしたブルゴーニュ公国だと表象されていた。「世紀の結婚」は、たしかにヨーロッパ王朝国家における結婚外交・政略結婚であり、政治的・軍事的解釈からすると、英国・フランス・ブルゴーニュ公国との間の複雑な抗争・同盟のゲームという見方ができる。この時代のヨーロッパを描いたフィリップ・ド・コミーヌは、「神はそれぞれの国がその出入り口に古くからの敵がいるようにヨーロッパを作られた」といっている。「大陸としての統一性〔宗教的、政治的〕」と「国としての多様性〔民族的、文化的〕」の夢に引き裂かれた 15 世紀のヨーロッパの国際関係、なかでも、英国・フランス・ブルゴーニュ公国にかかわる非常に興味深い「ポリティカル・ゲーム」において、エドワード 4 世の妹であるヨーク家のマーガレットは、「人質」であったといういい方もひょっとしたら可能かもしれない（Hughes）。

　だが、マーガレットは、1470 年代初めには国事に積極的に関わるようになっていた。ブルゴーニュ公シャルルは、ヨーク家のエドワードとリチャードを匿う一方で、ランカスター家のヘンリー 6 世復位支援のためにサマセット公やエクセター公のフランス行きを許可してヘンリー 6 世の復位を祝福するという二枚舌外交を展開していた。エドワードの英国侵攻の支援勢力を結集すべく、遠征軍に資金を提供するよう諸都市を急き立てたのは、他ならぬマーガレットの役割であった。そして、1471 年 2 月 24 日、マーガレットの要請を受け入れてライデンを含むホラントの 5 つの都市が「「公〔シャルル〕の同意があれば、ブルゴーニュの奥方様とその兄君英国のエドワード

87

第Ⅱ部 「世紀の結婚」

王に」対して 6,000 フローリンを貸与する」ことに同意した（Visser-Fuchs 225）。フランドル、ホラント、セーラントの商人や金融業者は資金提供を促され、ハンザ同盟は 14 隻の船を提供した。対外遠征で留守がちなシャルルに代わり、マーガレットはますますゲントですごす必要に迫られ、領地でその影響力を行使し、北部地域の情勢にも目を配ることを怠らなかった。

　ルイ 11 世はランカスター派のウォリック伯、ヘンリー 6 世との同盟を後ろ盾にシャルルの所領全てを奪取するための侵攻を開始し、シャルルの方でもヨーク家のエドワード 4 世の復位を全面的に支援することが選択される。そして、ようやくマーガレットは兄を宮廷に招くことを許された。クリスマスには、英国侵攻の準備が進められ、エドワード 4 世と家臣たちが宮廷に招かれた。ランカスター家が一時的に復権した英国国内でも、ヨーク家の女性たち、すなわち、エドワードの母ヨーク公未亡人シシリー、姉妹のエクセター公夫人、サフォーク公夫人等はエドワードの利益となるよう影響力を行使するにも制約があったが、海を隔てたブルゴーニュにいるマーガレットは憚ることなくエドワードの王位奪回を支援できた。一度はヨーク家を裏切った弟クラランス公の忠誠を取り戻したのは家臣や伝言を送り続けたマーガレットの惜しみない骨折りの賜と、当時の人々の目には映った。エドワードがついには英国に出港する以前に、クラランス公は鞍替えする決意を固めていた。その後ランカスターとヨークの両軍はテュークスベリの戦いの前にバーネットで遭遇するが、この激しい戦闘は薔薇戦争におけるヨーク側の勝利を決定的なものとした。

　マーガレットとブルゴーニュ公国のシャルル無鉄砲公の結婚は、クリスティン・ウェイトマンによれば、宮廷文化の華として全ヨーロッパにとどろいた「世紀の結婚」と呼ばれる、疑いもなく 15 世紀において最も重要な祝祭的出来事であった（Weightman 30）。英国とブルゴーニュ公国両国の結びつきを言祝ぐブルージュでの式には、王侯貴族、聖職者、商人がこぞって参列し、自国に帰って詳細にその様子を報告した。出席がかなわなかったものは、参列者は誰で、行列ではどんな衣装を着ていたのか、宴の料理はどの

第 4 章　ヨーク家のマーガレットと「世紀の結婚」

ようなもので馬上槍試合はどんな具合だったのか、といった詳細な記録を依頼し収集したというのだ。王侯貴族たちは 9 日におよぶ黄金の樹の武芸試合の逐一詳細に述べられた記録を求め、商人や銀行家は、立派な従者たちが身に纏ったファッションや織物や宴で供された設備や料理の細部にわたる詳細な記録を求めた。そうした報告は、リューベックのハンザ同盟の本部に、またストラスブルグへと、送られた。こうした実証的資料調査に基づいた祝祭性やイヴェント性に関する文化的な記述・分析にもかかわらず、ウェイトマンの解釈は、最終的に、英国とブルゴーニュ公国を結ぶ「世紀の結婚」を、主として政治的なものに限定することで終わっている。ヨーク家のマーガレットの結婚というスペクタクルの権力のディスプレイには、ヨーロッパの雄シャルル無鉄砲公を主人公とする対仏軍事同盟という意味しかないのだろうか[1]。

　この結婚式は、のちの宮廷祝祭 (the court fêtes) のモデルといわれてきた。その歴史的意味はブルゴーニュ公国が文化・文明における贅沢の新たな基準を確立したということかもしれない。シャルル無鉄砲公の宮廷が規模の点で他を凌ぐとか式典・祝祭にどこの宮廷よりもお金をかけたというよりも、たとえば、結婚式という祝祭を契機にいかに贅を尽くし嗜好を凝らしているか細かに記したパンフレットが配布されてリューベックからもその写しは求められたという点に注目すべきなのだろう。言い換えれば、この種の贅を凝らした嗜好が、ヨーロッパの文明社会において王侯・貴族の名声を高めるのにいかに効果的かということを新たに認識していた (Paravicini 69, 89-90)。

　ただし、ヨーロッパの嗜好や趣味を決定づけたこの結婚のスペクタクルあるいは宮廷祝祭においては、政治と文化はいまだ分化されることなく一体性をなして結びついていることを忘れるわけにはいかない。ジャック・アタリによれば、ブルゴーニュ公国は、イタリアの諸都市およびその他のヨーロッパの都市にかなりの影響を与え続ける。つまり、優雅さ、家具、器、タペストリー、そしてヨーロッパの祝宴はシャルル無鉄砲公の宮廷に負うところが大きいのだ。そして、ルイ 11 世自身「フランス国家統一」を目指したのに

第Ⅱ部 「世紀の結婚」

対して、ブルゴーニュ公シャルルは「西洋とコンスタンティノープルの皇帝の冠」をいただくことを夢見て「連邦組織の統一」を企図していた。「ブルゴーニュ公国は当時フランス王の悩みの種である。じっさい、この公国は君主に従属した都市国家の連合という連邦ヨーロッパのひとつの理想を具現しており、その存在はフランス王の野望を無にするおそれがある」(アタリ 125-27)のだ。この意味で、ヨーク家のマーガレットとシャルル無鉄砲公の結婚式は、ヨーロッパ政治文化のモデルと考えた方がよい。

　だが、ヨーク家のマーガレットの名前は、あまり耳にすることはない。15 世紀とテューダー朝初期、英国史とヨーロッパ史の間の空隙に消失してしまっているようだ。結婚式自体については、オリヴィエ・ド・ラ・マルシェの『回想録』をはじめ、ジョン・パストンの書簡やエドワード・ホール『年代記』など非常に多くの記録が現存している。この結婚がブルゴーニュ公国の栄光の最終場面を飾っているからかもしれない。また、最後のブルゴーニュ公シャルルの悲惨な最期にまつわる伝説や、マーガレットの実家であるヨーク家がたどった悲劇的な運命の物語は、年代記作家やモラリストらに格好の題材を与えたから、ということもあるかもしれない（Weightman 30-31）。ただし、このヨーク家の女については、英国史では、兄エドワード 4 世の外交政策の人質か、（弟リチャード 3 世を斃して）テューダー朝を創始したヘンリー 7 世にとっての悩みの種として登場する程度である[2]。ブルゴーニュ公国支配の時代からハプスブルク家支配へと移行する忘れられた時代に生きたマーガレットは、ベルギー史においてさえも、ほとんど関心が向けられることはない。たしかに、ウェイトマンの研究が出るまで、英国でもヨーロッパでもその存在は詳細に研究されてこなかった。

　交換される女としてブルゴーニュ公国に嫁いだマーガレットは、島国英国の偏狭な政治的内紛を超えたヨーロッパの地政学に決して少ないとは言えない関与をなした。マーガレットのフランドルでの権威が確立されていたことは、シャルルの死後、彼女をゲントから追い出そうとするフランスに対してゲント市が強固に反対したという点からも判断できる。無鉄砲公シャルルに

第 4 章　ヨーク家のマーガレットと「世紀の結婚」

　嫁いだ妻マーガレットは、ブルゴーニュ公妃として、国民国家と帝国の境界を横断し英国の諸党派およびハンザ同盟といった多種多様な政治領域・区分にまたがるポリティカル・エコノミーに関与していた。夫シャルルとは異なるやり方で、ブルゴーニュ公妃マーガレットはフランス王ルイ 11 世の強要しようとする縁組から継娘マリーを守り、神聖ローマ帝国内に領土を有するハプスブルク家を低地諸国に招じ入れるべく骨を折った。実際、1479 年にゲントの人々はフランスの支配に反逆し、自分たちはマリーとマクシミリアンおよび彼らの 2 人の子どもマルグリットとフィリップ端麗公を支持すると宣言するのだが、フランスのフランドル侵攻を阻止するのにマーガレットは一役買っている。

　そしてこの 2 年前の 1477 年、公国内における北部の低地諸国と南部のブルゴーニュ公領を間隙なく結ぶ場に位置したナンシーで、シャルル無鉄砲公がスイス長槍隊に襲われ戦死してしまう。だが、ブルゴーニュ公国はシャルルの死とともに突然消滅したわけではない。たしかに、この敗北の結果、ブルゴーニュ公領は、シャルルの死後フランスが獲得することになるが、歴代のブルゴーニュ公に収益をもたらしていた 2 つの主要な地域はなんといってもフランドルとホラントであり、その次がブラバント、そして、アルトワとエノーが続き、南部のブルゴーニュ公領自体からの収益は大きな問題ではなかった（Vaughan *Charles the Bold* 103）。公国名の由来であるブルゴーニュ公領なしでも、ブルゴーニュ公国の政治力が、低地諸国で保たれていたのだ。このように低地諸国に存続したブルゴーニュ公国は、ヨーロッパ経済の中心地としてブルージュに代わり台頭しつつあったアントワープをその領内に有し、フランス王国の勢力の拡大をおさえる機能として重要であり続けた。さらにまた、無鉄砲公が戦いに斃れた直後、ブルゴーニュ嗣女マリーと神聖ローマ皇帝の息子マクシミリアンの結婚が決められる。政略結婚により交換された女マーガレットが見事に取計ったマリーとマクシミリアンとの結婚は、2 人の孫である神聖ローマ皇帝カール 5 世のハプスブルク帝国創立の基礎となった。

第Ⅱ部 「世紀の結婚」

　12世紀以降ヨーロッパは、ラテン・キリスト教世界と同じ範囲に及ぶ、統一的な存在となったが、その統一は政治的なものではなかった。さまざまに継ぎ接ぎされた単位は、多様な地位の諸権力に従属していて、政略結婚の偶然によって結びついたり離れたりした。それゆえそれらの関係が明らかに闘争の形をとる場合も多かった。「たとえば、周期的に繰り返された教皇と神聖ローマ帝国の戦闘や神聖ローマ帝国とフランスの戦闘は、長い間国際関係の中心課題であり続け、その後は、ブルゴーニュ公領を巻き込んで行われた、終わることのない英仏間の戦争〔百年戦争。1339-1453〕に舞台を譲ることになった」(ポミアン 61)。16世紀以降新たな世界的勢力となったスペインとフランスの戦争が行われることになる。マリーとマクシミリアンの息子フィリップ端麗公とスペイン王家の娘ファナとの婚姻によってスペインをも継承することになったのが、ハプスブルク家のカール5世だ。もしもカール5世のスペインが帝国の野望に成功していたならば、近代国民国家間の国際関係とは異なる、ヨーロッパ統合の可能性が実現されていたかもしれない。

　20世紀前半のドイツとフランスの対立と戦争も、神聖ローマ帝国とフランスの戦闘の再演とみなすことができるかもしれない。「独仏関係一千年の中へ、ブルゴーニュのエピソードは全く思いがけない大きい一幕のように押し入る。それは単に幕間なのであるか、その後には前の筋がそのまま進行するといった……断じてそうではない。なぜなら、ヨーロッパの歴史は、以来ブルゴーニュの宿命と遺産から再び開放されることはない」(ホイジンガ 82)。オランダの文化史家ヨハン・ホイジンガによれば、無鉄砲公シャルルの死とともに倒壊し消滅したものとは、北海からアルプスおよび、ドイツとフランスの間に位する、大いなる独立のロマン風・ゲルマン風の中間国家の可能性」にほかならず、「ヨーロッパの運命のこうした動きが可能性としてブルゴーニュ公の手中にあった」のだ(ホイジンガ 102)。

　本章では、エリザベス朝の英国史劇をその一部分として含む英国テューダー朝の政治文化は、ブルゴーニュ公国と金融資本のグローバルでトランス

第 4 章　ヨーク家のマーガレットと「世紀の結婚」

ナショナルな政治的・経済的ネットワークに流通するヨーロッパ騎士道という文化的象徴行為の物語によって読みなおす必要があることを提起したい。具体的には、1468 年のヨーク家のマーガレットとブルゴーニュ公シャルルとの結婚をブルゴーニュ公国の宮廷文化として取り上げ、両家の結婚式が当時のヨーロッパ国際関係をめぐる政治・軍事同盟として機能しただけではなく、女の交換に媒介された経済的・文化的なつながりも重要な意味があったことを論じたい。別の言い方をすれば、ブルゴーニュ公国のグローバルなマネーと騎士道文化とが英国の近代性（modernity）をいかに重層的に規定していたのかという問題を探ってみたいからだ。そして、このようなテューダー朝の政治文化の再解釈においては、ヨーク家のマーガレットの「世紀の結婚」は、英国・ブルゴーニュ公国の政治同盟と経済的絆との間の矛盾を孕んだ関係を文化的な交渉・翻訳をして表象する空間として、注目されることになるだろう。そのためにまずは、空間を英国国内からヨーロッパに移して、劇場で上演される演劇や文学にとどまらないメディア文化としての結婚の表象について再考をはじめなければならない。

2　ヨーロッパ・メディア文化としての宮廷祝祭

　シェイクスピアの英国史劇の中心に位置するテクスト『リチャード 3 世』の結末において、ボズワースの戦いで勝利したリッチモンド伯ヘンリー（ヘンリー 7 世）はヨーク家のエリザベスとの結婚を宣して幕となる。しかし、このヨーク家とランカスター家をいったんは統合したテューダー家の創始を祝う結婚式は、舞台に実際にかけられ役者たちによって演じられることはない。前章で問題にした『ヘンリー 6 世第 3 部』におけるエドワード 4 世の結婚式も、そして戴冠式も、やはり舞台上で上演されることはない。ただし、劇の結末では、すでに前章で論じた以下の引用にあるように、劇の外部で祝宴を催すことは宣せられてはいた。

第Ⅱ部 「世紀の結婚」

> Edward. And now what rests but that we spend the time
> With stately triumphs, mirthful comic shows,
> Such as befits the pleasure of the court?
> Sound drums and trumpets, farewell sour annoy!
> Fore here I hope begins our lasting joy. (*3H6* 5.7.42-46)

　仮にこうした祝宴をともなう結婚式が、初期近代の宮廷文化として、劇テクストにおいて表象されていたら、どのようなものだっただろうか？
　ヨーク家のマーガレットの「世紀の結婚」の概略は以下の通りである（別表を参照 p.101）。まず、ロンドンを出立して1週間後6月25日の土曜日の朝、マーガレットとその随行者たちは、セーラントの港湾都市スロイスに到着した。この地は、かつて百年戦争を始めたエドワード3世の英国艦隊が勝利した戦場でもある。ブルゴーニュ公国ゆかりの色である黒の長い裾の付いた深紅のドレスを纏ったマーガレットとその一行は、ブルゴーニュ公シャルルの侍従とスロイス市執行吏、そしてシャルル自身の代理、シャルネイ伯夫人とユトレヒト司教の出迎えを受けた後、敷き詰められたカーペットの上を進んで市場に入り、そこに滞在用に用意されたある富裕な商人の別邸に到着する。そしてこの屋敷の庭園で、シャルルとの公式の婚約の儀が行われた。シャルルがこの高貴なる夫人と結婚する意志を述べマーガレットも同意の言葉を告げた後、2人の手はトルネイとユトレヒトの司教も参列するなかソールズベリ司教によって結び合わされたのだった。次に、いよいよ結婚式。これは、ブルージュへの関所ともいうべき貿易港ダンメに移り、1468年7月3日、英国から付き添ってきたソールズベリ司教によって執り行われた（Cartellieri 160）。英国ヨーク家とブルゴーニュ公国両家の結婚を祝う式自体の意味はどのようなものだったのか、意外にも、シャルルは宮殿のあるブルージュへとひそかに戻ってしまう[3]。ブルゴーニュ公国の栄華で人びとが思い浮かべる結婚のイメージは、実のところ、婚約でも結婚式でもないのであり、それは当時のブルージュで壮大華麗に催された入市の儀式、

第 4 章　ヨーク家のマーガレットと「世紀の結婚」

数多のパジェント、そして騎士道文化の様式化された戦いに由来する。

　英国テューダー朝の政治文化との関係性を考慮しながらマーガレットとシャルルの結婚の表象を解釈しようとするとき、まずもって目を引くのは、騎士道の様式にのっとって催される馬上武術試合（tournament）だ。言い換えれば、ヨーロッパ宮廷文化の意味を探るのに、結婚式に続く行列やパジェントといったさまざまな宮廷祝祭は、中心的な主題に必ずしもならないようだ。それにもまして確かなことは、結婚式当日の宴や余興以上に [4]、婚約の公的手続や結婚の式次第自体が解釈の対象になることはない。

　「世紀の結婚」における騎士道文化の重要な要素である馬上武術試合は、英国とブルゴーニュ公国との政治同盟における文化的な絆の構築という点で、たしかに、重要だ。「黄金の樹の武芸試合」は、15 世紀に宮廷で催された豪奢で贅沢なスペクタクルのなかでも、最も豪華なものといわれる。そして、その開催のためにあらゆる芸術的な技を駆使した特別の祝宴会場・舞台が準備された。とりわけ馬上武術試合が催される広場は贅沢に飾り立てられ、9 日間にもおよび祝祭のために予行演習が行われた（Anglo "Humanism and the Court Arts" 82）。

　馬上武術試合は、通常そこに備わるアレゴリカルな枠組みを予告する決闘状ではじまるが、この試合に参加する騎士たちはひとりの女性のために戦い彼女の名声を讃えることがその書状のなかで明らかにされる。すなわち、「セレ島」の貴婦人のアレゴリー。貴婦人は、捕虜にしておいた巨人「懐疑の森」のほかに、自分の従者である侏儒「黄金の樹」を配した。観客席の向かいに大きな黄金の樹が立てられ、そこに騎士たちがいずれ紋章付の楯をかけることになる。実際のアクションは、フィリップ善良公の庶子アントワーヌ・ラ・ロシェ伯が演じる「ブルゴーニュの庶子」が血統の連続性と正統性を象徴する「黄金の樹」をあしらったパジェントに乗って入場し、侏儒によって土牢から助けられた別の騎士が貴婦人の許しを得て「庶子」に対抗するとき、馬上槍試合（joust）がはじまる（Strong 14-15; Kipling *The Triumph of Honour* 122）。

第Ⅱ部　「世紀の結婚」

　英国側からこの「黄金の樹の武芸試合」に出場したのが、エドワード4世妃エリザベスの弟であるスケイルズ卿（後に第2代リヴァース伯）アントニー・ウッドヴィルである。ウッドヴィル家のアントニーは、英国とブルゴーニュ公国の政略結婚・軍事同盟の交渉の場に参列しただけでなく、1467年のスミスフィールドで行われた豪勢な馬上武術試合で、ブルゴーニュ公国の庶子アントワーヌと馬上槍試合を戦っていた。アントニーらエドワード4世の宮廷におけるウッドヴィル派閥は、王妃エリザベスを中心にブルゴーニュ公国の宮廷との親密な個人・親族・使節団としての結びつきを享受していたからだ。戴冠式の折にブルゴーニュの騎士100人を出席させたのも、ルクセンブルク家のジャケッタの娘エリザベスだ（**Kipling The Triumph of Honour** 12）。

　ヨーク家のマーガレットとの結婚の数年後の1473年頃、シャルルの勢力は頂点にまで上り詰めてヨーロッパ最有力の君主のひとりに名を連ねることになるが、1474年以降、打倒シャルルの同盟が形成されていく。片意地をはったブルゴーニュ公シャルルのノイス滞陣は思いのほか長引いていた。英国のヨーク派に援軍を送るという約束も危うく反故にしかねない状況に愛想を尽かしたエドワード4世は、シャルルを見限りフランス王と手を結ぶ気になった、というのが、年代記作家コミーヌの見解である（**Vaughan Charles the Bold** 340, 348）。英国王エドワードとフランス王ルイ11世の間では秘密裏に交渉が進められていた。逐一報告をうけていたブルゴーニュ公シャルルは、ことの成り行きを密かにうかがっているうち、ついに1475年ピキニーにおいて両者に和約が成立し、エドワードは軍を引き上げてしまう。ピキニーの和約がエドワード4世に非常に有利なものだったからで、フランス撤退との引き換えに手にしたものは75000クラウンの支払いと55000クラウン分の年金と、王太子とエリザベス王女との婚約の約束であった。この和約が英国の大陸撤退のさまざまな始まりの第一歩となり、後々ヘンリー7世の近代国民国家の基礎を築いたともいわれている。またきわめて興味深いことに、グロスター公のちのリチャード3世はこの和約を喜んで受け入れなかったが、

第 4 章　ヨーク家のマーガレットと「世紀の結婚」

彼を含む王の弟たちは、貴金属やらワインやらそのうえ馬の贈与まで受けており、グロスター公は砲術に使う見事な火器を手にしている（Weightman 99）。

　シャルルも休戦に応じ、ソルーブルでの和約において領土回復と 9 年の休戦が約されたが、無鉄砲公シャルルの欲望とその領土拡張を求める戦闘はやむことはなく、薔薇戦争がいまだ終結をみない歴史的過程のなかば、いずれ遠くない未来にブルゴーニュ公国の栄光は最後の場面を迎えて幕を下ろすことになる。英国とブルゴーニュ公国との政治的・軍事的同盟は亀裂や対立を含まない永遠に保証されたものではない。この同盟を結んだ両家のパワーを祝祭的スペクタクルにおいて提示しているはずの結婚の表象も、マネーすなわち経済・金融の諸関係によっても再解釈されなければならないのではないか。そのために、マーガレットとシャルルの結婚の表象は、パジェントなどの宮廷祝祭を中心にして再解釈される必要があるかもしれない。たしかに、「桁はずれに豊かな財源をもっていたブルゴーニュ公国の宮廷においてこそ、16 世紀後半になって決定的な影響をもつことになる騎士道の文化形式が構築された」（Strong 14）。だが、「世紀の結婚」における宮廷祝祭をヨーロッパ・メディア文化を編制する要素のひとつとしてとらえ直すことにより、エリザベス朝の演劇をその一部とする英国テューダー朝の政治文化ならびにブルゴーニュ公国の騎士道の様式を、グローバルでトランスナショナルな政治的・経済的ネットワークによって読み直すことが可能になるのではないか。

　ヨーロッパの宮廷文化とくに宮廷祝祭の研究は、かつては骨董趣味によるマニアックなものであったが、近年、文学・歴史・美術の各研究分野でさまざまな成果をあげている。フランスではジャン・ジャコー（Jean Jacquot）、英国では故フランセス・イエイツとその学派たとえばロイ・ストロング、アメリカではスティーヴン・オーゲルらがその例だ。ストロングによれば、元来、宮廷祝祭は、音楽・絵画・詩歌・そして舞踏の独特な融合を通じて哲学・政治学そしてまた倫理を表現することができた。そして、ヨーロッパ初期近代あるいはルネサンスが中世から受け継いだ主要な祝祭形式には、きわ

第Ⅱ部 「世紀の結婚」

めて単純化するなら、3つの形式、すなわち、王の入市、馬上武術試合、祝宴または室内の仮面舞踏会があり、近代国民国家の形成がはじまるルネサンスの1世紀半の間あるいは1640年代までには、こうした形式を打ち破った変化があらわれた、とされる（Strong 6-7）。ストロングの論評を批判的に歴史化し研究史を振り返るゴードン・キプリングも指摘するように、これまで宮廷祝祭の主たる研究対象になっていた時代は16・17世紀であり、14・15世紀の中世の祝祭については、その輝かしいルネサンス前夜として言及されるか、あるいは、ほとんど素通りされてきた。唯一、ヨハン・ホイジンガ『中世の秋』が金字塔的な研究をしているが、その後をたどる研究は少なかったとするキプリングは、あえてそのホイジンガの道筋を慎重にたどり、これまで十分に研究されてこなかった後期中世の王の入市を中心にした祝祭の研究を試みている（Kipling *Enter the King* 1-2）。

では、キプリングがあらためて取り上げたホイジンガの研究において、宮廷文化はどのように規定されているのか。

　　　祝祭は様式を必要とする。近代の祝祭がその文化的価値を失ってしまったとするならば、それは様式を失ったからだ。中世においては、宗教的な祝祭は、典礼に基づく高度な様式を備えていたため、長きにわたり集合的な祭りのあらゆる形式を支配していた。民衆の祭りも、歌と踊りにおけるその美の要素を教会の祝祭に負うところが多く、教会の祝祭と結びついた。やがて15世紀には、独自の様式を備えた市民の祭りが、その自律的な形式を産み出すことによって、教会祝祭から分離する。この進化を代表するのはフランス北部や低地諸国の「修辞家たち」だ。ただしこの時まで、唯一、君侯の宮廷のみが、その豊富にたくわえられた富と社会的義務としての儀礼行為から、世俗的な祝祭に形式と様式を提供することができた。

　　　けれども、宮廷的祝祭の様式は宗教的祝祭の様式に対してひどく劣勢なままであり続けることはできなかった。宗教的祝祭においては、

第 4 章　ヨーク家のマーガレットと「世紀の結婚」

　　みんなで共有する祈りと歓喜は常に崇高なる思想の表現であり、こ
　　まごまとした祭りの要素がどんどん増幅して祝祭全体がバーレスクのよ
　　うな観を呈するにいたろうとも、聖なる気品と威厳はいささかもくず
　　れることはなかった。他方、世俗的祝祭が表現しその栄光を讃えるのは、
　　騎士道と宮廷風恋愛の理念にほかならない。<u>宮廷的祝祭</u>に尊く崇高な
　　様式を十分豊かに供給することができたものとは、<u>騎士道の儀礼</u>以外
　　のものではありえない。騎士叙任とか誓約、騎士団規約、規則にのっ
　　とった馬上武術試合、臣従の誓い、主君に対する奉仕、上席権とかに
　　関わる儀礼的手続きのすべてに、その様式は表現されていたのである。
　　（Huizinga 240 下線筆者）

ホイジンガによれば、15 世紀以前の宮廷は、教会の祝祭とそれに形式の多くを負う民衆の祭りを別にすれば、唯一贅沢な品々を配し華やかに飾り立てることのできる祝祭的な空間であった。だが、この時代の宮廷的祝祭は祝祭あるいは祭りに不可欠な様式を欠いていた。「やがて 15 世紀には、独自の様式を備えた市民の祭りが、その自律的な形式を産み出すことによって、教会祝祭から分離する」（Huizinga 240）。低地諸国などの諸都市に成立した一種の詩人のギルド組織である「修辞家たち」が、都市の保護のもとに祝祭や演劇の上演にたずさわったからだ。しかし、ホイジンガにとって重要なのは、騎士叙任、誓約、馬上武術試合、主君に対する奉仕とかに関わる様式をこの宮廷祝祭に提供することを可能にした騎士道文化だ。

　だが、宮廷的祝祭のその後の歴史的過程について問題があること、それが輝かしいルネサンスへの展開というよりは豊かな「中世の秋」からの頽落と退化の歩みであることを、ホイジンガは示唆してもいる。宮廷祝祭（the court fêtes）にさらに多くのことを人びとは求めた、すなわち、英雄あるいは羊飼いの生活の夢想が完璧に視覚形式によって表現されることを。「ここにいたって、騎士道は、様式としての力を失った。騎士道の幻想の装置は、もはや空しい因襲にすぎない、そして、騎士道は単なる文学になってしまっ

99

た」(Huizinga 240-41)。言い換えれば、様式としての力を失い文学に変容した宮廷祝祭など、古典古代の不健全な再生、ルネサンスとよばれる「空しい因襲」にすぎない。これが、特異な反近代的方法で、ブルゴーニュ公国の宮廷文化に「生活のなかの芸術」の可能性を歴史的に探るホイジンガの文化史の主張である (Huizinga 240-41)。近代国民国家あるいは王権 (power) の道具としての「芸術」すなわち「ルネサンスの祝祭」を論じるストロングとは全く正反対の主張をしていることになる。宮廷祝祭をヨーロッパ・メディア文化としてとらえ直そうとするならば、ホイジンガの文化史の意義の再解釈とさらなる可能性を探るべきではないだろうか。

　もっとも、ホイジンガが取り上げるブルゴーニュ公国の宮廷文化における騎士道の様式と断片的な言及のみなされてその意味付けが十分になされているとは言えない市民の祭りとの関係については、もう少し批判的に検討してみる必要がある。前述の結婚式の式次第の前半、マーガレットのスロイス、ダンメ、ブルージュ入市と行列に、あらためて、目を向けなおしてみる必要がありそうだ。「世紀の結婚」において重要なのは、マーガレットのブルージュ入市を歓迎する行列だからだ。まずは、ブルージュ入市とは何か。次のセクションで吟味するように、王あるいは君主の入市は、市民が催す祭りすなわちシヴィック・パジェントリの範例であり、君主と市民とを結びつける共同体の政治的絆が再び結ばれることを言祝ぐことにその目的がある (Kipling *Enter the King* 6-47)[5]。

表：ヨーク家のマーガレットとブルゴーニュ公国のシャルルの「世紀の結婚」(1468年)

スロイス (6月25日土曜日)： マーガレット・オブ・ヨーク到着。 歓迎のためパジェント：ユダヤのエステルとアハシュエロス王と結婚。 トロイの物語。イアソンの物語。 公式の婚約の儀。
ダンメ (7月3日日曜日)： 結婚式。
ブルージュ (7月3日日曜日)： 聖なる十字架門で歓迎の4つの行列に出迎えられたマーガレットのブルージュ入市。 第1の行列、ブルージュという都市の行列。第2の行列、ブルゴーニュの教会。 第3の行列、商人の行列。最後の行列、ブルゴーニュ公家の代表者。
宮殿へ向かう市街での数多のパジェント： 十字架にかけられたキリストと乙女。 アダムとイブ、アレクサンダーとクレオパトラ、モーゼとタービス（エジプト王の娘）、エステルとアハシュエロス、トビアスとサラ、カナの婚礼でのキリストの奇跡、『雅歌』。 ヘラクレスの偉業。 英国とフランドルが結ばれたことをあらわすライオンと豹の間に座すブルゴーニュ公国の紋章をつけた乙女。 ブルージュの宮殿到着。
9日間連続する宮廷祝祭の始まりを告げる、結婚初日の宴と余興： ブルージュの市場を戦いの舞台にした「黄金の樹の武芸試合」。 翌日からさらに続く、その他の馬上槍試合、宴会、余興。

第Ⅱ部 「世紀の結婚」

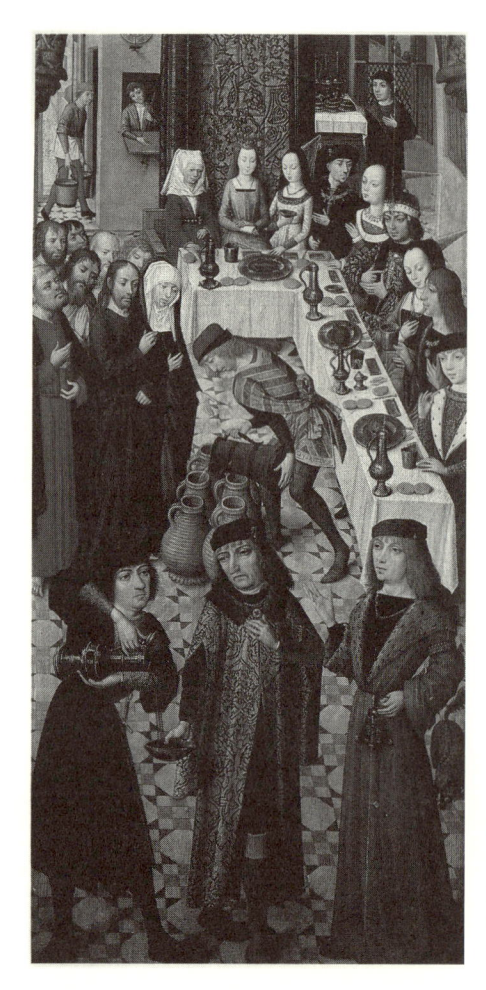

図版6. 『カナの婚宴』──マーガレットのブルージュ入市式での宮殿に向かう道筋に掲げられた数多のパジェントのテーマのひとつ

3 ブルージュ入市とさまざまな交渉
──ブルゴーニュ公国のパワーとブルージュのマネー

　美しい若い乙女が、まるで花婿のようなキリストにその右手を握りしめられている、と同時に、そのキリストは十字架にかけられている。花嫁衣装を纏った乙女は手にした像によって自分が教会であることをあらわしている。「世紀の結婚」全体の核心的部分を編制するシヴィック・パジェントリすな

わちブルージュ入市式において、次から次へと出現するパジェントのなかでももっとも興味深いもののひとつが表象するのが、これだ。そして、ブルージュの市民たちが歓迎の意を表するこのパジェントにおいて、ヨーク家のマーガレットとブルゴーニュ公シャルルの結婚は、なんと、人類の罪を贖うキリストの死のフィギュアによって祝福される[6]。だが、もちろんのことながら、中世以来の聖書予型論（typology）における「秘儀的（anagogical）」意味によってこのパジェントは解釈されなければならない。すなわち、予型（a type）としての十字架上のキリストの磔は、キリストと花嫁となる乙女と同一視された教会との神秘的な結婚つまり対型（an antitype）を意味するのだと[7]。

　君主と市民との結婚という観点からシヴィック・パジェントを解釈するキプリングによれば、このパジェントはマーガレットのブルージュ入市についての政治的、宗教的な解釈をあらわしている。宗教的には、棕櫚の聖日に受難を前にエルサレムに入城し十字架にはりつけられたキリストの「自己犠牲的」な役がシャルルに割り当てられ、このキリストが「花嫁（Lady Church）」としてマーガレットを娶る。政治的には、キリストの身体に対してキリスト教徒が主への献身を示したように、新たに戴冠し結婚した領主シャルルは、自らの身体に主なる神が再現前したと市民たちに受け容れられる。マーガレットが、この都市を支配する領主ブルゴーニュ公の妻として入市するのはあきらかだ。

　市民が催す凱旋形式の入市式は、単なる支配者や君主への追従や装飾華美な広告・プロパガンダといったものではない。たしかにブルージュの市民はブルゴーニュ公シャルルを彼らの領主として承認し歓迎の意を表しているが、それは両者が共有する政治的理念、キリストに倣った王権の理想をともに祝しているからであって、シャルル個人を神格化しているわけではけしてない。シャルルがブルージュに入市する場合のように、君主が市民・商人たちの都市空間に入場できるためには、封建制的な主君と臣下の契約が法的に交わされ、その物質的・経済的レヴェルで特許状（charter）が与えられる

第Ⅱ部 「世紀の結婚」

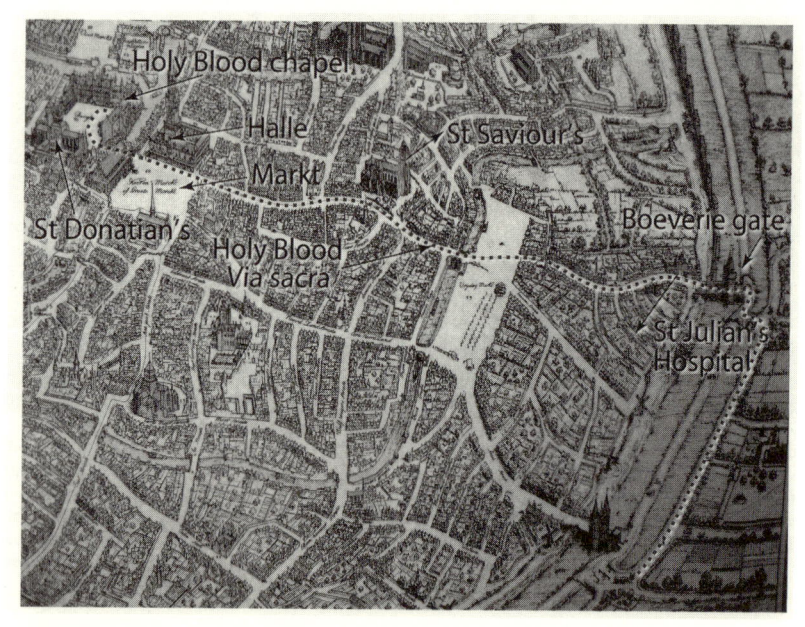

図版 7. ブルージュにおける行幸の行進ルート

第 4 章　ヨーク家のマーガレットと「世紀の結婚」

ことがふつうであった（Kipling *Enter the King* 39, 47）。

　ただし、この入市を歴史的に表象する形式は、キプリングが分析するように、実はそれほど単純なものではなく、この市民たちが提供するパジェントでキリストが結婚する「花嫁」は、2つの異なるマーガレットの存在によって演じられている。一方で、天上の王の妻としての教会は、ヨーク家の英国からブルゴーニュ公シャルルに嫁いだ女マーガレットを具現する。だが他方、「花嫁」としてもうひとつ別のマーガレットはブルージュの人びとの代理表象となっているのもあきらかで、このブルージュと、シャルルはブルゴーニュ公として象徴的に結婚する。このように象徴的なイメージのなかに2つの異質なマーガレットが共存していることは、マーガレットがパジェントにおいても人生においても求められる役割に対応している。

　別の言い方をするなら、マーガレットは、政治的に、英国王エドワード4世とブルゴーニュ公シャルルの間で交換されるだけでなく、経済的に、ブルージュ市民とその領邦君主シャルルの間でも交換される女であるということだ。だが、英国から海と国境を越えてブルージュの都市空間に入市式という形式を通じて存在するマーガレットは、なによりも、ブルージュの代弁者として存在し、ブルージュとブルゴーニュ公国との間を仲介・媒介するという重要な意味を担っている。こうして、ブルージュの祝祭空間にきわめて特別な「花嫁」として「降臨」するマーガレットが、領主であるシャルルとその市民とを結びつけることとなる（Kipling *Enter the King* 253）。

　従来、シヴィック・パジェントリの空間は、もっぱら男性中心的なものであったらしい、たとえば、1392年のロンドンにおけるリチャード2世とロンドン市民の和解を祝う入市式のように。もっとも、多くの場合、そうした女性を排除あるいは周縁化するシヴィック・パジェントリは、君主と市民両勢力の団結というよりは、崩壊の危機をあらわにしがちであった。王との身体的交わり（communion）と結合（consummation）といいながら、その結合・同盟関係による共同体の集団性は、亀裂と対立の危機をいつもかかえていた。アンジュー家のマーガレットのように王妃が入市式の主役となる場合もある

105

が、その場合、そうしたパジェントは、舞台となる都市を性的魅力あふれる女性が夫となる男性からの求愛を受け身で待つ庭の空間イメージに変容させることにより、君主や市民の男性たちを転覆する危険なパワーはあらかじめ奪い取られている。

　このような歴史的系譜のなかにおいてみると、ヨーク家のマーガレットすなわち花嫁となる乙女という女性イメージが前景化されたブルージュのパジェントは、画期的に新しくユニークであるように思われる。しかしながら、キプリング自身も指摘するように、ブルージュという都市はマーガレットの代理表象によることなしに、直接的な形式で擬人化されることがないのはなぜなのだろうか。もしそうしたことが起こったとするなら、ブルゴーニュ公シャルルの「花嫁」候補として英国女とブルージュ市民の２つのライヴァルが出現して三角関係になってしまったかもしれない。ブルゴーニュ公妃とマーガレットのイメージを通じて女性化された都市との間の差異とそれが孕む矛盾とは、いかなるものなのか[8]。そもそもなにゆえヨーク家のマーガレットがブルージュ市民を代理表象するイメージとならなければならなかったのか、そして、その表象の生成過程にはどのような経済・金融の諸関係が不在のまま表象されているのであろうか。

　まずは次のような問いをたててみよう。ブルージュという都市空間自体の意味は歴史的にどのようなものだったのだろうか。13世紀末に遠隔陸路交易とその中心であったシャンパーニュの大市が衰退したあと、ブルージュは、アルプス以北ヨーロッパでもっとも重要な市場となり、イタリア商人とハンザ商人が支配する海上交易の繁栄の一極を担う存在となった。外来商人たちが競合するこの市場は、フランドル経済全体にとって「ゲートウェイ」として役割を演じるだけでなく、低地諸国の経済システムと他の空間とを結びつける機能を果たした。こうした「世界市場」ブルージュは、イギリスの羊毛、イタリア産の高級織物と香料、そしてドイツ人がもたらした穀物と原料を主要な輸出入品として、ヨーロッパ全域に張りめぐらされたトランスナショナルな交易のネットワークのなかで中枢の地位を占めるようになり、この地位

第 4 章　ヨーク家のマーガレットと「世紀の結婚」

は 15 世紀まで保持されていた（Murray）。さらに、イタリア人のマネーと同等の力はもたなかったが、ヨーロッパ南部とりわけイベリアから世界中に離散しながら活動する「ディアスポラ」がブルージュにも「居留民」として存在しその商業上の役割は重要だった。シャルル無鉄砲公の母イザベラは、ポルトガル王女でエンリケ航海王子の妹であり、英国の商人、たとえばマーチャント・アドヴェンチャラーズとも取引があった。「世紀の結婚」の行列に姿をみせたともいわれるスペイン系「居留民」の代表カスティーリャ人（de Haynin qtd. in Brown and Small 62）とともに、ポルトガル人あるいは蜘蛛の巣状の組織をもつイベリア商人は、アンダルシアと黒海とを結ぶ鎖の輪を手中に収めており、15 世紀末にはアントワープを中心に英国とフランスの各都市に活動領域を広げていくことになる（モラ・デュ・ジュルダン）。中世ヨーロッパ世界の国際商業都市あるいはグローバル・シティというのが、ブルージュのイメージによって喚起されるものだった。

　このような国際商業都市としてのブルージュの意味を考えると、「世紀の結婚」を祝うパジェントリに、商人の表象が存在していたことは興味深い。凱旋形式の入市式には、さまざまなパジェントのほかに、マーガレットを市の入り口に位置する聖なる十字架門で歓迎するための 4 つの行列が用意されていた。第 1 の行列はブルージュという都市の行列で最後の行列にはブルゴーニュ公家の代表者が参列している。2 番目の行列は教会関係者から構成されておりブルゴーニュ公シャルルと司教領リエージュの紛争を政治的に調停するために招かれたことのあるローマ教皇特使も含まれているのだが、マーガレットのブルージュ入市を歓迎する行列のなかでもっとも重要なのは、第 3 の行列すなわち商人の行列である。

　　ヴェネツィア人（The Venetians）が最初に馬に乗り行進した。深紅の衣を着た主人に従い侍従は朱色の服を身に着け、それぞれに松明を手にした朱色の衣を着た徒歩の 50 人に続いた。次は、フィレンツェ人だ。まず青い服を着て松明をもった 60 人が徒歩であらわれ、銀糸織のダブ

107

第Ⅱ部 「世紀の結婚」

<u>レットと深紅のビロード織のケープを纏った 4 人の小姓が青いビロードで縁取りした白繻子の覆いをかけた馬に乗って進んだ。フィレンツェ商人（the Florentine merchants）の後に続いたのが、彼らの長でありブルゴーニュ公の顧問官の身なりをしたトマーゾ・ポルティナリ（Tommaso Portinari）、彼の後には、模様入りの黒繻子の衣を着た 10 人の商人が 2 人ずつ続き、さらに無地の黒繻子姿の 10 人の金融業者が続いた（みな深紅のダブレットを着ていた）。最後に青い服の 24 人の侍従が馬に乗って進んだ。</u>次に来たのはスペイン人（the Spaniards）で、紫のダマスク織の衣装を着た 34 人の商人が、黒繻子のダブレットと深紅のビロードのジャケットを着て徒歩の 34 人の小姓を従え馬に乗って現われた。彼らの前を紫と緑の服を着てそれぞれ松明を手にした 60 人の男たちが行進した。その後に続いたのがジェノヴァ人（The Genoese）だ。彼らの前をひとりの美しい少女が馬に乗って進み、少女は聖ジョージが龍から救った乙女の姿をあらわしており、白いダマスク織の衣を纏っていた。完全武装の聖ジョージが、白いダマスク織の布に真紅のビロードの十字架がかけられた馬に乗って続いた。このパジェントの後、紫のダマスク織の布を纏った馬に乗り白いダマスク織の服を着た 3 人の小姓が続いた。そのあと 108 人のジェノヴァ商人（the Genoese merchants）が揃いの紫の服で続いた。そして 108 人のドイツ人（the Germans）[9]が紫のローブ姿で、なかには灰色の毛皮を纏って馬に乗って続いた。彼らとともに紫の繻子の服と白いダマスク織のローブ姿で紫のダマスク織の衣をかけられた馬に乗った 6 人の小姓が従った。彼らの先頭には、紫の衣装を着て 60 人の男たちが松明をもって進んだ。（de la Marche qtd. in Brown and Small 62 下線筆者）

この商人たちの行列は、英国ヨーク家とブルゴーニュ公国を政治的に結ぶ「世紀の結婚」とそれを祝うブルージュ入市式において、ブルージュの外国人「居留民」を拠点に活動する商人集団が重要な役割を担っていたことをうかがわ

せる。なかでも、ヴェネツィア人・フィレンツェ人・ジェノヴァ人など、ブルゴーニュ公国を含む北ヨーロッパの交易におけるイタリア商人の存在感と支配力が誇示されているようにみえるが（Weightman 53-54）、メディチ家のブルージュ支店における代理人トマーゾ・ポルティナリ（Thommaso Portinari）こそが最重要人物だ。そして、ヨーロッパ大陸を舞台にトランスナショナルな商業取引を広げるイタリアの金融資本家でありながら政治的にはブルゴーニュ公の顧問官の務めもこなすフィレンツェ商人の長は、模様入りの黒繻子の衣を着た 10 人の商人とさらに無地の黒繻子姿の 10 人の金融業者をしたがえている。

　英国との対仏政治・軍事同盟を築くマーガレットとの結婚もシャルルのブルゴーニュ公国とルイ 11 世のフランスと対峙する戦争も、リチャード・ヴォーンによれば、それらを資金・金融のレヴェルを基盤に取り仕切っていたのはメディチ家だという。エドワード 4 世の英国と教皇のいるローマのもとへ結婚交渉のために送られる使者たちの支払いをしたり、また、低地諸国の課税を基にした基金をジュネーヴ、ディジョン、ブザンソンを経由するネットワークを使って融通し、ブルゴーニュ軍の戦費の支払いをマネージメントしたのも、このメディチ家の代理人だった。そもそも 1467 年にシャルルがフィリップ善良公亡きあとブルゴーニュ公となることができたのも、ブルージュ支店を拠点に政治・経済両面で影響力を持っていたポルティナリのおかげだった（Prevenier and Blockmans 115; Vaughan *Charles the Bold* 91-92）[10]。

　マーガレットとシャルルの結婚には、英国とブルゴーニュ公国との対仏政治・軍事同盟だけでなく、両国の経済的要因がかかわっていた。英国とブルゴーニュ公国の経済的リンクは、両国の繁栄に不可欠なものだった。ド・ラ・マルシェが描写する商人集団の行列においても衣装の色と記事の詳細な記述がまず目を引くが、毛織物・絹織物産業とその貿易・交易は、英国・ブルゴーニュの経済・通商関係において最も重要な点であった。エドワード 4 世もブルゴーニュ公シャルルも、借金やその収入のかなりの部分を占める交易に

関して商人の共同体に頼っていたし、不況は市民の暴動や抵抗を引き起こしかねないと王も公も危惧していた。

にもかかわらず、15世紀を通じて歴代のブルゴーニュ公たちと英国王たちは、互いに輸出制限やボイコットを武器に抗争していた、両国の羊毛毛織物業を営む商人間のグローバルな競争と対立があったからだ。ブルージュやゲントといったフランドル諸都市の毛織物工業は危機的状況にあったし、フランドルに隣接するブラバント——アントワープを含む——の毛織物製造も同じであった。この危機の一因は、フランドルで加工される高級毛織物の原料であった英国の羊毛を輸出制限するようになり、また、国際競争力をつけはじめた英国製毛織物が低地諸国へ進出しはじめたからであった。こうして、フランドルの毛織物工業都市は領邦君主であるフィリップ善良公に英国毛織物輸入禁止を請願し、実際にそうした輸入禁止措置がたびたびとられた。低地諸国は英国側の羊毛輸出制限により、より高価な原料を購入せざるをえなくなるが、かわりにフランドルの小都市や農村地帯での新毛織物工業の発展を促し、原料としてはカスティーリャの羊毛が使われるようになった。英国はさらに報復的なボイコットや信用取引に対する規制に続く経済戦争をはじめ、漁業海域での抗争ばかりか両国間の海峡では海賊が増加した (Prevenier and Blockmans 97-110; 中澤 19-23)。

この種の経済戦争は1462年から65年にかけてピークに達し、英国の商人や生産者だけでなく、フランドル・ホラント・セーラントの商人や織物職人・仕上げ職人たちにも深刻な影響を与えたが、こうした経済的生産・貿易をグローバルなネットワークを基盤にその流通・取引活動が可能であった金融資本家にとっても、この状況が長く続くことは許されない事態になっていた。ブルージュを中心とする国際的商人共同体は、経済的状況を好転させるためであれば、いかなる支援も惜しまなかったという[11]。こうして、両国の経済戦争を終わらせヨーロッパ資本主義の地域間分業体制の構造を再編させることにより新たな経済的繁栄を復興させるため、「世紀の結婚」のプロジェクトが開始される。結婚式における商人の代表団による行列の取り決めなど

第 4 章　ヨーク家のマーガレットと「世紀の結婚」

に、英国、フランドル、イタリアの商人たちが協力して参加した。なかでも、ブルージュにおけるメディチ家の代理人でありシャルルの財政顧問であるポルティナリが、外交団の重要なメンバーとして指導的な役割を果たしていたのはいうまでもない。1467 年、マーガレットとシャルルの結婚の取り決めとともに、シャルルとエドワードとの男同士の絆を通じて、両国の商人の互恵的な自由交易を以降 30 年にわたって保障される条約が締結される。ロンドンのマーチャント・アドヴェンチャラーズもアントワープに戻り活動を再開する。そしてこれ以降ブルージュに取って代わることになるアントワープの隆盛がはじまる。

　さて、この結婚プロジェクトの核心にあるのは、贈与の問題、英国とブルゴーニュ公国の間を交換される女マーガレットの持参金の取り決めである。夫となる男シャルルがその妻となる女に設定する寡婦産であるが、それはその前にマーガレットが父あるいは兄エドワードに要求する持参金の支払いにかかっている。妻はあらかじめ設定される寡婦産によって夫の死後、その土地・領土（たとえば、メッヘレン）を相続することができる。つまり、実際に物質的なレヴェルでヨーク家とブルゴーニュ公家の両家の絆を生産するのは、根本的には、支払われる持参金にほかならないのだ。こうしたマネーの介在とそれによって産出される結びつきなくして、財政的・経済的協力関係など保障されないだろうし、政治同盟や兵力の支援などありえない。そして、この持参金を実際に用立て運用したのが英国、フランドル、イタリアから編制されたグローバルな商人共同体だった。兄エドワード 4 世は 200000 クラウンを約束し、その 4 分の 1 を結婚式前に、その 1 年後に 4 分の 1 を、次の年には残りが支払われることになっていた。その額に対応してシャルルの方でも生存中に準備する 22000 ルーブルの通常手当プラス 40000 ルーブルの特別手当を約束する。その象徴的贈与の形式としては、最初の持参金が 1468 年 4 月 11 日に支払われた交換に、20 ポンド相当の指輪が購入されてマーガレットを通じてブルゴーニュ公に渡されたという（Weightman 41）。

　結論からいえば、グローバルな通商都市ブルージュにおいてとり行われた

111

第Ⅱ部 「世紀の結婚」

　ヨーク家のマーガレットの「世紀の結婚」は、フランスと対決するための英国・ブルゴーニュ公国の政治・軍事的同盟だけでなく、ブルージュのマネーとブルゴーニュ公国のパワーとの差異・対立を孕みつつ結ばれた絆も、その重層的な全体性において表象する。この結婚を祝う宮廷祝祭に単に付随するというよりはむしろその祭の空間全体を規定する部分であるブルージュ入市式においては、英国・ロンドンとフランドルの毛織物業・羊毛業の商人間に存在した経済戦争や通商的な対立関係はすでに政治的には互恵的な自由交易の約束によって解決されており、英国ヨーク家から交換された女マーガレットがブルゴーニュ公国の領主シャルルとブルージュの市民としてあらわれる商人を仲介・媒介する花嫁の役を文化的に再度上演・再表象する。言い換えれば、馬上武術試合という文化形式においては市場、また、凱旋形式による入市式においては宮殿にいたるストリート、というように、いずれもブルージュの公共空間において上演されたマーガレットとシャルル無鉄砲公との結婚は、ヨーロッパ大陸の地政学を構成する諸パワー間で交渉され調停された重層的な対立・矛盾を文化的な審級において再度交渉し翻訳する意味をもっていたことになる。そして、薔薇戦争さなかの英国がいつもすでに巻き込まれているヨーロッパの国際政治の問題だけでなく英国の花嫁・ブルゴーニュ公国の花婿両者の贈与あるいは持参金の問題も「名声の凱旋」といった文化的象徴行為によって翻訳する再現・再表象は、この結婚をめぐるさまざまな政治的・経済的な交渉や解決が孕む矛盾が触知される契機ともなるのであり、トランスナショナルな同盟や対立を含むさまざまな諸関係自体を規定する金融資本、たとえば、銀行家メディチ家に代理表象されるグローバルなマネーを炙り出すことにもなる。

　こうして、この結論は、「世紀の結婚」というグローバルなプロジェクトにもかかわらず、そこには完全に解消されない矛盾あるいはその痕跡が触知され読解される可能性を否定するものではない。マーガレットの最初の持参金は、たしかに、約束通り結婚式当日の朝にブルージュにおいてシャルルの代理人に手渡された。しかし、ランカスター家に王権を奪われたこともあっ

第 4 章　ヨーク家のマーガレットと「世紀の結婚」

てか、その後残りの持参金が支払われることはなかった。ただし、エドワード 4 世がブルゴーニュ公国の援助もあり復位したときに、英国の毛織物を関税がかけられることなくフランドルへあるいはジブラルタルを通って直接地中海へ輸出する特権が、ヨーク家の兄を援けた報酬としてブルゴーニュ公妃マーガレットに与えられる（Rymer 703, 712; Weightman 97, 99）。もちろん、輸出される毛織物製品は、ほかの船の場合もあったが、ブルゴーニュ公国の船舶が使われた。エドワードから受け取るこの最初の商業上の特権は、繰り返し約束されるにもかかわらず結局は支払われることのなかった持参金の代補であった。こうして特権の追加がヨーク家の王権が存続する間は止むことなく繰り返され、1475 年と 1480 年にも付与され、特権が適用される製品も羊毛、錫、鉛、雄牛、仔羊が付け加わっていった。

　フランスのルイ 11 世、英国のエドワード 4 世、ブルゴーニュのシャルル無鉄砲公が互いに闘っていたときにヨーロッパの地政学を強力に規定していたメディチ家の金融資本であったが、1477 年にシャルル無鉄砲公の死がもたらしたのは公国の危機だけではなかった。ポルティナリがメディチ家の代理人として交わした契約をはるかに超えた資金をシャルルに貸付していたことが明るみにでた。金融資本の過激で止むことのない運用とときに制御不能な運動に表現されたポルティナリのエゴが、銀行家としてのメディチ家の利益を犠牲にしてでも、拡大・転回し続けたということか。こうして、1485 年までには、ブルージュ支店が閉鎖され、まもなくメディチ家はヨーロッパの高等金融の世界から姿を消すことになる（de Roover *The Rise and Decline* 348; Ehrenberg 52. 197）。

　ブルージュに取って代わるアントワープの特異な存在と抬頭、ならびに、その新たな商業都市空間を拠点に活動を活発化するロンドンのマーチャント・アドヴェンチャラーズの登場が指し示すのは[12]、このようなグローバルな資本主義世界システムの歴史の過程の徴候だったのかもしれない。この時期は、スペインのパワーと結びついたジェノヴァ商人の新たなマネーに席をゆずろうとする時期に重なる。ひょっとしたら、フィレンツェ商人に続いて

第Ⅱ部　「世紀の結婚」

マーガレットとシャルルの結婚式の祝祭に参列したジェノヴァ商人のフィギュアが、こうした歴史の転換における新たな商人共同体の集団性の再編といずれ激烈で広範な戦いに転回する矛盾を表象していたのかもしれない。

4 ブルゴーニュ公国の宮廷文化の英国テューダー朝への移動
――グローバルなメディア文化としての騎士道？

　ブルゴーニュ公国の宮廷文化を表象する 1468 年のマーガレットとシャルル無鉄砲公との結婚は、英国・ブルゴーニュ公国を代表する両家の結婚式が当時のヨーロッパ国際関係をめぐる政治・軍事同盟として機能しただけではなく、ヨーク家の女の交換に媒介された経済的・文化的なつながりも重要な意味があったことを本章は論じてきた。テューダー朝の政治文化の再解釈においては、ヨーク家のマーガレットの「世紀の結婚」が、英国・ブルゴーニュ公国の政治・軍事的同盟と経済的絆との間の矛盾を孕んだ関係を文化的な交渉・翻訳をして表象する空間として、注目されなければならない。エリザベス朝の英国史劇をその一部分として含む英国テューダー朝の政治文化は、ブルゴーニュ公国と金融資本のグローバルでトランスナショナルな政治的・経済的ネットワークに流通するヨーロッパ騎士道という文化的象徴行為の物語によって、まずは、読み直す必要があったのであり、そのためにこそ、解釈の対象とする空間を英国国内からヨーロッパに移して、演劇や文学の範疇を飛び越えむしろそれらを包含するメディア文化として、ブルージュ入市式や商人たちの行列を含む結婚の表象をその重層的な全体性において再考したのだ。

　英国のモダニティは、ブルゴーニュ公国のグローバルなマネーと騎士道文化によっていかに重層的に規定されていたのか。英国のナショナルな概念の萌芽がみられる初期近代のテューダー朝の英国史劇、そしてテューダー朝の政治文化におけるブルゴーニュ宮廷において構築された宮廷文化＝騎士道文化との関係を確認してみることによって、以下のようなことが提示できそう

第 4 章　ヨーク家のマーガレットと「世紀の結婚」

だ。すなわち、ヨーロッパ全土に伝播するアーサー王伝説やそれと連動する騎士道の政治文化との関係性に注目すると、英国のナショナル・アイデンティティ構築・編制の歴史は、「長い期間（longue durée）」にわたって繰り返されてきた大陸からの異文化との遭遇や交渉という視座から考察されるべきではなかったか。

　商業上の特権を持つマーガレット・オブ・ヨークのいたブルゴーニュ公国は近代国民国家に移行することはなく、かわりに近代に移行して近代国家として覇権を握ることになったのは英国だったとされる。それは、ブルゴーニュ公国は、グローバルなマネーに関しては領内のフランドルを中心とするネットワークにつながっていたが、それを有効なかたちで占有することにより国家を創出するナショナルなパワーを欠いていた、ということではないだろうか。ブルゴーニュ公国の豪奢な煌めきに文化的に表現されたような、グローバルな金融資本は、王族や貴族階級の婚姻関係を通じてハプスブルク家へ、それからオランダ、英国へと移動されていくことになる。

　別の言い方をすれば、ヨーロッパの地政学空間における英国のモダニティの歴史において、こうしたさまざまなブルゴーニュ公国の遺産（ヘリテージ）を継承する過程をていねいにたどり直すことが重要だ。資本主義世界のパワーとマネーはときに一体となってまたあるときは分離・対立しながら、拡大する地理的・時間的空間を二重螺旋のような軌跡を描いているからだ。フランスと奇妙な一体性を保持しながらも高等金融メディチ家に媒介されて特異な存在感を示したブルゴーニュ公国の政体は、ジェノヴァ商人とスペイン・ハプスブルグ帝国という資本主義マネーと領土主義パワーの複合体へと新たなかたちで再編制されていく。他方、ブルゴーニュ公国のトランスナショナルな宮廷文化、たとえば騎士道の政治文化は、ホイジンガも示唆したように、フランスではなく、意外にもヘンリー 7 世の英国に継承され、さらにその後のジェントルマンの理念につながるとされる。

　1501 年 11 月 28 日、ヘンリー 7 世の王宮リッチモンドの大ホールでは、大国スペインとの絆を確実にするアーサー皇太子とスペイン王女キャ

サリン・オブ・アラゴンの結婚を機に 10 日間におよぶ祝賀エンターテインメントが執り行われていた。成婚祝賀の中心である馬上武術試合と仮装劇（disguising）とは、テューダー朝とヘンリー 7 世の宮廷の繁栄を国内外に誇示するブルゴーニュ風の絢爛豪華な大スペクタクルだった、とされる（Kipling *The Triumph of Honour* 96-136; 有路・成沢 4）[13]。

仮装劇は、大型のパジェントをふんだんに使って愛の成就を主題化することにより、英国とスペイン 2 国の結びつきがもたらす国際的平和を讃えるとともにテューダー朝の末永い繁栄を上演した。とりわけ、「希望」と「欲望」と名乗る使者たちを通じた求愛を拒否する「貴婦人たちの城」を攻め入る騎士たちをのせた、「愛の山」のパジェントが、注目にあたいする。アーサー王伝説のエンブレムを反復したウィリアム・コーニッシュ設計によるこのパジェントは、皇太子アーサーの花嫁を連れにスペインにやってきた英国の船のアレゴリーとなっているが、さらにそれとは別に、この表象には、近代のそれとは異なる聖書予型論的なリアリズム様態によって、古のアーサー王の宮廷が言及されるとともにその栄光が遠くない未来に再臨することが指し示されている（Kipling *The Triumph of Honour* 104）。また、「愛の山」は、「イングランドの豊かな山（Rich Mount of England）」であり、1501 年完成したばかりのヘンリー 7 世のリッチモンド（Richmond）宮殿をあらわしている。1497 年に火事で焼失したシーン城の焼け跡に新たな王宮が建立されるが、そもそも、この王宮建設が英国のブルゴーニュ文化採用の開始を象徴的に示している（Kipling *The Triumph of Honour* 3）。テューダー王朝のまさにシンボルであったこの宮殿は、ブルージュのシャトーの様式（ネーデルラントの赤煉瓦、長い屋根付きのギャラリー、周囲には装飾的な庭、ステンドグラスを施した窓、ブルゴーニュ風の家具調度品、フランドル産のタペストリーに絵画、ブルージュやゲントの金銀で装飾された写本等）に倣ったものであった。いうまでもなく、神話的なウェールズのアーサー王とテューダー朝とのかかわりもある。自らをアーサー王の子孫であるとしていたオーウェン・テューダーを祖父とするヘンリー 7 世は、ウェールズの神話的象徴

第4章　ヨーク家のマーガレットと「世紀の結婚」

イメージを存分に活用してボズワースでのリチャード3世との戦いに臨み、勝利の後テューダー朝を創始した。このようなブルゴーニュ公国の宮廷からトランスナショナルに英国テューダー朝に移動したパジェントの形式には、音楽とダンスの要素が大きく付加されるとともに、愛の拒絶とその成就を表現する対話やアクションへの展開がみられることも間違いはない。この仮装劇を締めくくるのは、城から出てきて降伏した貴婦人たちと騎士たちが組んで踊るダンスのパフォーマンスであった（Kipling *The Triumph of Honour* 106）。

　馬上武術試合においても、また、ブルゴーニュ公国由来のスペクタクル、エセックス伯がのって登場する「愛の山」のパジェントが重要な役割を果たす。草木がしげり宝石で飾られたこの山の頂上には、キャサリンを思わせる髪を垂らした貴婦人とその膝に頭を乗せる一角獣がいる。この貴婦人の御前において、騎士と挑戦者とが皇太子夫妻の名誉をかけて試合を行う。もちろん、試合場には、騎士道の象徴の樹がたてられていて、そこに紋章入りの盾をかけて政治的なアレゴリーを帯びたパジェントに乗った騎士たちがあらわれる。馬上武術試合とは、テューダー朝の王権とその正統性を讃えるだけでなく、「愛の山」に乗った貴婦人のイメージを通じて、スペインとの政略的結びつきを騎士道ロマンスと宮廷風恋愛の系譜を引く愛の戦いに変容させてしまうエンターテインメントであった（Kipling *The Triumph of Honour* 117）。

　有路・成沢『宮廷祝宴局——チューダー朝のエンターテインメント戦略』によれば、「武術向上のための実地訓練という性格が強かったヘンリー七世即位当時の馬上武術試合は、バーガンディ風のパジェントと愛の戦いというロマンス的要素を取り入れて、エンターテインメントへと大きく変容した。その虚構性は一五〇六年と七年の五月の馬上武術試合で一段と強められることになる。仮装劇もまたこのとき大きく変容した。従来の仮装劇は凝った象徴的な衣装を着けて踊るマイムダンスが中心だった。それに対してご成婚祝賀の仮装劇はいくつもの大型のパジェントと音楽をとり入れ全体を象徴する

第Ⅱ部 「世紀の結婚」

ダンスでしめくくられる華麗なスペクタクルで、とくに第一日目には対話とアクションが展開する本当の意味で『劇』といってよいものが生まれたのである」(有路・成沢 8) [14]

またさらに、1594 年を境に、それまでテューダー朝の祝宴局を中心に展開した劇団と演劇を含むエンターテインメントに明白な変化がみられたことが指摘されている。すなわち、海軍大臣チャールズ・ハワードをパトロンとする海軍大臣一座と宮内大臣ヘンリー・ケアリー、ジョージ・ケアリー父子をパトロンとする宮内大臣一座——それぞれ、本拠とした劇場は薔薇座と劇場座、所有者はフィリップ・ヘンズロウとジェイムズ・バーベッジ、座付作者がクリストファー・マーロウとシェイクスピア——が、「自立した真の意味でプロフェッショナルといえる劇団」(有路・成沢 239) としてあらわれる [15]。マーロウあるいはシェイクスピアからジェイムズ朝以降の仮面劇にいたる英国のナショナルな演劇史あるいは宮廷と劇場の文化研究からするならば、このような劇団の出現自体が大きな意味をもつことになるだろう。

本書の視座からするなら、これらの 16 世紀末のいわゆる「2 大劇団」がロンドンにおいて出現可能だったことと祝宴局の戦略との関係、言い換えれば、2 つの劇団がまずもって「宮廷とロンドン市」の両方の場に「君臨」したという指摘が、より重要だ (有路・成沢 237-40)。エリザベス女王の宮廷とロンドンに相対的自立性を獲得した劇場が「君臨」することを可能にした歴史的条件とはなんだったのか。ルイ・エイドリアン・モントローズを代表例とする米国の新歴史主義の研究がかつて取り上げた女王の権力の表象と牧歌というジャンルにおいてもまた、ブルゴーニュ公国の宮廷にみられた文化の様式・形式とは異なり、分化・差異化されないままいずれもリアルであった戦場の現実の戦いと宮廷のスペクタクルあふれる祝祭の一体性が、それぞれ相対的自立性をもった領域に区別・範疇化される (Strong 15; Montrose)。はたして、ロンドンのシティという空間において、英国の商人と国王との間にいかなる矛盾を孕んだ新たな共存・同盟関係が結ばれたのか。そしてさらには、ブルゴーニュ公国の政治文化である騎士道のどのような形

式の変容と再編が、英国史劇を含むエリザベス朝の演劇と劇場文化、あるいはより適切には、テューダー朝のグローバルなメディア文化空間を規定したのか。

　ド・ラ・マルシェ『回想録』が表象した目も眩まんばかりの商人たちの行列は、ブルゴーニュ公国を含む北ヨーロッパの交易空間における商人とその主要な商品である毛織物の広告塔にほかならず、そうした商人集団の役割とその存在の重要性をうかがわせるのに十分だ。そこには英国人についての記載はみあたらないが、もちろん英国からも数多くの商人が紫の揃いの衣装で馬に乗って参列していたはずで、おそらく、ブルージュにおけるマーチャント・アドヴェンチャラーズの長老であるウィリアム・カクストンがその隊を率いていたであろう[16]。カクストンは、おそらくは最初に出会ったと思われる結婚式を契機に、マーガレットに仕える財政顧問として、政治・経済の面で英国とブルゴーニュ公国を媒介することになる。ブルゴーニュ公国へと嫁いだマーガレットがもっていた英国の羊毛・毛織物業の貿易に関する特権を実際の取引に運用するときに、両国の政治家たち・商人たちとの間に立って助言をしたのもこの英国商人であった。と同時に忘れてならないのは、さらにその後、マーガレットをパトロンとしながら翻訳・印刷といった「ベンチャー・ビジネス」にも乗り出すことで、英国とブルゴーニュ公国を、文化的にも、媒介するようになることだ。そして、英国でのパトロンのなかでもっとも理解を示したのが、「黄金の樹の武芸試合」の花形でもあったウッドヴィル家のアントニー、リヴァース伯であった（Blades 17-22）[17]。

　ヘンリー7世の宮廷でブルゴーニュの様式を導入したのは王子たちの教育係となったベルナール・アンドレやジョン・スケルトンであった。テューダー朝の御代を描いた『ヘンリー7世の12の勝利』においてアンドレは、紛れもなくブルゴーニュ風のアレゴリーを用いることにより——ヘンリー7世の功績をヘラクレスの12の試練に喩えている——ブルゴーニュ公家の神話化の文化伝統につながる。このように英国にブルゴーニュ文化の影響が広まり始めたのは、カクストンがウェストミンスタでの印刷業を確立した頃で

もあり、スケルトンの場合、ヘンリー王子（後のヘンリー 8 世）のための教育書『君主の鑑』を執筆する際に範としたのがカクストンが紹介した一連の書物だった——なかでもジルベール・ド・ランノワの『若き王子への教訓』は、シャルル無鉄砲公のために書かれたものであり、この最後のブルゴーニュ公が夢見たものは古のロートリンゲンという帝国であった（Kipling "John Skelton and Burgundian Letters" 7-8）。

　書物の印刷・出版という、宮廷を中心とするパジェントリでも都市の劇場における演劇でもない、まったく新しく珍奇なメディア・テクノロジーの歴史的な勃興の始まりがここで確認される。そして、ロンドンが有するパワーと騎士道のネオ封建的な（"neofeudal"）言語・文化とを結びつけることで新たな「名誉の共同体」が確立される[18]。シティとその商人階級が参加するこの国家生成（"nation-building"）の過程において、ブルージュでの英国の商人集団の中で重要な位置を占め、実際にブルゴーニュ公国の宮廷文化とも商業的なつながりをもっていた知識人カクストンは、騎士道的な素材内容に対する新たな趣向形式を英国テューダー朝のために再発明する文化プロジェクトを推進したきわめてクリエイティヴな出版人・文化人だったといえる（Manley 185）。

　そもそも、ブルゴーニュ公国滞在中に、カクストンはラウル・ルフェーヴル（Raoul Lefèvre）『トロイ物語集成（*Recueil des historires de Troie*）』の英訳を手掛けることになった。このヘラクレスとトロイ戦争の物語は、ブルゴーニュ公国においてよく読まれており、ブルゴーニュ公国の蔵書の中にもトロイをテーマとした 17 巻の書籍が所蔵されていた。ブルゴーニュ公がヘラクレスの子孫であると信じられていたというのもその人気の理由らしい。この翻訳書の需要に応じるため、ブルゴーニュ公国内のブルージュで活版印刷のテクノロジーを習得し、1474 年の終りか 1475 年初頭、その新たな形式で生産・流通・消費されるメディアの世界に『トロイ物語集成』を送り出す。そして、そうしたグローバルに通用することになる知と権力のテクニックとスキルを携えて英国へ帰国した 1476 年には、カクストンはチョー

第 4 章　ヨーク家のマーガレットと「世紀の結婚」

図版 8. 『トロイ物語集成』の英訳をブルゴーニュ公妃マーガレットに献呈するウィリアム・カクストン

サーの『カンタベリー物語』をはじめとする出版・印刷の労働を行うが、特に重要なのは、中世ヨーロッパほぼ全域で親しまれたアーサー王伝説を集大成し、外国語であるフランス語（原典不明）から母国語の英語にしかも散文訳としてトマス・マロリーが翻訳した『アーサー王の死 (Le Morte d'Arthur)』（1485）の文化生産という画期的出来事だ。

　グローバルなメディア文化としての騎士道は、単純に権力の表象として政治的にのみ解釈することでは不十分だ、ということだ。そうした文化が流通するメディアやネットワークの過程にも注目し、馬上武術試合の経済的意味を探ることも必要ではなかったのか。そういえば、馬上武術試合が行われた空間は、ブルージュの市場であった。さらに歴史をさかのぼってみるならば、この黄金の樹の武芸試合に先立つ 1467 年、ロンドンのスミスフィールドで馬上武術試合が行われ、16 世紀英国における騎士道への趣向が高まっ

第Ⅱ部 「世紀の結婚」

た（Ferguson）。ブルゴーニュ公国の騎士道文化の荘厳さが公国領内の商業利益に負うており、両国間の羊毛・毛織物貿易こそが、英国人をブルゴーニュ公国に結び付け、それだけいっそうブルゴーニュ公国の宮廷での騎士道文化が流通・消費される物質的基盤をなしていたのだ。1467年ロンドンのスミスフィールドでの豪勢な馬上武術試合において、ブルゴーニュ公国と英国との経済上の和解を寿ぐための祝祭であったが、上座に陣取っていたのはロンドン市長と治安判事たちであった。

Notes

1 ブルゴーニュ公国の低地諸国（Burgundian Netherland）における権力の正統化を行うプロパガンダによって捉える近年の研究においては、マーガレットとシャルルの結婚式やこの前年のシャルルの父フィリップ善良公の葬式などが、積極的なマスメディア（"an active mass-media"）としてとらえられている。たとえば、Prevenier and Blockmans をみよ。

2 ヘンリー7世治世下、テューダー朝の立場からすれば英国王位簒奪を企て反乱を起こした2人の僭称者、ランバート・シムネルとパーキン・ウォーベックの2人をそれぞれ、ヨーロッパ大陸から、支援したのはほかならぬブルゴーニュ公妃マーガレットであった。これらの反乱は、テューダー王朝にとっては、ヘンリー6世第2部』に描かれている「ケイドの乱」に劣らず、脅威の源であった。これについては、大谷「ジャンルの揺らぎとジョン・フォードの歴史劇」をみよ。また、第36回シェイクスピア学会セミナー「シェイクスピアと大陸のルネサンス」（1997年10月12日於福岡大学）における口頭発表に、一部、もとづく未発表原稿「英国史劇とブルゴーニュ公妃マーガレット・オブ・ヨーク」も参照されたい。

3 結婚式前日、マーガレットは、ダンメに壮大な商館を構える公家の家令が準備した無鉄砲公の母による出迎えを受け、さらにまた、ダンメの市民たちからは礼拝用に身につける高価なコープを贈られるだけでなくタブロー・ヴィヴァンやパジェントならびに花火のもてなしを受けたともいわれている。

4 結婚初日の興味深い宴の料理ならびに意表をつく機械仕掛の趣向・ダンス・音楽からなる余興の詳細については、ド・ラ・マルシェの『回想録』を言及しながら

第4章　ヨーク家のマーガレットと「世紀の結婚」

論評するHuizingaの記述と解釈を参照のこと（Huizinga 241-42）。あるいはまた、宴の料理には、金銀の白鳥、孔雀、一角獣に載せられた籠盛りのコンフィ、オジカにひかれ運ばれてくる公国領内の諸国の名を冠する30隻もの船の器に盛りつけられたオレンジと肉料理の籠、等々が来賓客に供せられたらしい。そして、意表をつく機械仕掛、プレイ、パジェントリなどからなる余興、たとえば、黄金のライオンに乗るマダム・ド・ボウグランド（マリーの小人）、行商人が寝ているふりをしているあいだに所持した財布・ブローチ・レースなどを盗む猿、来賓客に色とりどりの珠を投げつける野人を乗せたサラセン風のヒトコブラクダ、宮廷の場を沸かせた巨人、鬼、龍、グリフォン、さらに、ヘラクレスの偉業をなぞる古典的な、あるいは、フランク族の初代国王クロヴィスの結婚の歴史的なマイムが出し物となった（Cartellieri 161-63; *Excerpta Historica* 234-35; de la Marche qtd. in Brown and Small 107-11）。

5　英国におけるシヴィック・パジェントリについては、Bergeronを参照のこと。シヴィック・パジェントリには、3つの主要なタイプがある。1つは、屋外の君主のために君主の地方への行幸への途上において上演される演劇的ショウ。第2のタイプは、王の入市（入城ともいわれる）、都市を訪れる行列儀式を行う際、演劇的な場面がその途上で上演されるもの。第3がロード・メイヤーズ・ショウである（Bergeron 3）。国王と市民の統合を劇場の内外を問わないパブリックな空間で上演・表象するシヴィック・パジェントリは、ブルゴーニュ公国そしてその遺産を受け継いだアントワープ、また、テューダー朝の英国においても盛んであったが、後のステュアート朝になると、宮廷仮面劇や私的劇場における芝居にとってかわられるようになっていった（Bergeron 5）。

6　マーガレットとシャルルの結婚を祝うブルージュの諸パジェントについては、Kipling *Enter the King* 226-88特に252-54が、中世から連続する凱旋形式の入市式（civic triumph）の系譜上に位置づけている。このパジェントの歴史的な記述については、Depars 25-29、Dits die excellente cronike 137-38、および、BL MS Cotton Nero C IX 175がある。

7　Erich Auerbachがダンテの現実描写の形式に見出したように、聖書予型論のフィギュアを用いたリアリズム（figural realism）は、一方で近代小説のようにその時代の環境に制約されて平凡な生活を営む任意の人物や日常的実際的現実を低俗・中間の文体では描写するリアリズムとも違うし、他方でアレゴリーとも区別

第 II 部　「世紀の結婚」

されなければならない。予型論的構造は、予型と対型からなるが、前者は後者を予示（prefigure）し後者は前者を成就（fulfillment）する関係にある、同時に、この表象形式の要素である両者は、それぞれ具体的歴史的な現実性のある性格を与える点で、（おそらく近代人にとっては）あたかも出来事の現実性を抜き取ってしまいそのうちに歴史から離れた記号と意味しか見ないようなアレゴリーと異なる。両者は相互に「意味を示し合う」がその意味の実質はその現実性を決して閉め出さず、ここから、過去の生活世界の中にあった決定的なものが啓示される永遠の状況を写実できる可能性が開ける。その歴史観においては「超現実的な理想」が「現実」と等しくリアルであり、当価値のものとしてとらえることができるのだ（Auerbach）。ブルージュの入市式におけるリアリズムが、現代言語学で論じられるシニフィアンとシニフィエとの関係とも異なる様態であることももはや明らかだろう。このシヴィック・パジェントの表象形式においては、「言葉と物」が分離していないため事物が記号として意味作用しうる。

　もちろん、ブルージュの市民が劇場や宮廷の外部にある公共空間で祝祭的に表象するパジェントリには、このほかにも多種多様な諸パジェントがあった。そして、それらはマーガレットとシャルルの結婚をさまざまな意味合いで解釈したものの上演となっている。「歴史的な」解釈としては、アダムとイブ、アレクサンダーとクレオパトラ、モーゼとタービス（エジプト王の娘）、エステルとアハシュエロス、トビアスとセーラのパジェントが登場し、さらに別のパジェントにはキリストがカナの結婚にて水をぶどう酒に変えるという奇跡を演じる。さらに、こうした例を『雅歌』の観点から解釈した2つの「アレゴリカルな」パジェントもある。(Kipling *Enter the King* 252; Kernodle 68)。

8　1514年のメアリー・テューダーのパリ入市式のように、このような矛盾あるいは表象形式の問題を回避するために、天国の楽園に移しかえられ「自然化」「女性化」された都市空間に女王を登場させ、その役割を非宗教的・非政治的な庭の養育に限定する例がある（Kipling *Enter the King* 254）。

9　ドイツ人をドイツのハンザ商人（the merchants of the German Hanse）とする記述もある（Brown and Small 60）。

10　エドワード4世は英国最初の「商人王（merchant king）」であるともいわれるほど「私的な貿易事業（personal trading venture）」に従事し、羊毛貿易をはじめとしてさまざまな商品（cloth and tin）の貿易に関わっていた。イタリア商

人（James de Sanderico, Alan de Monteferrato）も関わっていたが、王室の船舶が、商業的な特権が与えられた輸送媒体として利用された。そしてそのなかには 1478 年地中海向けに羊毛を積んで出帆した「アントニー号」という船もあり、これはロンドンの市参事会員 William Heryot のための積み荷を運んだ。こうした交易で富を得たロンドンの富裕層からの財政的援助が、エドワードの治世とりわけ最初の 10 年間の主要な支えだったという。この「商人王」エドワードは、ヘンリー 6 世とは対照的に、ロンドン市民（商人）とも密接な関係を保ち、彼らに投資させることに成功した。また、例外的な数のロンドン商人たちに爵位を与えるなどした。1461-71 年の間に 18 以上、これまではたった 11 でそれも 1439 年が最後であったことを考えれば、その数の多さに驚く。エドワードが、商業・貿易に積極的に関わり、商業上のライセンスを国内外の商人に売ることで利益を得たりしたのは、薔薇戦争に際して、国内外の商人からの借金に依存していたためといわれている（Ross 352-54）。

　さらにまた、王の主要な借り手は影響力のあったロンドンの富裕層だったが、フィレンツェの高等金融をになう商人＝銀行家メディチ家は、ロンドン支店の代理人ジェラルド・カニツィアーニ（Gerard Caniziani）を通じて、王をはじめ臣下の貴族たちの財政援助において大きな役割を演じた。融資先である王に取り入ろうと本店への忠誠心を超えた融資をしてしまうこともあったためロンドン支店は閉鎖されることになり、英国とメディチ家の取引はブルージュ支店が担うことになった。英国人に帰化したカニツィアーニは、ロンドンに滞在し続け、エドワード 4 世の時代は王の代理人として活動を続けた。1478 年にルイ 11 世からアンジュー家のマーガレットの身代金の一部を受け取ったり、1480 年にはカレーでの取引や英国での外国との取引における管理人のひとりとなったのも彼だった（Ross 351）。

11　この経済状況に関しては、Weightman 35 および M.R. Thielemans *Relations politiques et économiques entreles Pays-Bas Bourguignons et l'Angleterre1435-67*（1966）についての *Revue Belge de Philologie et d'Histoire* に掲載された Munro の書評論文をみよ。ブルゴーニュ公国低地諸国の経済状況と財政政策に関しては Spufford も参照のこと。

12　中世後期、英国の羊毛は指定市場カレーを通じて海外に合法的に輸出されていたが、イタリア商人はカレーを通さず直接自分の国に輸送する特許状を得ていた。

第Ⅱ部 「世紀の結婚」

　カレーに輸送される羊毛の大半はブルージュに送られ、そこでフランドルの毛織物を生産する地域に配送された。フランドル人は、ライヴァルである英国産の生地を輸入する用意はまだ当然なく、15世紀にマーチャント・アドヴェンチャラーズの先駆けとなる組織は、セーラントやブラバントに大陸における販路を見出す必要にかられた。そうした販路がなかなか見いだせないなか、マーチャント・アドヴェンチャラーズは低地諸国内に市場を求めて移動しつつ、15世紀末、アントワープが英国商人の決定的な市場を確立するうえで拠点となった、当時ドイツにおける英国産の生地の主要な買手・配給の担い手であったケルンの商人にとっての利便性があったからだ。

　英国のほとんどの毛織物は未仕上げの白地のまま輸出され、アントワープにおいて最終的な仕上げ加工をされたうえでさらにグローバルに輸出された。すなわち、付加価値をつけられ完成された商品として仕上げ染色を行う工業都市アントワープへその前段階の半完成の製品を生産する輸出港ロンドンは、いわば「衛星都市」として国際的な分業体制のなかで従属的な役割を担いながら、新たな世界市場ブラバントの中心都市アントワープの飛躍と拡大とともに歩みを進めていく。

　この英国の商人集団とアントワープの自治都市は英国商人たちに商業的および法的な特権を保証する協定を結び、さらに、ヘンリー7世とマクシミリアン1世との間に締結された「大条約 (the Magnus Intercursus)」(1495) は、その結びつきを強化した (Ramsay *English Overseas Trade* 13-14)。「大条約」締結により、マーチャント・アドヴェンチャラーズのような英国商人は、アントワープにおいて特権化された10の「同胞集団 (Nations)」のなかでも最も重要な集団のひとつと見なされることになる (Ramsay *The City of London* 22)。

13　エリザベス朝ルネサンスの起源をブルゴーニュ公国の文化に探りあて「名声の凱旋」としてまとめた Kipling は、その諸起源のなかに、仮装劇と馬上武術試合だけでなく、入市式も含めて論じている。キャサリン・オブ・アラゴンのロンドン入市式については Kipling *The Triumph of Honour* 72-95 を参照のこと。

14　仮装劇から転回した「ほんとうの意味」での「劇」としての仮面劇について、ブルゴーニュ公国の宮廷文化の側から解釈した Kipling は、以下のように論じている。"Henry's Burgundian reorganization of the royal household changed this traditional form in a way that profoundly affected the masque....For

第 4 章　ヨーク家のマーガレットと「世紀の結婚」

the first time in England, pageants–most of them clearly reflecting Flemish themes and techniques–moved to the centre of the show. In one decisive stroke, 'painting and carpentry' had become the 'soul of the masque'; and Inigo Jones could contribute little further except perspective sightlines" (Kipling *The Triumph of Honour* 96-97).

　Kipling の立場にたてば、アーサーとキャサリンの結婚の表象において中心を占めるのは、仮装劇というよりは、パジェントの台座に新たに設えられたワインの噴水という文化メディアの形式のほうであり、その宮廷祝祭あるいは祭り (revels) のイメージが端的にあらわす新ブルゴーニュ風のテューダー様式 (the new Burgundian-Tudor style) である。マーガレットとシャルルの結婚の祝宴の折にも、愛のエンブレムとして機能するワインの噴水が準備されていた。宮殿の門に1対の射手の彫像が備えられそれぞれが手にする弓から赤と白のワインが噴出し、また、庭の作り物の木にとまる黄金のペリカン像がその嘴で自分の胸を突くとそこから蜂蜜酒が吹き出す仕掛けになっていた（Kipling *The Triumph of Honour* 98）。

15　エリザベス朝の劇団と劇場については、Gurr *The Shakespearean Stage* も参照のこと。

16　かつてヨーロッパ大陸の製造業向けの原料＝羊毛を輸出していた英国の貿易は、もっぱらイタリアやハンザ商人の手中にあったが、その英国は、百年戦争を経て、15 世紀にその商業網の土着化を企て、部分的に成功した。イタリア商人やハンザ商人は完全に排除されたわけではないが、その活動を制限されるようになった。英国が成功できたのは、その交易を担うマーチャント・アドヴェンチャラーズの商人たちがアントワープ商人との共生的関係のなかで地位を確立したからだ（Wallerstein 45）。

17　公妃マーガレットは、芸術家や作家たちのパトロンとして、ブルゴーニュ公国の蔵書にさらに見事な細密画の数々を加えていき、さらに、慈善事業も行っていた（Hughes）。

18　Manley のヘンリー7世の時代の「ネオ封建的な」騎士道文化の議論は、帝国の表象文化論の立場から Frances A. Yates がエリザベス朝の「文化の想像的な再封建化 (an imaginative re-feudalization of culture)」について提示した解釈と、その差異や対立をいずれか一方に安易に還元しないやり方で、結び付けて論じる

第Ⅱ部 「世紀の結婚」

必要があるかもしれない。Yates によれば、宮廷でのスペクタクルやパジェントリで騎士道をものものしく飾り立てることに熱中するのは、16 世紀においては、何も英国にだけ特有のことではなく、「文化の想像的な再封建化」といったことがヨーロッパ中で進行中だった。つまり、社会・軍事制度としての封建制は実際には消失したとはいえ、封建制の文化形式は、生きた感情伝達のメディアとして残存したとされる。封建制を想像的に再度発明し直すこの文化は、さらに、英仏の国民的君主制（the national monarchies）の勃興になにがしかかかわっており、騎士道の装置やその宗教的伝統をリサイクルして熱烈な宗教的忠誠心を国民的君主へ向けようとした、というのがその論点だ（Yates *Astraea* 108-10）。あるいは視点を変えて言い直すならば、騎士道の儀式が、エリザベス朝の英国においては、宗教改革以前の時代より生きながらえていた数少ない貴重な伝統的諸パジェントリ形式のひとつであったのであり、エリザベス朝騎士道というメディア文化への欲望は、それが同時代のポピュラーな国民的君主制とプロテスタントの大義への愛国的献身を伝達する媒体であるということだけでなく、宗教改革以前から騎士道の典礼や神秘が連続性をもって存続してきていることにも、起因しているのだ。

第5章

英国史劇『リチャード3世』の王国とロンドンのシティ
──否認されるヨーロッパ宮廷文化と騎士道

1 馬と王国は交換可能か？
──否認される騎士道あるいはヨーロッパ宮廷文化

　『リチャード3世』結末の直前、ボズワースでのリッチモンド伯ヘンリーとの戦いにおいて戦局不利となり、権謀術策を駆使したマキャヴェリズムによってエドワード4世の王権を獲得・継承したこの英国王は、乗っていた馬を殺されてしまう。やむなく徒歩で、たとえ地獄の淵までもとリッチモンドを追い求め獅子奮迅の勢いで恐れも知らぬ奮闘を続けるリチャード3世であるが、その最後の欲望は次のような台詞で表現される──「馬だ、馬をくれ、かわりに王国をくれてやる (A horse, a horse! my kingdom for a horse!)」(*R3* 5.4.7)。「ひとまず退却を、陛下、御乗馬は私が見つけてまいります」と促すお付きの騎士ケイツビーの助言も聞かず、あくまで賭けの勝負をひかぬつもりのリチャードは、同じ台詞を口にして戦い、続く5幕5場でリッチモンドと戦いながらあらわれたと思えばついに殺されてしまう。このあまりにも有名な台詞は、馬のほうが王国よりも価値がある、あるいは少なくとも、馬と王国が交換可能であるということを提示しているように思われる。リチャード3世が最後にほかのモノ＝馬と交換したいと欲望する王国は、旧い富である領土あるいは土地を示すものである一方、馬は、近代的な資本主義の制度への言及ともなっている。『リチャード3世』における

第Ⅱ部　「世紀の結婚」

　馬と王国の交換可能性は、ヨーロッパ世界経済において商品が土地に取って代わっていく歴史的過程、たとえば、英国における「貴族制の危機」において市場に適合する資本主義的領主階級に自己変身を遂げる集団とそれに失敗した集団との分裂と格差の拡大を、きわめて断片的にではあるが、あらわしていたのだろうか。

　商品としての馬と領土としての王国との交換可能性を示唆する台詞とは別に、馬の記号は、1幕1場において、市場に結び付けられている。英国という王国を強力に欲望するリチャードには、現在の王であるエドワードとクラランス公ジョージという2人の兄たちが立ちふさがっているが、こうした障碍を乗り越え自らの欲望を実現するためにまず取られた戦略が、英国の宮廷の有力者だったウォリック伯が所有した財産と英国北部にもつ勢力を継承する娘アンとの結婚だ。この政略結婚のイメージを俚諺「とらぬ狸の皮算用（I run before my horse to market）」（*R3* 1.1.160）を流用して自らに描いてみたのが市場でマネーと交換され売買される馬ということになる。

　さらに、馬の表象は、もしもそれをブルゴーニュ公国の宮廷文化と騎士道の痕跡への断片的な引用としてとらえるなら、国家横断的な権力ネットワークを定義し維持する装置としての前近代・中世的な象徴的交換と贈与という象徴行為にかかわる要素であり、商品やモノがグローバルに流通するネットワークの存在を含意しているのかもしれない。ブルゴーニュ公国における黄金の樹の勲章の贈与は、単に主従関係における支持や忠誠心だけでなく、特定の政策等への支持を保証するグローバルなネットワーク形成のためのものだった（Chattaway）[1]。

　ここで、リチャード3世と騎士道文化の結びつきを否定するエドワード4世妃に注目しなければならない。戴冠するもいまやヨーク家の兄たち以上に邪魔な存在となっているランカスター派のリッチモンドがフランスのブルターニュから故エドワード4世の娘幼いエリザベスを狙っているのを耳にしたリチャードは、すでに妻として迎えた妃アンは重病で死にそうだと言いふらさせ、そのライヴァルとして新たな政略結婚と権力闘争に着手すること

第 5 章　英国史劇『リチャード 3 世』の王国とロンドンのシティ

になる。「俺は兄の娘と結婚しなくては。いまのままでは、俺の王国の土台はもろい硝子なのだ」(*R3* 4.2.) とこの企みをすでに用意周到に準備していたリチャードは、しかしながら、戦場での戦いとエリザベスをめぐる愛の戦いの両方においてリッチモンドに負ける前に、彼女の母であるエドワード 4 世妃によってその結婚請求の権利と正統性が疑問に付される。リチャードがその身体とパフォーマンスにおいて再演しようとしたヨーロッパ宮廷文化と騎士道は、兄エドワード 4 世妃エリザベスによって否認される。言い換えれば、このような文化的な意味でも王権を賭けた最終決戦で、敗北がほぼ決定したリチャードが望む馬と王国の交換は不可能ということになるといっていいかもしれない。娘エリザベスに求婚した男と騎士道文化との結びつきを否定するエドワード 4 世妃は、ウッドヴィル家からヨーク家のエドワードに嫁いだエリザベスであり、本書第 3 章で論じたように、この一族は、政治的にも文化的にも、ブルゴーニュ公国の宮廷と騎士道の実践とも結びついていた。

　馬を失い王国との交換を欲望するリチャードは、グローバルな騎士道文化にねじれたかたちで結び付けられている。

  K. Rich.　Now by <u>my George</u>,　<u>my Garter</u>, and my crown―
  Q. Elia.　　Profan'd, dishonor'd, and the third usurp'd.
  K. Rich.　　I swear―
  Q. Elia.　　By nothing, for this is no oath... (*R3* 4.4.366-69 下線筆者)

リチャード 3 世は、王権をかけてリッチモンド伯ヘンリーをライヴァルとしながらエドワード 4 世の娘エリザベスに、「聖ジョージ徽章にかけて、ガーター勲章にかけて、そしてこの王冠にかけて」(*R3* 4.4.366) 愛を誓い、求婚する。なるほど、騎士道文化・宮廷風恋愛につながるイメージがたしかに用いられているのであるが、このリチャード 3 世と騎士道文化との結びつきは、肯定的なものではない。エドワード 4 世妃がこの結びつきを徹底的に否認するからだ。「そのジョージ像は冒瀆され、聖者の名誉を失っている。そのガーター

131

第Ⅱ部 「世紀の結婚」

勲章は貶められ、騎士の徳を質入れしている、その王冠は簒奪され国王の栄光を辱めている」(*R3* 4.4.369-71)、ということなのだ。もっとも、その妃エリザベスの「高慢な身内」でもあるこの一族は、その後、バッキンガム公によってエドワードの王子から切り離され、そして、マーガレットとシャルルの結婚のときに英国側の騎士道を代表したリヴァース伯アントニー・ウッドヴィルも、エリザベスの連れ子グレイ卿とともに、リチャードの手にかかることになるのではあるが。

　ハワード、ラキンの『リチャード3世』解釈によれば、リッチモンド伯ヘンリーは、ボズワースでの勝利を権威づけるため、女性キャラクターの道徳的権威を占有する。このために個人の主体性を奪われた『リチャード3世』の女性キャラクターたちは——エリザベス妃、リチャード3世妃アン、アンジュー家のマーガレットら——、儀式的な嘆き、呪い、予言を語る集団的なコーラス、あるいは、リチャードの母ヨーク公爵夫人のいう「哀れな死すべき生きた亡霊（poor mortal-living ghost）」としてのみ、舞台に登場する。ボズワースでの戦い前夜にあらわれる字義通りの亡霊のように、哀れな生ける亡霊である女性キャラクターたちは、父系の血統を抹消しより上位の権威である「神の摂理」に訴えて、リッチモンドの即位を承認する。リッチモンドの勝利を祈願するリチャードの犠牲者の亡霊、すなわち、無力で苦しむ女性と比喩的に同一視される英国全体のイメージは、最後の演説でも反復される（Howard and Rackin 116）。「恵み深い主よ、あの血なまぐさい日々を呼び戻すことで、哀れなイングランドに血の涙を流させようとする謀反人どもの剣を鈍らせてくださいますよう」[2]。『リチャード3世』は、男性キャラクターが女性の権威を取り込むことによって、物語のレヴェルでは未来の女王を予示し上演当時の君主であるエリザベスを称揚しつつも、ヨーク家を代表しリッチモンドの花嫁となるエリザベス妃を舞台上に登場させることはないし、女王エリザベス1世の名もかたることも一切しないテクストだ、ということになる。性の政治学の視点から解釈するハワード、ラキンによれば、ここにみられるような家父長制の神話化が、すなわち、女性の私的空間への

第５章　英国史劇『リチャード３世』の王国とロンドンのシティ

閉じ込め（domestication）による男性の特権と王権との正統化が、近代への移行ならびに抬頭する資本主義経済（emergent capitalist economy）に対応する国民国家（emergent nation-state）の萌芽的形態をあらわしているとされる。

　具体的には、リッチモンド伯ヘンリーが勝利の宣言でこの芝居の幕となり、その演説をみるなら、ヘンリーは女性化した英国（"England hath long been mad and scarr'd herself"）の「情愛ある保護者としての家父長」として自己を提示し、戦争と荒廃に代わる平和と豊穣を求める女性的な欲望に訴えかける。「この麗しい国の平和を叛逆によって傷つけようとする輩が生きてこの国で収穫される豊穣を貪り食らうことのありませんように（Let them not live to taste this land's increase）。いまや内乱の傷も癒え、命を吹きかえした平和が、神の御加護によって、ここに末永く保たれますよう！」（*R3* 5.5.38-41）。こうした女性化した男性身体のイメージは、ボズワースの戦いを前に兵士たちに向けた演説にもみられるもので（*R3* 5.3.259-62）、妻子を守るために戦う家父長は、子子孫孫まで感謝と尊敬に値する救世主ということになる。

　だとするなら、テューダー朝の創始者ヘンリー７世となるこの女性化した男の表象は、たしかに、リチャード３世が自らの身体と演劇的身振りで提示しようとした騎士道文化とは区別されるものである。「ヨーク、ランカスター両家は引き裂かれ、この戦争でさらにその分断は深まった。おお、今こそ両家それぞれの真の継承者であるリッチモンドとエリザベスが、神の公正なる思し召しによって、それをひとつに結び合わせる！……内乱の傷も癒え、ふたたび平和が訪れる、神の御加護により、そのとこしえならんことを！」（*R3* 5.5.27-41）。薔薇戦争を戦った両家の新たな結びつきは、近代国家へ向けた政治的統合を象徴的かつイデオロギー的に表現することになるのかもしれない。ヨーロッパ宮廷文化の変容と変形を特徴づけるテューダー朝の政治文化はブルゴーニュ公国との関係を切断してしまったかのようであり、未来のヘンリー７世が戦場や宮廷で様式化された騎士として舞台に立つことは

第Ⅱ部 「世紀の結婚」

ないようだ。

　だがしかし、神の前で誓った通り「白薔薇と赤薔薇の統合を実現しよう (We will unite the White Rose and the Red)」(*R3* 5.5.19) と提示されるヘンリーの結婚のイメージは、都市を楽園に見立てその楽園を育成する妃のイメージを上演したヨーロッパの宮廷文化や入市式のパジェントを変形して再演したものではないのか。「神よ、それが御心なら、われわれの子孫が、和やかな平和、ほほえみのこもる豊穣、曇りない繁栄の日々によって、来るべき未来を富ませますように (Enrich the time to come with smooth-fac'd peace, With smiling plenty, and fair prosperous days!)」(*R3* 5.5.33-34)。来たるべき未来の輝かしい繁栄の日々を構成するのは戦争の終結がもたらした平和な英国の王国における豊穣ということになる。この演説の場面は、都市ではなく戦死者の身体が散乱する荒廃した戦場であるが、リッチモンド伯はヘンリー7世として、「この国で収穫される豊穣」を約束する (*R3* 5.5.38)。ここに表象されているのは、庭園の花や果実そして農作物を愛でながら育成する君主にほかならず、その収穫物に赤と白の薔薇が含まれているのはいうまでもない。騎士道と結びついた集団的な市民・商人たちの文化的象徴行為の痕跡がかなり変形された形式においてではあるが確認することができる。

　ヨーク家のエリザベスとの結婚をめぐり争われたリチャードとヘンリー・テューダーの関係を規定していたのは、ウッドヴィル家のエリザベスの連れ子、すなわちグレイ家の血縁を足場に宮廷で権力を握ったドーセット候の動向であった。リチャードが兄エドワード4世の娘と結ばれることにより自分の王国の足場を堅固なものにしようとしたのは、ドーセット候がブルターニュに陣を張るリッチモンド伯ヘンリーのもとに逃亡したという知らせを聞いたからであった。

　前近代的な贈与システムや騎士道文化を示す王国に結びつくリチャードは、否定的に描かれ排除されるのは間違いないが、ブルゴーニュ公国の政治文化である騎士道文化ならびにそれを含む宮廷祝祭や結婚の文化表象は、完全に否認されているわけではなく、さまざまに分離され断片化された形式に

第5章　英国史劇『リチャード3世』の王国とロンドンのシティ

おいてではあってもテューダー朝に継承され転回する。このような英国の王国におけるヨーロッパ文化の空間移動と歴史的過程を上演したのが英国史劇ではなかったのだろうか。別の言い方をすれば、『リチャード3世』の王国の歴史的命運は、ロンドンのシティとの関係によって、規定されているのではなかったのだろうか。

2　ロンドンのシティとリチャード3世の王国

　『リチャード3世』3幕7場において、グロスター公リチャードが1幕1場の最後に漏らした企み――「奴らが消え失せたら、そのときこそ俺の儲けを勘定するとしよう」（*R3* 1.1.161）――を現実のものにしようとする場面がある。兄王エドワード4世ともうひとりの兄クラランス公ジョージ亡きあと皇太子からの王位奪取にいよいよ本格的に手をつけるリチャードが、バッキンガム公と手を組みながら、ロンドン市長、市参事会員や市民たちの前で一芝居うつ場面である。王位に就きおのれの王国を確立するための承認を取り付けようとする作家にして役者でもあるリチャードが書いた筋立ては、ロンドンのシティへの対策であった。

　芝居といってもその上演の場所として想定されるのは、もちろんロンドンではあっても劇場の舞台ではない。まずは、ロンドンの中心部からみて東に位置する城壁に囲まれたシティにある市庁舎（Guildhall）の内部空間で幕が開くことになるはずだ。市民たちを前にして、バッキンガム公はエドワード4世と王妃エリザベスとの間に生まれた王子の王位継承権を2人の結婚自体が無効であることを根拠に否定する。この結婚に先立ち、エドワード4世は、エリザベス・ルーシーさらにはフランス王の義理の妹サヴォイ家のボーナと婚約をしたが、その婚約がなおざりにされている間に夫の死後ヘンリー6世妃アンジュー家のマーガレットに没収された所領回復を懇願にきたエリザベスと結婚したのであるから、重婚罪となり結婚自体無効という理屈だ。そしてまた、正統ではない妃の子供である王子にも、当然、王位継承権はな

135

い（*R3* 3.5.73-102）。

　このような否定によって市長をはじめとする市民をバッキンガム公が深刻ぶった悲劇役者の真似をしてとうとうと弁じるのが第1幕になるはずだとするなら、続く第2幕は、その市庁舎での対策がもしも不首尾に終わった場合、今度はリチャード自身が、敬虔なキリスト教君主を演じる場面ということになる[3]。

　　Enter Richard of Gloucester aloft, between two Bishops. Catesby returns.
　May.　See where his Grace stands, 'tween two clergymen!
　Buck.　Two props of virtue for a Christian prince,
　　　　To stay him from the fall of vanity,
　　　　And see, a book of prayer in his hand—
　　　　True ornaments to know a holy man.
　　　　Famous Plantagenet, most gracious prince,
　　　　Lend favourable ear to our requests
　　　　And pardon us the interruption,
　　　　Of thy devotion and right Christian zeal.　(*R3* 3.7.95-103)

2人の司祭を両脇に従え姿をあらわしたリチャードは、舞台のなかでも奥のバルコニー状に高くなった上舞台に、内に煮えたぎる欲望を隠して冷淡な素振りを漂わせ、まわりの注目を一身に集める。求愛の場面とちがって言葉巧みな言辞を操る姿があらわれないのは、男性市民たちからの願いを引き出し取るものは取るために、一度は拒否の身振りを示してみせる「乙女の役（the maid's part）」（*R3* 3.7.51）を演じるよう、バッキンガム公と打ち合わせ済みであったからだ。ここで主題化されているのは、まず、衆人環視（cynosure）つまり求心的なまなざしであり、君主を仰ぎ見る宮廷あるいは名優を注視する観衆の雰囲気が想像的に生産されているのかもしれない。神性・霊性を帯

第5章　英国史劇『リチャード3世』の王国とロンドンのシティ

びた世界と人間世界とを合一させる教化的な力を有した王は、その身体に帯びた超越性のために、周りの人びとから距離をとり隔てられている[4]。

　上舞台があらわす聖なる天上世界に立つ英国王となる男とそこへ注目のまなざしを向ける国民たちの地上世界とを取り持ち結びつける媒介者が必要となる、そして、その役を担うのが、王権を欲望する異形の「乙女」の腹心、バッキンガム公だ。世俗の欲を超越するかにみせたリチャードの演技を讃美歌の低音部とすれば、高音部を歌うバッキンガムはこの男への懇願を演じてみせる、市民に代わりその代表として。「信仰厚いキリスト教君主（a Christian prince）を支える2本の柱だ、公爵が虚栄の罪に陥らないよう防いでいる。みろ、お手には祈祷書、信心深い人間を示す勲章だ……われらの願いに好意的な耳をお貸しください」（*R3* 3.7.95-101）。ここには、ブルージュ入市式においてブルゴーニュ公シャルルと市民を媒介・仲介する花嫁の表象において、ヨーク家から交換され妻として嫁ぐ女と新たな領主と象徴的な結婚をする市民を代表するブルゴーニュ公妃という2つのマーガレットがいたように、2つの異なるバッキンガム公が存在している。いずれも新たに構築される英国の国民という点では同じであるが、バッキンガムは、政治的に宮廷でリチャードの臣下として仕えるひとりの貴族であるだけでなく、経済的にロンドンのシティのように国王権力に請願する代表的市民でもある。

　ブルージュにおける男女の間の結婚に代わってロンドンの空間ではキリスト教君主と市民たちとの男同士の友愛のイメージが重要な機能を果たしているのだが、ヨーロッパ大陸のパジェントリたとえばブルージュ入市式で中心的位置を占める貴婦人と乙女の姿を纏ったリチャードとは奇妙な類似性を共有しているともみなせる。むしろ、リチャードが手にする「祈祷書（a book of prayer）」（*R3* 3.7.98）すなわちパジェントの仕掛けのような視覚イメージに代わる言葉自体がもつ重要な意味のほうが際立った違いかもしれない。この祝祭的イメージの差異は、シェイクスピアの歴史劇が実際に上演されたエリザベス朝の英国がカトリックと手を切りプロテスタント国となったことに応じた文化形式の変容と考えられよう。

第Ⅱ部　「世紀の結婚」

　さらにこれも芝居の稽古済みだが、相棒のバッキンガム公の助演が、市民を代表するかたちで王位継承を慫慂する熱弁をふるう。共演者のバッキンガムは「このために、公を敬いお慕いする市民たちと心をひとつにして、その激しい熱意に促され、正当な大義のために公のお心を動かさんとはせ参じました次第でございます（For this, consorted with the citizens,/Your very worshipful and loving friends, /And by their vehement instigation, /In this just cause come I to move your Grace）」（*R3* 3.7.137-40)、と市民たちとの連帯を強調する。王権という権力を手にするためには、あくまでも友愛の絆で結ばれた市民たち——"gentle friends"（*R3* 3.7.247）——の同意を取り付ける必要がある。こうしたバッキンガム公の媒介を通じた駆け引きと交渉の過程を経て、ついに、グロスターへの請願をロンドン市長自らも行うことになる。「ぜひとも公爵、市民こぞってのお願いでございます（Do, good my lord, your citizens entreat you）」（*R3* 3.7.201）。

　戴冠の式典についても、その開催は市長によって、以下のように、予告される。

> May.　God bless your grace! we see it and will say it.
> Glou.　In saying so you shall but say the truth.
> Buck.　Then I salute you with this royal title—
> 　　　　Long live Richard, England's worthy king!
> All.　Amen.
> Buck.　To-morrow may it please you to be crown'd?（*R3* 3.7.237-42）

このように、リチャードの王位継承権は承認されなければならないのだが、それは市民たちのイメージに具現されたロンドンのシティによってでなければならないようだ。

　しかしながら、マーガレットとシャルルの「世紀の結婚」を祝うブルージュ入市式とあらためて比較してみるならば、リチャードをキリスト教君主とし

て迎えるロンドン市民の表象はずいぶんと異なる祝祭の文化形式をとったものであることに気づかざるをえない。なんといっても、祝祭空間となっているのが、市場から宮殿にいたるストリートといった都市の公共空間とは違い、劇場と化した宮廷になっていることだ。市民たちは、リチャードが控えている聖ポール寺院近くのベイナード城という舞台に移動するのだ。たしかに、新たに迎えられる王のためにロンドンのマネーの象徴的記号である市民たちもストリートに姿をあらわす。だがその「行進」は、市民が主体となったものではなく、宮廷のパワーの手先にして媒介者であるバッキンガム公という貴族が先頭にたって率いたものであった。

　ロンドンで催された実際のシヴィック・セレモニーを論じたローレンス・マンリーによれば、王の入市やさまざまなパジェントリにおいて重要な役割を演じたのは、シティであった。そして、15世紀から16世紀のなかばには、ロンドン市長の就任を祝う式典（the Lord Mayor's Show）は、王とシティとの特別な関係を再確認する機会となった。アントワープの羊毛・毛織物業で発展したマーチャント・アドヴェンチャラーズとこの式典との密接な関係があったことも忘れるわけにはいかない。また、ロンドン市の式典の重要性の高まりは、法的・儀式的な遺産を確立させるためのシティの条例立案とも一致した。慣習的な儀式や式典を維持するための役所（The office of Remembrancer）が設立され、シティは1568年から式典暦（ceremonial calendars）の発行をはじめたのだが、1596年には市参事会員からの要請でその式典暦は市庁舎に掲示されることになった。16世紀初頭には、市庁舎にキッチンも備え付けられ、この市長の住居が、劇場国家英国の宮廷に劣らず、公式の祝宴の場に変容することになる（Manley 268-71）。

　ロンドン市長就任を祝うセレモニーのこの市庁舎にいたるルートは、『リチャード3世』でも言及される、ベイナード城から始まる。それから北のポールズ・チェイン、そしてチャーチヤードを通って（そこで1つか2つのパジェントが後のショウに加わる）チープサイドとセント・ロレンス・レイン（最後の2つのパジェントが加わる）へと至る。最も重要なのは、祝宴の後の

第Ⅱ部 「世紀の結婚」

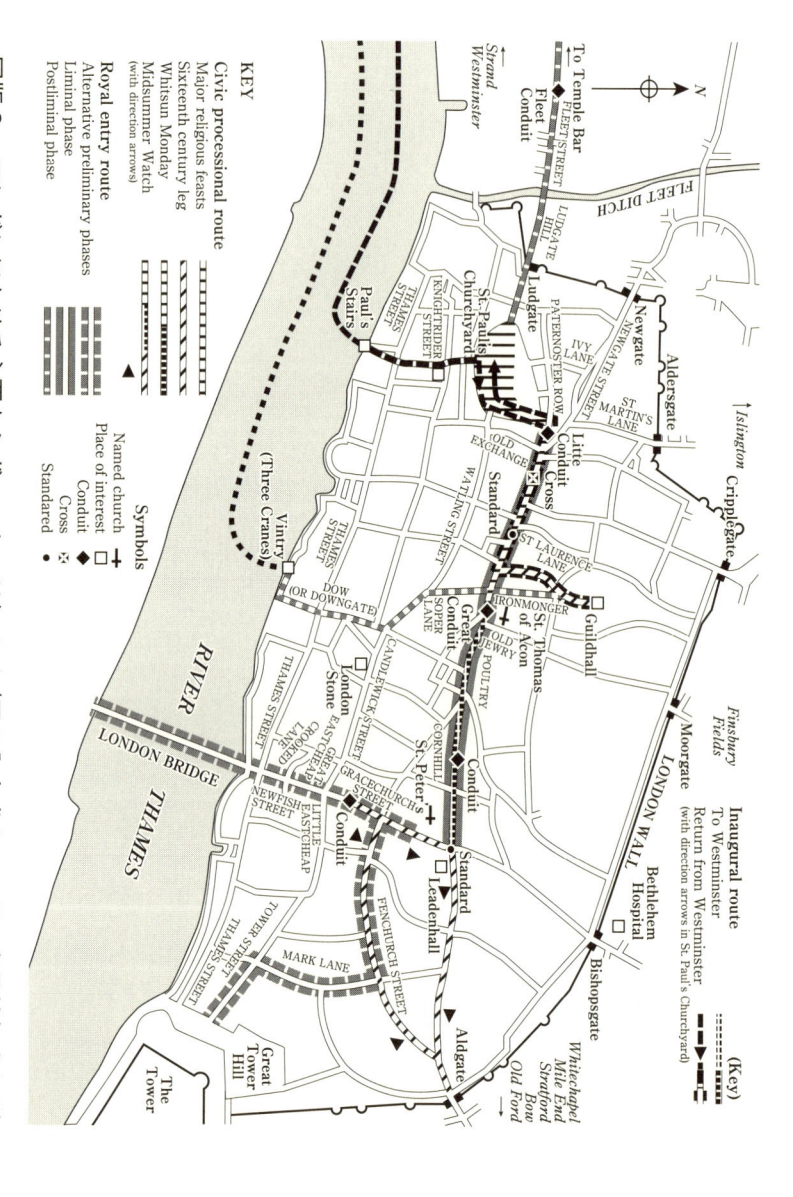

図版9. ロンドンにおける主要なシヴィック・パジェント（王の入市式やロンドン市長就任式など）のルート

帰りのルートであり、これは市庁舎からセント・ポール寺院へ、そしてセント・ロレンス・レイン、チープサイドを通ってリトル・コンデュイットにいたるものだ。セント・トマス・ドゥ・エイコンからセント・ポール寺院へ至る昔の市の行列同様に、これはセント・ポール寺院へ至る王の入市のクライマックス的な要素をたどっている（Manley 271-72）。

　こうしたシヴィック・セレモニーは、ロンドンが英国のナショナルな経済と文化において大きな意味をもつようになるのにつれてその市民とマネーの新たに増大した力の表現にほかならなかったのだ（Manley 266）。あるいは少なくとも次のことはいえそうだ。ヨーロッパ宮廷文化のシヴィック・パジェントの一形式であるタブロー・ヴィヴァンを近代国民国家への歩みを始めた英国のナショナルな文化に流用したグロスター公リチャードの「キリスト教君主」であるが、新たな祝祭＝劇場空間と化したベイナード城に怪しい魅力を湛えたマキャヴェリ的劇場性をもって君臨するこのリチャードは、英国国王として戴冠するためにはロンドン市長と市民たちによる承認を是が非でも獲得しなければならない。英国王リチャード3世の存在と正統性は、男同士の絆に結ばれた媒介者バッキンガム公を通じて可能になった宮廷とロンドンのシティとの絆に賭けられている。言い換えれば、『リチャード3世』における王権と王国の命運は、ロンドンのシティとの特別な関係によって規定されている。

3　『リチャード3世』のサブテクスト、トマス・ヘイウッドの歴史劇『エドワード4世』

　リチャードの腹心にして市民の代表の役を演じたバッキンガム公の媒介により結ばれた英国の宮廷パワーとシティのマネーの絆は矛盾を孕んだ関係でもある。そして、この矛盾が完全に解消されることなく反復・再現されたかたちで物語の展開を示すとき、せっかく手にしたリチャードの王権は崩壊の歴史的過程を歩んでいくことになる。そもそも宮廷とシティとの象徴的な同

第Ⅱ部　「世紀の結婚」

盟関係によって市民たちは、商人として必要とするヨーロッパ諸国との通商関係上の保障や、ブルージュあるいはアントワープさらにその他の市場で貿易や商取引を有効に行うための特許状を獲得することができるのかもしれない。もちろんこうした経済的利害自体は、そのまま字義通りのかたちで、英国史劇『リチャード3世』に表象されることはない。その代わりとなる比喩的なイメージとして、市民の代表でもあるバッキンガム公が国王リチャードから与えられるはずの贈与（gift）の表象が、解釈可能ではないだろうか。

　バッキンガム公が、市民を取り込むこのきわめて演劇的な謀りごととパフォーマンスによって、リチャードの相棒を務め市民の代表という役割を果たしたのは、リチャードが英国王になったあかつきに、領土と資産の権利が、つまり「ヘリフォード伯爵領と兄王エドワードがその領内に所有していた財産（The earldom of Herford, and all the moveables / Whereof the King my brother was possess'd）」（*R3* 3.1.195-96）に対する請求権が、男から男への贈与として、約束されたからだ。ヘリフォードは、イングランドの王国にとっては対ウェールズのための重要な軍事拠点であると同時に、ランカスター側で参戦したヘンリー7世の祖父オウェン・テューダーが処刑された場所でもあった。また、ウェールズのブレックノックにはバッキンガムの所領があった。この土地という不動産に、今は亡きエドワード王の資産を加えた富が報酬としてあらかじめ提示されていたからこそ、バッキンガムとリチャードがそれぞれ比喩的にあらわすロンドンのマネーと宮廷のパワーとの象徴的交換の契約が成立し、英国王を産出する取引が実際に行われたのだ。

　だが、国王と市民との男性同盟関係の内部には矛盾あるいは対立が含まれていたことが、グロスター公リチャードの野望の妨げとなる宮内長官（Lord Chamberlain）ヘイスティングズ卿の殺害とその事後処理の場面をみればわかる。ヘイスティングズ卿は、かつてエドワード4世の寵愛をめぐってウッドヴィル一族とも対立関係にあったが、この一族が宮廷で力を失い排除された後は、王子の後見人を務める立場に立つ。『リチャード3世』の3幕4場、ヨー

第 5 章　英国史劇『リチャード 3 世』の王国とロンドンのシティ

ク家の新王の戴冠式について合議するロンドン塔の空間において、エドワード 5 世となる王子エドワードを父エドワード 4 世の継承者として玉座につけようとするヘイスティングズ側とリチャード側との対立が表面化しはじめる。そして、「みだらな売女ショア夫人 (that harlot, strumpet Shore)」をエドワード 4 世の生前愛人として男同士で共有しいまは「娼婦 (this damned strumpet)」として囲うヘイスティングズに対決するリチャードは、ラヴェルやラトクリフといった部下たちに、「こいつの生首を見るまでは食事もしない」、いますぐに「こいつの首を刎ねろ (Off with his head!)」(*R3* 3.4.71-76)、と命ずる。ただし、断頭台に連行されたヘイスティングズ卿の首が舞台上にあらわれるのとほぼ同時に、英国の王権をめぐる宮廷内の対立の帰結は、リチャードの宮廷と市民たちのロンドンとの関係の表象によって、引き継がれる。

　ロンドン塔の城壁で、リチャードとバッキンガムがケイツビーにともなわれて登場する市長を警戒しながら出迎えるやいなや、「卑劣な裏切り者の首 (the head of that ignoble traitor)」を示しながら、2 人は市長に向かってヘイスティングズ卿の「処刑 (execution)」について説明する。そもそも卿のほうが王位継承をめぐる会議で自分たち 2 人を殺そうと企んだのであるが、その「処刑」は、「自分たちの身の安全 (our persons'safety)」だけでなく「国家の安寧 (The peace of England)」をまずは考えてのことであったのであり、「市長の立ち会いなしで死刑にするつもりはなかった (had we not determin'd he should die / Until your lordship came to see his end)」(*R3* 3.5.52-53)。ところが、部下たちがリチャードとバッキンガムを思う一心から「自分たち 2 人の意に反し (against our meanings)」早まってやったしまったこと、と説明する。これに納得した市長は、「市民たち (the citizens)」にも、反逆者ヘイスティングズが謀反の方法や目的についておどおどと行った自白を再演・再現する役を巧妙に依頼され、さらに万全な市民対策の打ち合わせをする 2 人を残して、ロンドン塔の北西にある「市庁舎 (Guildhall)」へとむかう。ヘイスティングズ卿「処刑」の再演は、む

第Ⅱ部　「世紀の結婚」

しろ、その真実すなわち権力闘争のためにリチャードらが実行した殺人であることを知っているロンドンの市民と宮廷権力との間にあった矛盾の存在へのまなざしをうながす。

　ヘイスティングズ卿の起訴状を手にして公証人 (a Scrivener) が登場する6場の短い場面で (R3 3.6.1-14)、その「処刑」が危急のことでも止む無くなされたことでもないことが明らかにされる。

　　　ヘイスティングズ卿の起訴状だ。
　　　われながらきちんとした筆跡できれいに清書できたぞ
　　　これが今日、セント・ポールで読み上げられるというわけか。
　　　それにしても、うまく辻褄を合わせたことだ。
　　　ケイツビーが下書き原稿をもってきたのはゆうべだからな
　　　清書するのに11時間もかかったが、
　　　もとの原稿だって同じくらいの時間がかかっているだろう。
　　　ところが、5時間前までヘイスティングズ卿はぴんぴんしていた、
　　　なんの嫌疑も取り調べも受けず、何の拘束もなく自由に
　　　結構なご時世だ。(R3 3.6.1-10)

公証人が「悪事 (ill dealing)」(R3 3.6.14) がまかり通る世の中を嘆いているのは、嫌疑も取り調べも受けず自由に生きていたヘイスティングズ卿に対する起訴状が政治的理由により捏造され現実に存在してしまうから、つまり、「こんな見え見えの策略 (this palpable device)」(R3 3.6.11) を見て見ぬふりをしなければならないひどい世の中だからだ。

　このように「悪事」がまかり通り契約に基づく交換関係が保証されない状況においては、公証人のようなロンドンの市民の公正で幸福な生が脅かされるだけでなく、英国の政治的権力執行と経済的生産・流通とを文化的というよりは法的に媒介する司法の空間の正統性と有効性に対する市民の欲望と不安も産み出される。「グロスター公には要注意です」と英国の政治あるいは

144

第 5 章　英国史劇『リチャード 3 世』の王国とロンドンのシティ

統治について懸念と心配を表現する市民たちが 3 人、エドワード 4 世の崩御のときにすでに、ほんの短い時間、舞台に登場しており、興味深いことに、世の中の変わり目に近づいてくる危険を前にした彼らは、「万事神様に任せる」のではなく、呼び出しを受けていた「裁判所」へ向かう（*R3* 2.3.45-46）。こうした市民の心配は 3 幕 7 場で言及される市民たちの「頑なな沈黙」による不満と抵抗の象徴行為に拡大したかたちで反復されるように思われる。リチャードの使者としてエドワードの息子たちを否定するバッキンガムの説明に対して、市民たちは「ひとことも言わずまるで銅像か息をする石ころ」といった体で「死人のように青ざめ、目を丸くして互いに見交わすばかり」。市民たちはそれがリチャードのような公爵の言葉であろうがそのまま承認することはない、字義通りの宮廷とロンドンの媒介者である「市の記録係（the Recorder）」によって、リチャードの趣旨を反復するバッキンガムの話が再度繰り返されなければならなかったからだ。「裁判所」のような司法空間が十分に公正でなおかつ効果的な意味をもちうるのか不安は消えることはない。市民たちの欲望が依存する「市の記録係」の媒介機能は、比喩的あるいは象徴的な媒介行為を行うバッキンガムによってさらに反復され取り換えられることになる。

　このようにあらかじめ提示されていた宮廷とロンドンの矛盾を、完全なかたちではないにしても、象徴的にあるいは想像的に解決する試みが、すでに確認した 3 幕 7 場における「キリスト教君主」リチャードのスペクタクルな芝居とロンドン市民との象徴的な絆を結ぶ場面にほかならなかった。しかしながら、政治的・経済的な矛盾や対立を解消するために行われる文化的象徴行為としての芝居と演技は、それが繰り返し反復されるたびに、それらを解決するだけでなく絶えず新たな問題や矛盾を孕んだ関係を生産あるいは再生産し続けることになる。新たな問題は、端的に、ロンドン塔に幽閉された 2 人の王子殺害をめぐる亀裂としてあらわれる。すでに王となったリチャードは、エドワード 4 世から王権を継承される可能性をもつ息子の存在を抹消することなしに、その玉座を安泰に保ち続けることができない。英国王リ

第Ⅱ部　「世紀の結婚」

チャード3世を上演・表象するための今度の「処刑」は、ヘイスティングズ卿の場合と違い、文化的・象徴的媒介も法的・記録的仲介もないきわめて直接的で即物的な殺人行為の生産となる。

　首尾よく即位したリチャードは、今手にしている王権を脅かす王子抹殺という自分が望んだ仕事を臣下でもあるバッキンガム公に発注することにより、その労働によってバッキンガムの忠誠とスキルを試す。実際に自らの手を汚すことのないリチャード自身は試金石の役を演じるパフォーマンスすなわち代理となる審美化された労働を行う。「俺は試金石の役を演じるぞ、お前が純金かどうか試してやろう（I play the touch, / To try if thou be current gold indeed）。王子エドワードは生きている。あとは察してくれ。……ずばりいおう、あの私生児には死んでもらいたい。しかもてっとりばやく始末してほしい。さあ、これでどうだ。即答しろ、簡潔にな」（*R3* 4.2.8-20）。

> Buck. My lord, I claim <u>the gift</u>, my due by promise,
> 　　　For which your honour and your faith is pawn'd.
> 　　　Th' earldom of [Herford], and the movables,
> 　　　Which you have promised I shall possess.
>
> 　　　　　　　　　　　（*R3* 4.2.88-91 下線筆者）

用心深くなったバッキンガム公は、返答に猶予を願い出る一方、約束の贈与を催促する。「リチャードの名誉と信義」を質に賭けた象徴交換と「約束」というスピーチ・アクトによって当然支払われるべき「贈与」に対する権利を主張するにもかかわらず、不機嫌なリチャードに相手にもされない。ヘリフォード伯爵領とエドワード4世所有の資産をバッキンガム公が「所有する」ことはない（*R3* 4.2.88-91）。王子を殺害するという英国王リチャードの企てにその実行メンバーとして参加するというオファーにバッキンガムがイエスと即決返答できないからだ。こうして、リチャードとのもうひとつ別の交換取引に応じて殺人を働かないバッキンガム公の欲望が充足することは

第 5 章　英国史劇『リチャード 3 世』の王国とロンドンのシティ

ない。「こういうことか、滅私奉公の返礼がこの侮辱なのか。俺が彼を王にしたのはこんなことのためだったのか」(*R3* 4.2.119-20)。つまり、宮廷の貴族でありながら市民の役割をも担っていたバッキンガム公に約束された贈与は、リチャードが王位についたのちも、実現されることはない。このあとの展開は、予想通り、宮廷と市民の媒介者であったバッキンガム公の離反と裏切り、そして、リチャード 3 世の破滅とその王権の崩壊となる。この場面を契機に、ロンドンのマネーと英国宮廷のパワーの同盟を比喩的に表象するバッキンガム公とリチャードの絆に綻びが生じたのだ。

　ただし、エドワード 4 世の王子殺害については、それが「堕落のもとのゴールド」と交換された「秘密の殺人行為 (a close exploit of death)」(*R3* 4.2.35) によるものであることに、注目しなければならない。リチャード 3 世は、宮廷で国王のそばに控える小姓を通じて、バッキンガムの代わりに仕事を引き受け働いてくれる男を探しあてる。暗殺をビジネスとして受注したティレルの階級的素性はなにか。小姓によれば、「気位ばかり高くて、金に困っている不満たらたらの紳士 (a discontented gentleman)」、「雄弁家 (orators) が 20 人がかりで説得するよりゴールドのほうが効果がある」といった男だ (*R3* 4.2.36-38)。リチャードの兄クラランス公ジョージを殺害するのも、やはり、リチャードが雇った 2 人の無名の暗殺者 (Murtherers) であった (*R3* 1.3.36-38)。彼らも、ゴールドを目当てに、合法的な陪審員の死刑評決や判事の受理のない、つまり法廷での有罪宣告や死刑の宣告なしにクラランスを刺し殺す。1 幕 4 場にみられるこのような不法きわまる殺人の即物性は、リチャードがもともとエドワード 4 世が 1 度は命じた後に撤回した令状を濫用・悪用して死を迫ることでよりアイロニーを加えられ非情さが増している。

　ティレルは、すでに業務を終えた「残虐で血なまぐさい仕事」について、それが「この国がかつて犯した罪」のなかでも「これだけ哀れを誘う凶悪な殺人はない」と独白する (*R3* 4.3)。シェイクスピアの歴史劇の世界では、ヨーロッパ大陸の戦場を舞台とした百年戦争は、英国貴族が騎士として名誉と血統をかけて戦うだけでなく、外国人傭兵を含む異種混淆的な集団

第Ⅱ部　「世紀の結婚」

が互いにマネーのために戦う姿を登場させた。英国国内を主な戦場とする薔薇戦争の上演においても、ブルゴーニュ公国から上陸した援軍やカレーのような対仏戦略の軍事的・経済的要所をめぐる攻防がひそかに提示されていた。ところが、『リチャード3世』は、英国のしかもロンドンの宮廷とシティに跨る空間を戦いの場に設定しており、ロンドン塔のようなきわめて限定された場所に兵力の表象としてあらわれるのも、王侯や貴族階級によって具現されていた豪奢に様式化されたヨーロッパ宮廷文化の騎士のイメージとは似ても似つかぬ、貧乏な紳士より下の階級・階層から出た暗殺者の存在だ。

　戦場における兵力の変容と宮廷における騎士道の転回の軌跡をさらに探るために、『リチャード3世』のサブテクストとして、ほぼ同時代に上演されたトマス・ヘイウッドの歴史劇『エドワード4世』を取り上げてみたい。イングランドの王国と王権がエドワード4世からリチャード3世に移行する時代を、ロンドンのシティと勃興する市民階級の観点から、歴史的に表象したのがこの劇テクストだ。

　たとえば、2部作をなすこのヘイウッドの歴史劇のなかでも『エドワード4世第1部』では、ロンドンがやはり戦場の舞台となっているが、ジャネット・ディロンによれば、このロンドンは宮廷や他のどこにもまして英国性を象徴する空間となっている（Dillon43-58）。ウォリック伯が出たネヴィル家の私生児ファルコンブリッジを指導者とする叛乱軍が田舎のケントとエセックスからすでにロンドンに侵入しようとしているのに、ウッドヴィル家のエリザベスと結婚したばかりの英国王エドワードは祝宴に忙しく、兵士を派遣することすらしない。この国王の不在の代わりに英国自体を守るために戦う兵力として表象されるのは、ロンドン市長が統治し率いる市民たちである。そして、叛乱軍に勝利したロンドンのシティの主だった指導者たちが、騎士道文化のイメージを身に纏って舞台に登場する。

> Edward. Arise Sir John Crosby, Lord Mayor of London, and knight.

第 5 章　英国史劇『リチャード 3 世』の王国とロンドンのシティ

> Arise up, Sir Ralph Josselyn, knight.
> Arise Sir Thomas Urswick, our Recorder of London, and knight.
> 　　　　　　　　　　　（Heywood *1E4* 9.221-23）

　彼らは騎士として叙任されているのだが、その儀式を行うのはエドワード 4 世によってであった。実際に叛乱軍に対する兵士として戦い英国を守ったのはシティで経済・商業を営む商人たちであったが、この場面では、市民としての彼らが具現するロンドンのシティと英国王としてのエドワードがあらわす宮廷が絆を結び一体となった英国が産出されている。フランスへの戦争を行うために必要とする資金の調達においても、エドワードはシティのマネーをあてにするのだが、宮廷のパワーとの仲介・媒介をするのは、なんと、なめし皮職人のホブズだ（Heywood *1E4* 18）。
　さらに興味深いのは、凱旋したロンドン市民のイメージが富裕な商人あるいは個人として称揚されているのではなく、むしろ、ほかのさまざまな小売商人や徒弟たちを含むシティの集団あるいは共同体が、そのグローバル化する全体性を志向する表象として、ヨーロッパ宮廷文化と「帝国の文化的移動・翻訳の軌跡（translatio imperii）」（Manley 168-81; Kermode）を提示していることだ。そもそも、ファルコンブリッジの叛乱軍は、チープサイドからセント・ポール寺院へ至るルートをパロディのかたちでなぞっていた（Dillon 51）。このルートは、英国王のロンドン入市式のクライマックスとなる凱旋・行進である（Manley 221-29）とともに、ロンドンならびに君主の両者を祝うのが伝統の市長の就任式の文化形式にも密接に結びついている。
　もちろん、ヘイウッドの歴史劇もまた、宮廷とロンドンのシティとの同盟が構築されるだけでなくその絆に亀裂が生じる可能性を描いている。『エドワード 4 世第 2 部』が物語るエドワード 4 世の愛人となるロンドンの金細工師ショアの妻ジェインのサブプロットは、エドワード 4 世亡きあとに宮廷の権力を握ったリチャード 3 世によって迫害されたあげく、ロンドンの

第Ⅱ部 「世紀の結婚」

都市空間において晒し者となる。ジェインは豪華な衣服の代わりに懺悔のしるしの白い衣を身に着け裸足でテンプル・バーからオールドゲイトまで歩かされる (Heywood *2E4* 18.192-95) のだが、このルートは宮廷とシティの結びつきを祝うパジェントのルートを皮肉なかたちで逆行させる、いわば道徳的なパジェントの形式を特徴づけているといえる (Dillon 56)。

金細工商人を夫にもつ女性市民ジェインの悲劇の根は、ディロンも論じるように、英国の宮廷とロンドンのシティとの交換可能性にあるのかもしれない。国王エドワードがお忍びでシティのロンバード通りに出没し店番をするジェインを誘惑する。変装したエドワードの求愛行為は、商人階級の妻の身体と「全インドよりも価値がある高価なダイヤモンド」や手の指にはめたサファイアの指輪との間の等価交換を含意しているが (Heywood *1E4* 17.27-52)、この特別な商業・金融空間における英国王の変装自体は、ファルコンブリッジの叛乱によって示された都市と田舎、田舎と宮廷との対立・緊張関係とは別のかたちで、国家の正統性や権威をめぐる宮廷とシティの関係に存在する矛盾の痕跡を一瞬垣間みせる契機となっている。

ここで、『エドワード4世第1部』の結末近くの場面を読み直し、なめし皮職人のホブズに再び注目してみたい。今度はロンドンから宮廷を訪れたホブズは、重大な誤りあるいは人違いをする。

> What's <u>he in the long beard and the red petticoat</u>? Before God, I misdoubt, Ned, <u>that is the King</u>. I know it by my Lord what-ye-call's players....Ever when <u>they play an enterlout or a commodity at Tamworth, the king always is in a long beard, and a red gown like him</u>; therefore, <u>I'spect him to be the King</u>. (Heywood *1E4* 23.42-49 下線筆者)

このとき宮廷にいた長いあごひげをたくわえて深紅のガウンを着たロンドン市長を目にしたホブズは、それを国王と取り違える。そうしたいでたちは、

第 5 章　英国史劇『リチャード 3 世』の王国とロンドンのシティ

田舎の幕間劇や喜劇といった芝居のときにみた国王のイメージにほかならなかったからだ。たしかに、ここに表象される国王と市長との交換は、ディロンの主張するような、宮廷とシティの互換性を通じて示される資本主義的な市場の比喩的イメージとみなすことができるかもしれない（Dillon 43）[5]。

　ヘイウッドの歴史劇をサブテクストとして『リチャード 3 世』の解釈に立ち戻るなら、「馬だ、馬をくれ、かわりに王国をくれてやる」（*R3* 5.4.7）という言葉を口にするリチャード 3 世の台詞に、シティやロンドンが字義通りに登場することはない。だが、リチャードの最後の言葉が意味する英国の王国と象徴的贈与の記号である馬との交換可能性は、宮廷の王権パワーとロンドン市民・商人のマネーの矛盾を孕んだ関係性を反復・再演するものであり、ひょっとしたら、そうした交換可能性を歴史的に可能にした条件とその文化形式であるヨーロッパ宮廷文化の騎士道のフィギュアとなっているのではないか。英国史劇におけるこうした交換の表象は、身分・階級と地域・空間を横断し市民のロンドンと国王の英国を交換する空間の存在、すなわち、シティの市場やそれをひとつの結節点として含むグローバルな金融資本のネットワークを指し示しているのかもしれない。

　ヘイウッドの歴史劇『エドワード 4 世第 1 部』においては、宮廷とシティとの間に結ばれた絆が孕んでいた矛盾が、ロンドンの金細工師の男ショアと女性身体を性的に欲望する男性主体としてのエドワード 4 世の間を英国王の寵姫あるいは愛人として交換される女の存在によって、暴露される。このような女性身体の商品化をめぐる齟齬や破綻とは別のかたちで、宮廷とシティの関係をロンドン市民の階級からではなく、宮廷貴族の立場から取り上げたのが『リチャード 3 世』ということになるかもしれない。シェイクスピアの歴史劇は、やがてリチャード 3 世となる野心家の腹心として男同士の絆を結んだはずのバッキンガム公がグロスター公リチャードに約束してもらった贈与の表象、すなわち、シティとの文化的・法的交渉によっていわば買われたリチャードの王権と交換に公が受け取るはずだったヘリフォード伯領と資産の受け渡しをめぐる亀裂と叛乱によって、同様の矛盾

第Ⅱ部 「世紀の結婚」

を上演している。

4 英国史劇『リチャード3世』とヨーロッパ宮廷文化の痕跡

　ハワード、ラキンの『リチャード3世』論は、洗練されたフェミニズムの視点から抬頭する資本主義経済に対応する萌芽的な近代国民国家の産出によって解釈して、近代的家父長制による女性の私的空間への閉じ込めによる男性の特権と王権の正統化を読み取ったわけだが、英国史劇の第1四部作の末尾に置かれたこの劇テクストは、テューダー朝の王権と性の政治学だけでなく、エリザベス女王の宮廷とロンドンのシティとの矛盾を孕んだ関係性によっても再読されるべきではないだろうか。

　ヨーク家とランカスター家の間の薔薇戦争が完全な終結をみない時期、エドワード4世崩御の後の英国宮廷における権力闘争において、王子エドワード側とリチャード側のいずれの党派に対しても明確な立場を示さず、しなやかにしたたかに抗争の空間を生きのびる日和見主義の男がいた。ダービー伯スタンリーだ。シェイクスピアの『リチャード3世』は薔薇戦争の終結を祝うリッチモンド伯ヘンリーの演説で幕を閉じるが、帝冠（"the crown"、"this long-usurped royalty"）を携えて舞台に登場しこの新たな英国王の頭上に掲げるのがスタンリーであり、このどっちつかずの英国貴族は神とともにその武勲と勝利が称賛されるヘンリーの友人のなかでも特別な存在感を漂わせている。

> *Then, retrait being sounded, [flourish, and] enter RICHMOND, [STANLEY, Earl of] Derby, bearing the crown, with other LORDS, etc.*
> 　Richm. God and your arms be prais'd, victorious friends,
> 　　　The day is ours, the bloody dog is dead.
> 　Stan. Courageous Richmond, well hast thou acquit thee.

第 5 章　英国史劇『リチャード 3 世』の王国とロンドンのシティ

  Lo here <u>this long-usurped royalty</u>
  From the dead temples of this bloody wretch
  Have I pluck'd off to grace thy brows withal.
  Wear it, enjoy it, and make much of it.（*R3* 5.5.1-7 下線筆者）

　英国王リチャードとロンドンのシティとの結びつきは、テクストの結末においては、すでに否認され消去されているようにもみえる。だが、こうした矛盾の消去の過程にこそ矛盾の痕跡が読み取れるのではないか。注目すべきは、ハワード、ラキンの解釈が特権化して取り上げるリッチモンド伯、すなわち、上演時の英国君主エリザベスから象徴的にその王権をひそかに奪取し自らの身体イメージに取り込む男性君主ヘンリー個人ではない。むしろ、ダービー伯スタンリーのヘンリー・テューダーに冠を捧げる文化的象徴行為の意味が解釈されるべきである。このスタンリーの表象はテューダー朝の宮廷との矛盾を孕んだ絆を結ぶロンドンのシティとどのような関係性を提示しているのか、これが問題にされなければならなかったのではないか。
　『ヘンリー 6 世第 1 部』において敵対国フランスに結びつく女性たちに苦しめられながら騎士道にのっとった武勲と戦功のゆえに讃えられたトールボットの一族は、この英国史劇第 1 四部作の最初の芝居を上演したと考えられている劇団のパトロン、ストレンジ卿スタンリー家の家系につながる（Gurr *The Shakespearean Stage* 124, 237; 玉泉 1-3）[6]。座付作者シェイクスピアが株主としても投資した準－自律的な「プロフェッショナル」な劇団、バーベッジ父子の宮内大臣一座は、英国の宮廷とロンドンのシティの 2 つの空間に「君臨」した代表的な存在であった。この宮内大臣一座のメンバーには、ストレンジ卿一座の何人かが加わっており、シェイクスピアの初期の芝居の上演にも関わっていた。『リチャード 3 世』というメディア文化の舞台に登場するスタンリーは、その劇場文化のベンチャーとクリエイティヴ産業のエンタプライズを通じて、シティのマネーと宮廷のパワーの関係を文化的に翻訳する劇場の空間を指し示していた可能性はなかったのだろうか[7]。

153

第Ⅱ部 「世紀の結婚」

騎士道や入市式といったヨーロッパ宮廷文化とグローバルな金融資本のネットワークに注目してみるならば、このエリザベス朝の歴史劇における君主リチャードならびにヘンリー・テューダーの王国は、宮廷のパワーとロンドンのシティのマネーの多種多様な矛盾を孕んだ関係によって規定されていることがわかる。つまり、『リチャード3世』の王国の歴史的命運は、ロンドンのシティとの関係によって、解釈されなければならない。

Notes

1　"Gift-giving was thus used both as an act of power in itself, and to create obligations of service and dependency among recipients. The arrangements for such reciprocity might, however, be secret, informal or unspecific…in highly urbanized areas such as Flanders, where the towns played an important role, both politically and economically, attention has turned to different, but no less interesting, networks linking the Court and the towns, and to networks within towns" (Chattaway 1-2). 文化的象徴行為としての贈与とその社会的ネットワークの歴史研究としては、スペイン支配下のイタリアを論じたCarrió-Invernizzi、英国の場合についてはBen-Amosを参照のこと。また、イスラム世界とその宮廷における贈与の研究としてはKomaroffがある。

2　ハワード、ラキンの解釈が負っているHodgedonの読みは、以下の通り。"Like the literal ghosts who appear on the night before the Battle of Bosworth Field, they announce the obliteration of patrilineal genealogy and invoke the higher authority of Divine Providence to validate Richmond's accession" (Howard and Rackin 116).

3　理想的なキリスト教君主を巧妙に演じてみせるリチャードの表象については、シヴィック・パジェントのタブロー・ヴィヴァンによってすでに解釈した例としてGriffin132を参照。また、マキャヴェリズムの権化リチャードの侮蔑の対象となったエドワードの王子の入市に関しても、Griffinの38-43、76が言及している。

4　ヨーロッパ初期近代の文学・文化における衆人環視に関しては、Frye58-59および153-154を参照。

5　ただし、『エドワード4世第2部』には、小麦と鉛を外国に輸出する商人ラフォー

ドが、ロンドン商人の妻ジェインを媒介にしてエドワード 4 世、後にはリチャード 3 世の宮廷に対して、マーチャント・アドヴェンチャラーズのように、特許状を請願する場面が、結局は処刑場に連行される場面とともに、挿入されている。16 世紀半ばアントワープの市場をめぐる金融・政治上のグローバルな対立の激化により、毛織物業を含む商業取引が停滞したとき、ロンドンのシティにおけるエリート集団であるマーチャント・アドヴェンチャラーズは、外国貿易の特許状や新たな競合者や徒弟の過多を制限するための組合加入金の値上げなどを含むより排他的な特権を求めてロビー活動を行った。こうしたグローバルな取引で利益を得る商人組合のロンドンにおける支配は、1560 年代に勃興した市長就任の式典に反映されていた。しかし 1581 年までには過激なロビー活動と貿易活動は、宮廷貴族を議員に含む議会でマーチャント・アドヴェンチャラーズの独占に対する法案を産み出すまでになり、国王諮問機関も地方・田舎の都市や外港の不満を反映して立場を公式に表明した（Ramsay *The City of London* 49; Manley 268）。こうした国内の経緯を経て、マーチャント・アドヴェンチャラーズの力は衰退の道をたどる。代わって台頭するのが地中海や新世界を舞台によりグローバルに活動の場を拡張する新たな商人集団であり、またこうした新たな支配的商人に対してときに海賊の私掠という商業形式をとってさらなる挑戦を挑む集団が勃興してくることになる（Brenner 3-23 特に 16-18）。こうした歴史状況とその移行は、もちろん、グローバルな金融資本と市場が存在した 1550 年代以降のアントワープの混乱、たとえば、オランダ独立戦争やスペイン・ハプスブルク帝国の負債不払いに端を発したものであった。

6 Gurr は、『ヘンリー 6 世第 1 部』の上演に関して、ストレンジ卿一座が薔薇座でドーヴァー海峡を超えた軍事的敗退をテーマにした芝居「ハリー 6 世」上演を記録したヘンズロウの『日誌』に言及している（Gurr *Playgoing*）。また、『ヘンリー 6 世第 1 部』の上演に対する観客の反応として、トマス・ナッシュ『文無しピアス』の以下の記述を取り上げている。 "How would it have joyed brave Talbot (the terror of the French) to thinke that after he had lyne two hundred yeares in his Tombe, hee should triumphe againe on the Stage, and have his bones newe embalmed with the teares of ten thousand spectators at least (at severall times) who, in the Tragedian that represents his person, imagine they behold him fresh bleeding." (Nashe *Pierce Penilesse* 2.15 qtd. in Gurr

第Ⅱ部　「世紀の結婚」

　　Playgoing 140)
7　劇テクストに表象される日和見主義スタンリーとある意味同じように、あるいは、よりフレキシブルに、新たな資本主義と市場に対応・適応することにより生き残りに成功したクリエイティヴな企業である宮内大臣一座とグローブ座、ブラックフライヤーズ座の文化的・商業的・金融的活動については、**Gurr** *The Shake-spearean Stage* 41-49 をみよ。**Gurr** の初期近代の劇団と劇場に関する実証主義的な研究を、アフェクティヴ・エコノミー（affective economy）すなわち情動とグローバルな金融資本主義の観点から補足・修正した **Leinwand** も参照のこと。

第 6 章

英国史劇の変容と 30 年戦争
——移動するユートピア空間としての宮廷

1 英国史劇の変容、あるいは、英国国家とアントワープから撤退した英国の「同胞集団」との同盟

　エリザベス女王が受け継ぐことになったのは、英国の王権を維持するために、絶えず資本家やその他のジェントリの経済的・政治的利害と交渉し駆け引きをせざるをえない状況であった。1540 年代、父親ヘンリー 8 世が、フランスやスコットランドとの戦争資金を捻出するために、貸し付けの強制と大幅な通貨悪鋳とを実施したからだ。貸し付けを強制したことは資本家やロンドン市民を敵にまわすことになり、銀の含有量を大きく減らされた悪貨の鋳造は、交換と支払いの手段として受け入れられなくなって貿易の混乱と織物生産の急激な低下をもたらした (Braudel *The Perspective of the World* 357)。このアントワープにおける英国の為替相場の急落という経済的混乱と政治的不安定は相互に増強しあうものであった。この結果、英国王ヘンリー 8 世は修道院からかつて獲得した農地の多くを民間人に安い価格で譲渡せざるをえなくなり、その譲渡の受益者となったジェントリの勢力を劇的に増大させた (Anderson 124-25)。

　この積極的な対応策として 1550 年代のエリザベスの王室は、財政改革を行った。すなわちトマス・グレシャム (Thomas Gresham) による王室財政見直しと金融安定化計画。マーチャント・アドヴェンチャラーズから毛織

第Ⅱ部 「世紀の結婚」

図版 10. エリザベス1世時代のソヴリン金貨

図版 11. 商人トマス・グレシャムの肖像 1550年頃

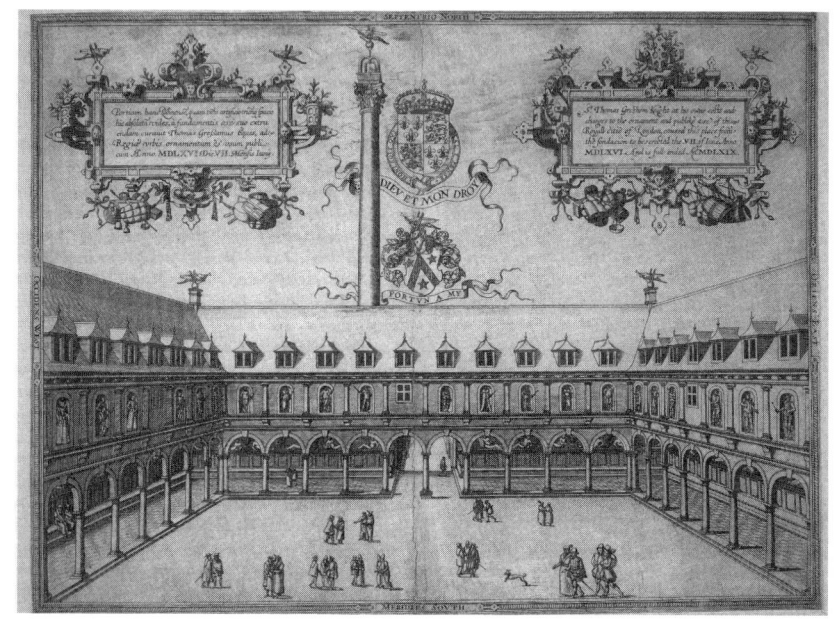

図版 12. ロンドンのシティに設立された王立取引所

物交易で得た収益の大半をアントワープにいるグレシャムが外貨で受け取り、それをロンドンでアントワープよりも有利な固定為替レートでポンドに交換して彼らに支払うという仕組みをつくる。このシステムのおかげで、国際市場における英国通貨の価値を高めることになった（Ramsay *The City of London* 51-53, 62）。1560年－61年におけるポンドの安定化は、ヨーロッパの貨幣・貿易システムを支配・運営するジェノヴァ商人とスペイン国家の超国家的連合体によって、英国のマネーとパワーに課された諸制約から抜け出す試みだったのだ。アントワープの貨幣・信用市場を支配する金融業者によって英国の貿易商人・毛織物職人の利益は取り押さえられているとグレシャムは信じていた。英国経済の生命はアントワープ市場の為替相場に決定的に規定されていたからだ[1]。グレシャムは、また次に、アントワープに対抗するためにその商品・株式の交換を模倣して、ロンドンのシティで取引所の設立に取りかかる[2]。完成の翌年である 1571 年、このロンバート街にできた取引所はエリザベス女王によって王立取引所（The Royal Exchange）と名づけられた。ポンドの安定化と王立取引所の設立は、エリザベス女王の財政顧問グレシャムが提言した新しい種類の同盟の誕生を告げるものであった。その新しい特異な同盟とは、アントワープから撤退した英国の「同胞集団（nation）」と英国国家（state）との間の同盟であり、市民のマネーと宮廷のパワーから構成される「真にナショナルなブロック（a truly national bloc）」は、「高等金融におけるナショナリズムの始まり（the beginning of nationalism in high finance）」を印しづけるものであった（Arrighi 190-91）。

　エリザベス女王とグレシャムに端的にみられた英国の宮廷とロンドンのシティの結びつきは、ジェイムズ 1 世の時代になっても受け継がれさらに新たな転回をみせるのであり、それは、文化的レヴェルにおいても、歴史劇の形式やジャンルの変容によってその歴史的過程をたどることができるかもしれない。勃興する市民階級を活写した劇作家として有名なトマス・ヘイウッドのある芝居（*2 If You Know Not Me, You Know Nobody*）には、グレシャ

第Ⅱ部 「世紀の結婚」

ムの功績を以下のように象徴的に描く場面がある。

> Here's a brick, here's a faire Soveraigne,
> Thus I begin, bee it hereafter told
> I laid the first stone with a peece of gold.
> (Heywood *2 If You Know* 8. 1190-92)

女王と市民の協働作業である王立取引所の竣工を象徴的に舞台で上演する、すなわち、英国の王国の経済的・金融的土台が黄金のソヴリン金貨という礎によって設えられる。なるほど、ロンドンのシティとその商人たちの活動と功績が手放しで称賛されているようにみえる（Leggatt *Jacobean Public Theatre* 173）。

　だが、このシティ・コメディと歴史劇のジャンル的形式が異種混淆する劇テクストにおけるグレシャムの表象を、対スペイン戦争のための資金調達のためにシティの商人と関係を結ぶエリザベス女王のイメージとともに、ロンドンのシティと宮廷との不安定で緊張関係を孕んだ絆を構築する信用や負債の問題によって、解釈することも可能である（Leinwand 24-31）。グレシャムが創設した王立取引所に赴き資金を用立てる女王は、歴史的伝承とは違いなぜかグレシャムを介してではなく、服飾小間物商人ホブソンから直接借金をするように描かれている。

> HOB.　When thou seest money with thy Grace is scant,
> 　　　For twice five hundred pound thou shalt not want.
> QUEEN. Upon my bond.
> HOB.　No, no my Soveraigne,
> 　　　Ile take thine owne word without skrip or scrowle.
> QUEEN. Thankes honest Hobson, as I am true mayde,
> 　　　Ile see my selfe the money backe repayd:

第 6 章　英国史劇の変容と 30 年戦争

(Heywood *2 If You Know* 13.2088-94)

　女王のマネーの入手は、専門的な信用取引を迂回し金融の言説を文化的なイメージに交換する比喩的な絆（"upon my bond"）に依存しており、コミカルな道化風に描かれた「正直者の」資金提供者ホブソンのほうでも、「返済（repayd）」の「実行（true mayde）」をそれに押韻された地口「女王の処女性（true mayde）」の形式で満足して受け取っている（Leinwand 27）。ここには女王と市民から構成される王国が舞台に上演されているのだが、それは、英国の宮廷の神聖なパワーを畏怖と敬意の念を抱いて衆人環視のまなざしを向けるロンドンのシティのマネーすなわち両者の親密な絆というよりは、信用を媒介にして貸借関係に入る負債者と債権者の姿にほかならない。

　英国史劇は、本書で論じてきたように、ブルゴーニュ公国を代表とするヨーロッパ宮廷文化の諸形式によって、その全体性が構造化されている。しかし、個々の劇テクストの表面をみるなら、それは王位簒奪者とそれに対する血みどろの復讐とそこから拡大する党派争いの反復という、約束事（convention）にもとづいたきわめてステレオタイプ的イメージによって特徴づけられているのも間違いのないところだ。信用がロンドンのシティと英国の宮廷の関係を媒介することにより両者の絆が負債者と債権者の関係によって結び直され、そして、ジェイムズ朝のマネーとパワーが新たに転回していくとき、シェイクスピアの歴史劇はどのように変容し、新しいジャンルが産出されるだろうか。

　本章では英国史劇の変容をシェイクスピアのいくつかのロマンス劇にたどってみたい。歴史的に実在した主人公とその英雄的行為の物語を通じて社会の全体性を代理表象したりナショナルな歴史の命運をその特有な典型性（typicality）において現実描写したりする歴史劇とは異なり、なによりも願望充足の投射によって特徴づけられるロマンス劇のジャンルは、そうした「心理学化」された「私的（private）」領域・心理的空間において現実原則（reality principle）との終わりなき弁証法的交渉を上演・表象する。非現実的な夢・

第Ⅱ部　「世紀の結婚」

ファンタジー・願望によってあらわされる欲望は、「公的 (public)」問題との対立や矛盾を孕んだ関係を提示する、あるいは、超自然的・宗教的なかたちをとってあらわれる諸力との多種多様な戦いを再現する過程が批判的に吟味され解釈されることになるだろう。

2　ロマンス劇の誕生、あるいは、歴史劇のグローバルな反復?

　シェイクスピアのロマンス劇『テンペスト』は、ミラノ大公の地位と統治権を簒奪されある孤島に追放されたプロスペロが、そこへ難破させたナポリ国王一行を迎えるために、奇跡の魔術の力を存分に揮って宮廷祝祭的なイヴェントを演出・プロデュースする姿を舞台にかけている[3]。この不思議に異質な時空間において、魔法を使って住処から呼び出された妖精たちが、プロスペロのある種幼児退行的な願望充足が投射された空想をそのままに演じる。「不満の冬」のひとかけらも抹消された「楽園 (Paradise)」世界で、「8月の日に焼かれ鎌をふるった農夫たち (sicklemen)」が、仕事休みの今日1日、労働の場である畑の畝を離れ麦わら帽子をかぶってそれぞれニンフの手を取り陽気に、「村の踊り (country footing)」に興じる (Tem 4.1.120-38)。ただし、魔術的に生産された「世にも壮麗なヴィジョン (a most majestic vision)」(Tem 4.1.118) が出現し観るものの視線を魅了し奪う一方で、ト書きには、以下のような陰気で重苦しい記述が書き込まれている。

> 美しく着飾った何人かの刈り手たちが登場。彼らはニンフたちに立ち混じり、優雅なダンスを踊る。それが終わりかける頃、プロスペロが不意にはっとして口を開く。その後、奇妙で虚ろな、乱れた音とともに男女の集団の幻影が重く物悲しく消えていく。(Tem 4.1.138 SD)

「礎を欠く」この魔術が産み出した「ヴィジョン」、「実体のないパジェント」という「余興」は、「豪華な宮殿、荘厳な寺院、巨大な地球そのもの」のよ

うに融け去りあとに一筋の雲も残さない、というのも「われわれ人間は夢と同じ糸で織りあげられている」からだ。心乱されたプロスペロの不安は、その心理的領域において直面しなければならない公的あるいは政治的問題との葛藤を示唆している。実際、キャリバンとその一味が自らの命と権力を狙う陰謀を決行する時が迫っていることを思い出し、その陰謀とキャリバンの卑しい性的欲望の成就を未然に防ぐ対処を実施する（*Tem* 4.1.139-63）。

　悪しき魔術を操る母シコラックスから生まれたキャリバンは、この島の先住民にしてもともとの所有者・支配者であったのだが、飲める泉の水や肥えた土地についての知識を教えるのと交換に魔術の本を自由に操るプロスペロに西洋文明の言語を習ううち、結局、ミラノ大公の座を簒奪されたプロスペロに政治的にも経済的にも島の権利を奪われていた。権力を再び手にして島の王として復位しその王権を子孫へ継承することを欲望しているという点ではキャリバンとプロスペロには共通点があるといえる。だが、コミュニケーション・ツールとしての言葉を贈与されたのに対して、悪態のつき方を習得したこの新世界の奴隷は、その悪態を罰として実施することを返礼としているし、娘ミランダを凌辱し「この島をキャリバンっ子だらけにしよう」（*Tem* 1.2.349-50）とも企んでいる。ヨーロッパ世界のパワーとマネーを奪った弟アントニオやナポリ王アロンゾに対して、君主の寛容な許し（pardon）で応え、和解と復位を祝う象徴行為として娘の結婚を供するプロスペロと対照的だ。結局のところ、キャリバンの物語は、企てた陰謀の失敗に続いて、今後はもっと利口になることを約束して赦しを請う、という「言語的植民地主義」の継続で幕となる。こうしてみると、王権とその簒奪をめぐる政治的闘争を主題とする歴史劇が、『テンペスト』では、乙女の処女性をめぐる主人と奴隷の間の性的支配権・所有権争いを主題的に前景化する形式に変容している。このロマンス劇の誕生は、英国の宮廷権力の産出・系譜というよりは、むしろ、その文化的・言語的イデオロギー装置を通じた再生産の過程を表象している、といえるのかもしれない。もちろん、ロマンス劇が表象する欲望と現実原則の弁証法的交渉の一部をなすこの再生産の過程が、このようなか

第Ⅱ部　「世紀の結婚」

たちで閉じられ完全に包摂されて終わるものなのかは、別の問題である。

　だがその問題を論じる前に、ここで注目しておきたいことがある。それは、生産に関するグローバル／ローカルな分業体制とそれを担う主人と奴隷両者の関係である。『テンペスト』の幕が上がった現在という時間において、キャリバンが、実際に、してきていることはなんだったのか。それは、空気の精エアリエル同様、あるいは、それ以下の奴隷として、魚や木の実といった食べ物や薪のような燃料となる資源を調達する、といった日々の生活を物質的に支える肉体的労働にほかならない。言い換えれば、キャリバンのこうした労働を前提にしてはじめて、善き魔術師、劇芸術家、君主であるプロスペロの祝祭仮面劇のリアルなイメージ生産という情動的な労働が可能になる。言語的・文化的植民地支配というネオコロニアリズムの継続は、単に人種やジェンダーの差異に基づく差別の問題にのみ関わるわけではなく、生産と再生産を継続するための労働を分業化し支配する経済的マネージメントと切り離して考えることはできない。

　このような労働や階級の問題は、これまで十分なかたちではテクスト解釈の主題とされてはこなかったのではないか。たとえば、1980年代後半以降のある時期、米国のニューヒストリシズムや英国の文化唯物論は、主としてキャリバンとそれをめぐる人種・ジェンダーの差異に注目し、植民地主義あるいはポストコロニアリズムによって『テンペスト』を解釈した。そして、こうした議論で強調されたのは、地中海やヨーロッパ世界ではなく、アメリカ・カリブ海地域など植民地化された大西洋や新世界の意味であった[4]。具体的には、新世界の被植民者であるキャリバンがさらにその文化的・言語的支配を被り続けるという悲しく残酷な末路が、劇テクスト『テンペスト』に具現された植民地主義として分析されたわけだが、奴隷のように働くこの労働者も、プロスペロの仮面劇の世界とはいささか異なるものの、それでも現実の世界とは別の夢の世界を垣間見ることができるようだ。「雲の切れ間から宝物がのぞいて、俺の上に降ってきそうになる、そこで目が覚めたときは夢の続きがみたくて泣いたもんだ（The clouds methought would open,

図版 13. ジェイムズ 1 世のロンドン入市式の凱旋門

and show riches / Ready to drop upon me, that when I wak'd / I cried to dream again.)」(*Tem* 3.2.141-43)。政治的転覆や言語習得の志向とは別に、実際に手にふれることができる宝物への欲望を夢という形式で物語るキャリバンは、非物質的な欲望を宮廷祝祭という形式をなぞったシュミラークルに表出するプロスペロとは表象のやり方が違っている。

　夢のなかの幻のような出来事であるとはいえ、キャリバンがもつこうした現実的で物質的な欲望は、実は、ジェイムズ 1 世の宮廷文化が提示する権力のディスプレイにも観察することができるようだ。たとえば、英国王ジェイ

第Ⅱ部 「世紀の結婚」

ムズのロンドン入市式のパジェントにおいて、特別に創られた凱旋門の高さは「そのてっぺんに、天上の雲から地上に落ちてきたかと思われる海豚の姿がみえるかのように」圧倒的なものであり、それに驚愕した観客のひとりは、「このパジェントの栄光は、私には夢でみたかの如く (the glorie of this show, was in my eye as a dreame) 心地よく華麗で歓喜あふれるもので、多様性に富んだ光景に圧倒されて長いこと見上げたあとくたびれて下を向いたらあまりに早く夢から覚めて哀しかった (me thought it was a griefe to me to awaken so soone)」、という記録を残している (Gilbert Dugdale, *The Time Triumphant*. London: 1604. Sig.B3v qtd in Schmidgall 252)。

また、植民地主義（colonialism）によるシェイクスピアのロマンス劇の解釈において、ジェイムズ朝の宮廷におけるこのような物質的欲望と植民地主義への志向を明示的に表現しているとされるのが、新世界のペルーと思しき場所を宮廷祝祭の舞台に設定したジョージ・チャップマンの仮面劇（masque）であった（Gillies）。『テンペスト』同様あるいはより明確に新世界の空間として提示される舞台に、異教の太陽神を礼拝する一団の聖職者たち（"*Virginia priests, by whom the sun is there adored, and therefore called the Phoebades*"）が登場する（Chapman 13-14）。そして、人工的にしつらえられた岩に開けと彼らが命じると、「岩の上部が、突然、雲のかなたに開かれて豊かで燦然と輝くゴールドの鉱脈が発見される（*the upper part of the rock was suddenly turned to a cloud, discovering a rich and refulgent mine of gold.*）」（Chapman 150-52）。聖職者たちはアメリカの新世界ヴァージニアを、岩があらわす島は英国を、それぞれあらわしている。ゴールドという黄金の宝あるいは鉱山資源を求めて遠く大西洋を越えた世界に向かう宮廷人たちの姿が、たしかにここに認めることができる。旧来の研究では、このようなチャップマンの仮面劇は、フランセス・イエイツが「ジェイムズ朝時代におけるエリザベス朝政治文化の復興」と呼んだもの、すなわち、ジェイムズ１世の王子ヘンリーとその取り巻きに集結した反スペインの軍事的プロテスタンティズムを掲げる植民地主義・帝国主義の運動の端的な

第 6 章　英国史劇の変容と 30 年戦争

例とみなされたことがあった。皇太子号のような巨船を建造してくれたウィリアム・ペティへの後援や『ガイアナ旅行記』において黄金の発見を企てたウォルター・ローレー卿やその友人トマス・ハリオットへの激励もこのような文脈で理解されよう（Yates *Shakespeare's Last Plays*）。ローレー卿やエドマンド・スペンサーの影響を受けながらヴァージニア、ガイアナ、ニューファンドランド島への拡張主義を公に提唱したのがチャップマンであり、この仮面劇もヘンリーの妹エリザベス王女とプロテスタントのプファルツ選帝侯フリードリヒ 5 世との結婚を祝う宮廷祝宴において上演されたものであった、と。

　ただし、チャップマンの劇テクストが表現するヘンリー皇太子の反スペイン英国帝国主義は、シヴィック・パジェントリの形式において提示されていることにも注意しておくべきだ。この宮廷祝祭の空間に設えられた「凱旋の山車（*the triumphal car*）」の頂点には、ゴールドの支配権をもつ「地上の神プルータスあるいは富（*the earthy deity, Plutus, or Riches*）」だけでなく、「天上の女神名誉（*the celestial goddess Honour*）」も並んで座している（Chapman 80-82）。また、秩序の化身「エウノミアー（Euromia）」の命にしたがい、ヴァージニアの聖職者たちも、異教の神への信仰を捨てることになり、最後には、正しき「英国の太陽神（our Briton Phoebus）」すなわちジェイムズ 1 世の王権と宮廷が具現するキリスト教に改宗する。

> *Euromia spake to the masquers set yet above.*
> *Euromia*　Virginian princes, you must now renounce
> 　　　　　Your superstitious worship of these suns,
> 　　　　　Subject to cloudy dark'nings and descents;
> 　　　　　And of your fit devotions turn the events
> 　　　　　To this our Briton Phoebus, whose bright sky
> 　　　　　(Enlightened with a Christian piety)
> 　　　　　Is never subject to black Error's night,

第Ⅱ部　「世紀の結婚」

    And hath already offered heaven's true light
    To your dark region, which acknowledge now;
    Descend, and to him all your homage vow.
            （Chapman 594-604）

　王女エリザベスの結婚を祝うこの宮廷エンターテインメントのパフォーマンスが歴史的に実践しているのは、もちろん、宮廷と市民の絆の構築であるが、両者を媒介する役割を果たしているのが法の神エウノミアーである。実際のパジェントの形式では、名誉とプルータスとヴァージニアの司祭たちを一緒に乗せた山車が、ロンドンのシティとホワイトホールの間のチャンスリー・レインにあったエドワード・フェリップス卿（Sir Edward Phelips）の家から進んでいく。だが、結婚を通じて富の神プルータスと名誉という花嫁とが結ばれるこのパジェントのルートにおいて最も重要な位置を占めるのは、法学院（Inns of Court）であった。ちなみに、チャップマンの出版されたテクストは、ヘンリーの金庫番にして文書長官（the Mater of the Rolls）であったフェリップスならびに法学院に献呈されている（Limon 146-47）。
　このように宮廷祝祭の空間において、ジェイムズ１世とロンドンのシティの市民たちとの象徴的な「結婚」と同盟がたしかにシヴィック・パジェントリの形式を通じて提示されているとはいえ、その商人・市民たちは、けして１枚岩ではなくさまざまな差異と階層に特徴づけられた諸商人集団から構成されていた。17世紀英国の革命を16世紀以来のロンドンの商人社会における社会的対立によって歴史的に解釈したロバート・ブレナー『商人と革命』は、東インドやレヴァントとの貿易を独占し英国の宮廷とも癒着した特権的なエリート貿易商人集団・その特許会社とそうしたロンドンのシティのエスタブリッシュメントから排除された新興貿易商人、議会派・独立派を支えた新大陸・密貿易集団との間の抗争を実証的に示した（Brenner; 大西）。言い換えれば、このロンドンの商人社会とは、ジェイムズ朝の宮廷で演じられたチャップマンの仮面劇の社会空間と同様に、マーチャント・アドヴェンチャ

ラーズに部分的に取って代わった新たなエリート集団とそこから排除されたさらに別の勃興しつつあった貿易商人たちとの間の社会的対立や抗争が上演される舞台でもあったわけである[5]。

シェイクスピアの『テンペスト』においては、ジェイムズ１世の宮廷の物質的な帝国主義・拡張主義への非現実的な願望充足の欲望は、よりあからさまに領土と資本の拡張を求めるナポリ王に確認することができるかもしれない。地中海世界において、プロスペロの追放を支援するのと引き換えにミラノ公国を封土にするだけでなく、娘クラリベルを交換する女としてチュニスに嫁がせることにより物質的に経済圏域を拡げることが企てられた。チュニスは、海上交易で繁栄した古代フェニキア商人がもともと植民市としたアフリカ大陸地中海沿岸カルタゴ近郊の衛星都市として栄えた町であった[6]。そして、このようなアロンゾの拡張を志向する行為こそ、夢の宝物を現実的に願うキャリバンのイメージが異空間としての新世界において形を変えて繰り返そうとしたものだったのではないか。ひょっとしたら、ナポリ王アロンゾの姿は、資本主義世界のパワーとマネーへの衝動を物語ろうとしたナショナルな英国史劇を、グローバルに反復する文化的象徴行為の断片的イメージである、と解釈できるのではないか。ロマンス劇の誕生は、歴史劇のグローバルな反復とその変容であったことになる。

『テンペスト』は植民地主義との単純な関係によっては読み解くことのできない表象形式を有したテクストである。したがって、このヨーロッパの日常的現実を超えた魔術的な世界を探るには、ジェイムズ１世の宮廷とけして１枚岩ではないロンドンのシティとの関係だけでなく、さらにもうひとつ注意すべき点がある。たしかに、新世界のアメリカ、ヴァージニア植民地へ向かう途上で嵐に会い遭難するも奇跡的に生き残りジェイムズタウンに入植した総督トマス・ゲイツの移動の軌跡は、『テンペスト』においては逆向きに書き換えられ、新大陸へ向かう物語が故郷へ帰る旅に変更されているのかもしれない（Gillies）。このように植民地主義・拡張主義を志向する歴史的に実在する英国王の現実的欲望によってプロスペロやアロンゾといったイタリ

ア人の君主たちのイメージを読み解き、むしろシェイクスピアとその演劇を反植民地主義によって論じ救済しようとするにしても、ジェフリー・ナップの批判的吟味と帝国主義による再解釈が示唆するように、2人の君主いずれにとっても戻るべき故郷は、すでに失われておりどこにも帰ることはできない。ひょっとしたら、新世界の植民地に結婚を通じて入植することしか選択の自由がない状況をイデオロギー的閉域として設定することにより、『テンペスト』における故国に撤退し結婚・家庭生活に収縮すると同時に海外へ拡張するという二重性を帯びた故郷のイメージは、植民地アメリカが産出する鉱山資源の富・宝物への物質的な欲望・動機そのものを直接的には描かずに否定し、より巧妙な節度あるタイプに変形された帝国主義の推進を意味しているのかもしれない (Knapp)[7]。あるいは、シェイクスピアのロマンス劇は、ブレナーの歴史研究を踏まえて、ロンドンのシティの商人・市民社会における社会的対立と抗争を舞台に上演しているとみなすことも可能である。つまり、東インド会社やレヴァント会社といったスペインと共存共栄しながら地中海・大西洋の貿易を独占し英国の宮廷とも癒着した特権的な貿易商人集団から排除された、新大陸商人集団の否定こそが表象されている、と。いずれにしても、新世界の植民地にあるゴールドへの物質的欲望をむき出しにして活動するのは、英国ならびにそれとライヴァル関係にあるスペイン、2つの国家の帝国主義の姿である。そして、まさにこうしたイメージの断片的散種を、チャップマンの仮面劇ならびにこれをサブテクストとするシェイクスピアの劇テクスト『テンペスト』に、読むことができるかもしれない。

3 移動するユートピア空間としての宮廷

　ヨーロッパ諸国の帝国主義と英国初期近代の文学・文化の関係性を研究の主題にしたのがすでに言及したナップの『テンペスト』論だったのだが、その解釈の基本図式は、ヨーロッパの旧世界による大西洋やアメリカといった新世界の植民地支配の関係だけにとどまらず、スペインの先行する帝国主義

第 6 章　英国史劇の変容と 30 年戦争

と英国の後進的なそれとのライヴァル関係と差異性である。宮廷の表象あるいはその祝祭空間における結婚のイメージは、この図式においてはどのように再解釈されるだろうか。

　ナップによれば、新世界との結びつきを強化するため人種的他者との結婚こそが、英国の植民地政策の焦眉の課題とされていたにもかかわらず、先住民との敵対関係をくずそうとせずそうした結婚による結びつきの構築を否定しつづけてきた。『テンペスト』というロマンス劇は、あらかじめ観客にはミランダがヨーロッパの白人娘であると提示することにより、つまり、もともと白人同士の結婚をだれもが祝福し得るような疑似的な異人種間結婚のイメージに変形することにより、異人種との混淆という現実の矛盾を緩和し想像的に解決しようとしている。このようなナップの解釈を批判的に踏まえさらに大橋が注目したのが、英国の植民地主義の実践の遅れである。プロスペロが島の土地を奪った相手は、もともとの先住民キャリバンではなく、英国と対立する先行者スペインであった。「食人種－アマゾンとしてのスペイン人のイメージは、新大陸の富を前に節度を失い、欲望の虜になり、野蛮状態へと退行した人間、すなわち女性的弱点をさらけ出した人間、女性となった男性としてスペイン人を表象するのに、まことにふさわしいものであったのだ。この食人種的スペイン帝国の野蛮と残虐にあえぐ新世界の民を解放するという名目でイギリスは植民地事業に参入しはじめる。したがってイギリスにおける植民地主義は、スペイン支配の間隙をぬって新世界で植民地運動を展開しつつ、同時にスペイン植民地主義からの解放を新世界で組織するという脱植民地運動という二重性を帯びていた……前回触れたように『テンペスト』において征服・植民の物語と、脱植民地というポストコロニアル的物語が共存しているかにみえた理由も、おそらく、ここにある」（大橋 53-54）。

　『テンペスト』にもスペイン帝国主義の裸形の欲望を読み取る可能性はないのか、いったん英国中心主義の視座を括弧に入れて本書はこのような問いを、まずは、立ててみたい。このロマンス劇におけるスペインの帝国主義は、コロニアリズムの代表的イメージとしてのキャリバンに加えて、さまざまな

第Ⅱ部　「世紀の結婚」

否定と変形によって重層的に関係づけられた表象形式においてではあるが、ヨーロッパの資本主義世界とそのグローバルな拡張主義のフィギュアとしてのアロンゾによっても読み解かれなければならない。

　この意味で、プロスペロがその魔術と演劇的プロデュースの力により政治的・経済的に支配しマネージメントする島の特異な空間が、大西洋のたとえばバミューダ海域のようでもあり、かつまた、地中海のようでもあるのは、見逃せない。ミラノ公国の君主でありながら魔術の研究に没頭するあまり、政務を任せていた弟アントニオの奸計にはまり追放されたプロスペロは、娘ミランダとともに地中海を漂流していずことも知れぬ孤島にたどり着く。そして、このプロスペロの島の近くを通るのが娘をアフリカ、チュニスの異教徒のもとに嫁がせて、故国ナポリへ帰ろうとするナポリ王アロンゾ一行と兄を裏切りナポリ王に寝返った現ミラノ公アントニオであり、彼らはみなプロスペロの魔術が引き起こした大嵐によって島に漂着したのだった。つまり『テンペスト』の物語は、ミラノ、ナポリ、イタリア、チュニス、アフリカというように、地中海世界で展開し、孤島も当然「地中海の波（the Mediterranean float）」(*Tem* 1.2.234) のどこかと想定される。と同時に、大嵐のあと、ナポリ王の船の係累場所を尋ねたプロスペロに、エアリエルが答えた台詞において、奇妙なことに、大西洋世界が、地中海の空間と共存している。薪を背負った魚のような化け物キャリバンをあらわす「死んだインディアン」(*Tem* 1.2.33) や「野蛮人やインディアン」(*Tem* 1.2.58) が言及されるだけでなく、さらに、ヨーロッパの旧世界と区別・対比される新世界の存在も、ナポリ王の船だけ寄港した荒れ狂う魔のバミューダ海域のイメージによって印されている。「王の船は無事に港に入っています。いつだったか真夜中に私を呼び出し、嵐の絶えないバミューダ島（the still-vexed Bermudas）から露をとって来いとおっしゃった、あの入り江の奥に隠してあります」(*Tem* 1.2.226-29)。プロスペロの願望充足が生産し支配しようとする夢か幻のような宮廷空間は、2つの異質な世界のいずれでもあるようでいて現実にはどこにも存在しないユートピアである。言い換えれば、シェ

第 6 章　英国史劇の変容と 30 年戦争

イクスピアのロマンス劇は、「新世界」をその舞台としてたしかに提示しているが、資本主義世界の現実と歴史から切り離された「新世界」の孤島は魔術によってヨーロッパ宮廷文化も出現させることにより、移動するユートピア空間としての宮廷を表象している。

　『テンペスト』におけるこの奇妙な地理空間の共存は、いったいどのような意味があるだろうか[8]。だがその前に、アロンゾやアントニオといったイタリア人の君主たち 2 人がいずれも戻るべき故郷をすでに失っているのは、歴史的には、どうしてなのか、あらためて確認しておく必要がある。16 世紀以降、スペイン王は、ナップも指摘していたように、新世界のゴールドや銀によって、ナポリ王ならびにミラノ公のタイトルを獲得していた[9]。つまり、英国人にとっては、スペインが手中に収めているアメリカ産ゴールドの力が、ナポリやミラノの領土を獲得するようなスペイン拡張主義の源泉とみなされた。たとえばハクルートは「この宝物によって神聖ローマ皇帝カールはフランス王からナポリ王国とミラノ公国さらにはイタリアのロンバルディア、ピエモンテ、サヴォイといった領土をも奪取することができたのだ」（Hakluyt "Discourse" 243 qtd. in Knapp 233）と述べている。だが、このハクルートの文言は、実はロンドンのシティでアントワープとの商取引を行う商人ジョージ・ネダムが、マーチャント・アドヴェンチャラーズの新たな取引の拠点エムデンをその所領内に有する東フリースランドの伯爵たちにあてた手紙の文面を盗用したものらしい（Ramsay "Introduction" to Nedham 38）。

　そして、そもそもハクルートが新大陸アメリカのゴールドとみなした「この宝物」は、ネダムによれば、「低地諸国の宝物（the treasure of his Netherlands）」（Nedham 79）とされる。

> Now may your Graces and other imperial princes see, where and in whose hands and by what policy the greatest part of the treasure in Europe remaineth....what great countries, towns and cities his father the Emperor Charles has gotten with the treasure of

173

his Netherlands and left to his son King Philip, who to this day keepeth them still. Whereof part be imperial and of late time be almost degenerate and become naturally Burgundish....With this great treasure, did not the Emperor Charles get from the French King the kingdom of Naples, the dukedom of Milan and all other his dominions in Italy – Lombardy, Piedmont and Savoy? (Nedham 78 下線筆者)

ヨーロッパ最大のマネーとパワーの存在は、ブルゴーニュ公国の政治文化を継承した皇帝カール5世が息子フィリップ2世に譲り渡した遺産によって表象されるが、フランス王と争いながらイタリアのさまざまな領土を獲得することを可能にしたのは、その領土空間における商取引から産出された富、すなわち、低地諸国の「偉大な宝物（this great treasure）」（Nedham 78）だ、というのがネダムの考えだ。ヨーロッパのほとんどのゴールドを供給するのが中南米であり、スペイン王フィリップの「インド」すなわち新大陸・大西洋の銀およびゴールドのおかげでフィリップや低地諸国が富者になったことを、ネダムはきっぱりと否定する[10]。そうした新大陸の鉱山資源によって低地諸国で生産されたり輸入されるすべての商品の支払いがなされたわけではなく、むしろ、フィリップ王の低地諸国にさまざまな外国商人が取引したりそのために集まってくること（"the traffic and resort of strange merchants"）が富を生み出すのに決定的だった。言い換えれば、低地諸国がフィリップ王の「インド」以上により大きな利益を産み出した（"the Netherlands of King Philip be more profitable to him than his Indies"）、このことをネダムの手紙は神聖ローマ帝国の東フリースランドの伯爵たちに証明し主張しようとした（Nedham 68）。アントワープを中心とするマーチャント・アドヴェンチャラーズとしてビジネスを行っていると思われるネダムは、この低地諸国の取引市場の危機的混乱に対応するために、スペインとともにレヴァントや東インドとの貿易に乗り換えるのではなく、この地域の代

替地として現ドイツの都市エムデンに拠点を移すことを提唱していた人物であり、その手紙は 1564 年に書かれたものであった。

　その 5 年後の 1569 年、「アルバ公給料船団」事件が起こる。ジョン・ホーキンズの船団がメキシコ湾の外港で船への補給と船の修理のために寄港したときにスペインの武装船団から攻撃されて甚大な損害を蒙った事件の知らせが英国に届くころ、スペインのある船団が、英国のドーヴァーにいたフランスのユグノー海賊と呼ばれる一団に捕獲されて英国西南部のサウサンプトン、ダートマス、プリマス、フォイの 4 港に拘束されたという事件が起きた。低地諸国に遠征しているアルバ公率いるスペイン軍のための荷物を運ぶこの船団の荷には、多数の兵士のための給料や食料だけでなく、貴重品箱に入った銀とゴールドが積み込まれていた。フランスの海賊と英国の役人たちとの賄賂のやりとりや裏取引がなされるなか英国政府が介入し、女王秘書官バーリー卿ウィリアム・セシルが女王から運搬許可証を発行された各港の管理人に向けて積み荷の安全を保証するための陸揚げを指示し財宝もロンドンに移動された。これに対して在英スペイン大使を通じてアルバ公は財宝返却を要求、さらにアントワープまで女王の艦隊を護衛につけることも依頼してきた (Ronald 132-37; 櫻井 64-72)。

　ここで問題となったのは、この船の財宝の所有権だ。英国の女王と商人の関係をスペイン帝国からの独立を求めて反乱を起こした低地諸国あるいはオランダとのグローバルな関係において探ったラムゼイの歴史研究は、英国女王の私掠の歴史をナショナルなコンテクストを中心に探った櫻井らの研究とは異なり、以下のことを提示している。スペイン大使の主張とは別に、長くロンドンに在住し英国の枢密院とも知己のあるジェノヴァ商人ベネディクト・スピノーラ (Benedict Spinola) によれば、このゴールドを含む財宝は、多数のジェノヴァの金融家が、低地諸国の政府に貸し付けることになっているものだが、現時点ではジェノヴァの金融家たちの所有物であるという情報を提供する。このジェノヴァ商人の情報と交換に、エリザベス女王と枢密院は、スピノーラと取引しこの財宝を英国女王のジェノヴァ商人からの借金と

第Ⅱ部 「世紀の結婚」

してロンドン塔に保管することになった。これに対して、スペイン側とりわけアルバ公は、英国商船をおそったり英国商人を拘束・投獄したり報復を繰り返すことで、英国の商取引を危機に落としいれた（Ramsay *The Queen's Merchants* 157-58）。あくまで低地諸国かその近郊のエムデンを英国毛織物の輸出と商業取引の拠点としたいネダムの欲望は非現実的なものになることを、それは意味していた。

　ただし、「アルバ公給料船団」事件を契機にした1569年から73年の間の英国とスペインの抗争により商取引は途絶したが、これは両国の商業・経済的関係は消滅したことを意味はしない。スペインによる取引停止解除の後、商取引は再開された。だがこの時、ロンドンのシティの商人社会に大きな権力あるいは階級の再編の始まりがみられる。スペイン貿易の特許状を求めるため、スペイン貿易において団体としての特権を求める貿易商そしてマーチャント・アドヴェンチャラーズ組合の一部のメンバーが、他のマーチャント・アドヴェンチャラーズ組合員たちがこの新たな団体に入会できないようにしたからだ[11]。1573年－74年に構成されたスペイン会社の憲章において、すでにほかの商人組合に所属している商人の入会は認められない、と宣言されている。これは、スペイン会社やレヴァント会社、東インド会社を創設し新たな支配勢力となる商人たちが、スペインで高く評価される毛織物をはじめとするオランダ産製品に対して特権を有していたマーチャント・アドヴェンチャラーズ組合の商人たちをスペイン貿易から締め出そうとし、そしてまた、英国毛織物を彼らより安い商品として売ると同時にその損失をつくろって余りある高い利益の上がるイベリア輸入市場において有利な立場を獲得しようとしたためだ。スペインと取引をする新たなエリート商人たちは、こうして、アントワープの市場で毛織物輸出のエキスパートであったマーチャント・アドヴェンチャラーズ組合の旧エリート商人たちとの競争に打ち勝つことになる。スペインから輸入するオランダ商品の取引にこそ利益は眠っているからだ（Brenner 15）。もちろん、スペインの帝国主義は、大西洋に拡大し新世界や東方からもたらされる宝のような鉱山資源の力にその源泉をもっ

ている。英国の経済にとっても、国内の毛織物業が生産した製品の輸出ではなく、ロンドンの商人集団の外国からの輸入こそが大英帝国の土台の構築を準備していくことになる。すなわち、英国の宮廷と「癒着」したり親密な絆を結んだりしながら新たなエスタブリッシュメントとなった商人たちが商ったのは、スペインとの貿易・取引によって英国にもたらされる香辛料や煙草のような珍しく高価値の商品であった。

　英国人たちが共有していた認識においては、スペインの政治的・経済的拡張主義をささえていたのは、トランスアトランティックに転回する新世界とのときに暴力的な取引によってもたらされる高価値商品、あるいはそれ以上に、ゴールドに象徴される鉱山資源物であったようだが、ネダムの手紙のような例が示すように、そうした商品が売買されるのは依然としてアントワープであった。新世界か低地諸国かといった空間の認識見取り図だけではスペイン帝国主義の全体性は把握できないようだ。また、領土の拡大を欲望するアロンゾや物神化されたゴールドをキリスト教の政治文化に書き換え取り込もうとするチャップマンの仮面劇を、そのまま単純に物質的拡張主義によって特徴づけられただけのスペイン帝国の表現または反映とみなすことができないのは、いうまでもない。英国のレヴァント会社や東インド会社の商人たちが扱う商品がグローバルな商取引においてスムーズに問題なく交換され取り引きされるためにも、その支払い・決済に用いられる新世界の銀やヨーロッパ各国のさまざまな通貨を媒介するゴールド自体を資本として運用する商人と空間が前提となる。

　だが、そうした商人の存在と空間は、現実の世界ではどのように存在するのだろうか。たしかに、アメリカの新世界をはじめとする空間から銀が、たとえば、スペインのセビリアに運ばれる。しかしながら、その銀や他の通貨との交換や両替をゴールドに基づく良貨によって安全・安定に保証するような流通と運用を担っていたのは、スペインの宮廷ではなく、そのパワーと結びついたジェノヴァ商人のマネーの力であった。

　16世紀のヨーロッパでは、マネーあるいはさまざまな資本家の間の協力・

第Ⅱ部 「世紀の結婚」

競争の主要な主体は、もはや以前のイタリア都市国家ではなかった。都市国家ジェノヴァ自体もジェノヴァ資本の自己拡大の拠点ではなかった。また、アントワープは、自治権をもった統治組織でも自立した企業組織でもなく、単なる取引の場所であった。アントワープの空間は、たしかにヨーロッパ世界の中心市場ではあったが、政治的には、スペイン帝国に従属した場所であり、経済的には、外国企業のグローバルな活動に左右される場所にすぎなかった。外国企業組織でもっとも重要な存在であった「同胞集団（nations）」は、それぞれに承認しあうとともに居住地の政府からも認められた「在外資本家集団（expatriate capitalist groups）」であり、厳密な意味での外国人である彼らは、在留外国人(エイリアン)として、市民に固有の自由はもっていないが自分が所属する「同胞集団」の特権によって定義される自由はもっていた。

こうした「国家横断的な（trans-statal）」資本家たち、なかでもジェノヴァの「同胞集団」が、資本主義世界の商業・通貨システムの支配的規定要因であった。ブルゴーニュ公国の文化的ならびに経済的・金融的遺産はカール5世が支配したハプスブルク帝国に継承されたが、その後、スペイン国王としてスペイン・ハプスブルクの王となったフェリペ2世が、1557年、負債の支払い停止宣言をしたことに端を発して、ヨーロッパの金融・交易システムを揺るがす5年間の危機がはじまる。その間、アウグスブルクのメディチ家と呼ばれたフッガー家の事業は破綻し、かわってスペイン帝国政府の取引銀行となったのがジェノヴァの商人＝銀行家であった。ここにブローデルのいう「ジェノヴァの時代」（Braudel *The Perspective of the World* 157）がはじまる。その支配の基盤である金融技術、為替手形の知識を存分に活用して利益を追求したジェノヴァ商人たちは、安定した計算単位である両替通貨を通じて、多種多様な流通通貨が複雑に交錯し政治的にも異質な経済空間を同質的な商業・金融空間に編制することができた。これらの「同胞集団」は、なんらかの商品取引にかかわっていたが、最大の利益は、商品の売買ではなく、為替手形による通貨交換によって得られた、つまり、為替手形の利用により同一時間で場所ごとに異なる通貨価値の差異あるいはまた同一場所で時

間ごとに異なる通貨価値の差異を利益として獲得できた（Arrighi 128; ファヴィエ 138-39）[12]。

　『テンペスト』の孤島における宮廷とプロスペロの実体なきヴィジョンの特異な時空間が奇妙な地理空間の共存を提示するように、ジェノヴァ商人のマネーは、地中海世界と新世界のどちらにも存在するようでいて、実は、どこにもないユートピアとしてしか想像できないような形式・様態で存在している。衰退する都市国家に代わって、勃興した国民国家の固定的空間の視点からみた場合に「外部的」であった商品の流れ(フロー)と決済手段は、ジェノヴァのエリート商人がビセンツォーネ大市システムを通じて管理・運用した長距離貿易と王室金融の非領土的ネットワークにとって「内部的」なものであった（Arrighi 82）。スペインや英国といった領土主義的パワーの内側で思考され思い描かれるマネーや商品の流れ(フロー)は、一瞬あらわれる幻や夢のように、いったい現実のどの場所にあるのか、また、そもそも実際に存在するものなのか、決定不可能なものとしてのみとらえることができるのかもしれない。そして、シェイクスピアのロマンス劇とスペイン帝国主義との関係についてさらなる問いを立ててみよう。ひょっとしたら、移動するユートピア空間としての『テンペスト』の宮廷は、このように、金融資本の魔術的な使用により、多様で異質な時間と空間とがグローバルに交錯する資本主義世界をその差異性と反復・拡張性を保ったまま編制することにより利益を獲得し続けた「国家横断的な」ジェノヴァの「同胞集団」の空間と、その構造と運動において相互に共約的に交換しうる表象の翻訳可能性を共有していた、と同時に、21 世紀の、「在外資本家集団」というよりは、多国籍企業を予示するフィギュアとなっているのではないか[13]。

　それはともかく、ジェノヴァの商人が、スペインの国王にとって欠かせない存在であったのは、アメリカからセビリアへの断続した銀の流れを安定した流れにかえる彼らの能力によるものだった。1567 年以降、低地諸国で戦っていたスペインの軍隊は、毎月の手当の支払いを「金貨」で要求し受け取っていたが、ジェノヴァ商人はそうした良貨による手当を実際に用立てるた

めに「アメリカの銀」を「ゴールド」に変えることができた（Braudel *The Wheel of Commerce* 524-25）。「アルバ公給料船団」事件の積み荷のなかにあったのも、ジェノヴァ商人の金融技術によって準備されたゴールドではなかっただろうか。実際、エーレンバークが指摘しているように、何十年にもわたって、フェリペ2世が世界大国の政策を実行できたのは、南米のペルー（現ボリビア）の「ポトシ銀山」ではなくて、「ジェノヴァ商人の定期交換大市」のお陰であった（Ehrenberg qtd. in Kriedle 47）。この定期交換大市のグローバルなネットワークによって、ジェノヴァ商人はアメリカ銀をセビリアから北イタリアに送り、そこで銀をゴールド・為替手形と交換し、それをまたアントワープのスペイン政府に送金して、セビリアのアメリカ銀に対する支配を彼らに与える契約（*asientos*）と引き換える（Arrighi 131）ことができたからだ。定期交換大市の場所は、最初はブルゴーニュ公国内ビセンツォーネ（ブザンソン）にあったが、1579年、イタリアのパルマにあるピアツェンツァに移動した。このように、ピアツェンツァ定期交換大市を結節点にして、アントワープ市場とアメリカ銀が運ばれるセビリアにつながる三角形のヨーロッパ世界経済のネットワークが、ジェノヴァ人の高等金融によって編制された。

　戦争の資力と兵力という観点からみれば、オランダ独立戦争において、ジェノヴァ人は、味方のスペイン人に実際の戦闘をやらせておいて、その一方で自らはセビリアに送った銀をゴールドやその他の「良貨」に変えて、戦場に近いアントワープに送ることにより、舞台裏で利益を稼いでいたことになる。この戦争がなかったならば、おそらく「ジェノヴァ人の時代」はなかった。そして、ジェノヴァ人を資本主義世界経済の官制高地から引きずり降ろしたのも、結果的にはこの同じ戦争であった（Arrighi 132）。グローバルな資本主義世界の歴史における2つの高等金融の一時的共存と激烈な競争というメタ通時的レヴェルにおいて、この抗争と矛盾をとらえ直すなら、スペイン国家のパワーと結びつきマネーをたくわえ競争力を増したジェノヴァ商人の抬頭は、商品・貨幣市場の中心取引所であるアントワープにおいて以前は協

第 6 章　英国史劇の変容と 30 年戦争

図版 14.　16 世紀後半ヨーロッパの金融と商取引のアレゴリー

力的に活動していた諸「同胞集団」間の競争を激化させた。そして、この激化した諸「同胞集団」の競争が予示するのが、ジェノヴァ体制に利用されながらそのマネーのパワーに挑戦しいずれ取って代わるオランダ体制の勃興的存在ということになる。

　英国人の「同胞集団」についていうなら、ジェノヴァ・イベリア結合の排他性が強まるに従い、その競争からこの商人・市民集団は押し出された。アントワープを拠点に活動していた有力商人・金融業者でロンドン市長の息子でもあったグレシャムは、1557 年の危機、さらにその後のオランダ独立戦争の勃発を契機に、金融面でその地位を根底から揺さぶられたアントワープから、英国の「同胞集団」を撤退させた。この危機によってアントワープと分断された英国は、その後の長い歴史的過程において、アムステルダムとの間に新たな経済同盟を結んで、繁栄の道に向かうことになる。グレシャムに刺激されて英国王室は、1560 年代のうちにすでに、アントワープへの依存を脱却し始めたという。英国王室のアントワープ市場への負債は 1560 年には 28 万ポンドであったのが 1565 年には 2 万ポンドにまで縮小した。また、「1569 年、英国と低地諸国との貿易が停止されると、英国とアントワープと

の関係は崩壊した。それは英国からいえば、アントワープの商業・金融上の影響力からの解放を意味した。商業ではハンブルクが、金融ではロンドンが、それぞれにアントワープの遺産を相続した」(Van der Wee *The Growth of the Antwerp Market* 238)。1567年、スペインから派遣されたアルバ公は新たな社会的政治的不安を抑制しようとしたが、長期的にみると、それがもたらしたのは、カルヴァン派の商人・手工業者のプロテスタント諸国への大量亡命ということであった。亡命者は主としてアムステルダムに向かったらしい。もちろんこうしたアントワープの衰退は誇張されているという説もあるが、国際商業の重心がアムステルダムやロンドンに移っていくという趨勢が生じたことは否定できないようだ(Van der Wee *The Growth of the Antwerp Market* 222)。

　本書がスペイン帝国主義の欲望をシェイクスピアのロマンス劇に探ろうとするのは、人びとの物質的・実体的生活の基盤となる生産と交換と労働のグローバル／ローカルな分業体制に注目してみたかったからである。『テンペスト』が表象する英国帝国主義の問題はひとまず括弧に入れることにして、このロマンス劇とスペイン帝国主義との関係は、領土主義的な拡張と物質的獲得を求めるアロンゾの裸形の欲望のみによって規定されているわけではない。君主の座を簒奪したアントニオの黒幕アロンゾとは対照的に、プロスペロが新大陸アメリカをあらわすバミューダから手にするのは、仮面劇のヴィジョン同様やはりはかなく消える「露(dew From the still-vexed Bermudas)」(*Tem* 1.2.228-29)である。そして、このような物質としての宝物や領土の代わりに、あたかも両替通貨・為替手形などの金融技術のグローバルな活用・運用によって産み出される利益とさらに再投資し続けられる資本のように、実体のない存在＝露を欲望するプロスペロは肯定されている。プロスペロが新世界アメリカから露だけを欲望し入手する行為は、ゴールドとは異なる露のような非物質的で実体をもたずに存在するモノを支配しマネージメントしようとする英国の帝国主義が、単純に領土拡張主義的でも全体主義的ではない王権パワーのあり方と関係があったのではないか。

『テンペスト』における旧ヨーロッパの地中海世界と新世界につながる大西洋世界との共存や二重性が指し示すのは、地中海を拠点にしてゴールドや金融資本を媒介に商業・貿易に関与するジェノヴァ商人のマネーと新世界の銀などの資源を植民地主義的に搾取するスペイン帝国のパワーの結びつきをあらわしている、と同時に、2人の君主の子供たちである若い男女の結婚を魔術的な宮廷で祝うシェイクスピアのロマンス劇のユートピア空間には、大陸から撤退した英国がひそかに抱く未来の大英帝国への欲望や野望もまた「重ね書き」されているのではないか。この意味でこそ、シェイクスピアのロマンス劇における宮廷の表象は、移動するユートピア空間にほかならない。

　このように、エリザベス朝・ジェイムズ朝の時代に至る前史を、ブローデルの「ジェノヴァの時代」（1557-1627年）と「長い16世紀」というより大きな政治・経済関係のパースペクティヴから確認しておくことが、まずは、重要だ。エリザベス1世とジェイムズ1世の治世は、「ジェノヴァの時代」に相当する。と同時に、アリギによれば、資本蓄積システム・プロセスにおいて、ジェノヴァ体制からオランダ体制へと移行した時期でもあった（Arrighi 188-89）。シェイクスピアのロマンス劇は、こうした移行期を文化的に表象するテクストであるとするなら、英国史劇からロマンス劇へのジャンルの変容の問題、すなわち、資本主義世界における諸生産様式の表象システムのさまざまな記号体系の重層的な再編の過程も、ジェノヴァ体制からだけ読み解くのではなく、次のセクションで論じるように、それと共存・競合したオランダ体制との関係性、とりわけ、カトリックのスペインからオランダのプロテスタント、商人、市民たちが独立を求めた叛乱から起きた30年戦争という歴史的出来事によっても解釈されなければならないだろう。

4　嫉妬する男たちとオランダの世紀
　　——熱狂または情念のマネージメント

　英国王ジェイムズ1世の王女エリザベスとプファルツ選帝侯フリードリッ

第Ⅱ部 「世紀の結婚」

ヒ5世との結婚が、1613年、ホワイトホール宮殿の礼拝堂でアボット大司教により執り行われた。そして、そもそも、この結婚を祝う出し物としてホワイトホール宮殿で上演されたのが、シェイクスピアの『テンペスト』とチャップマンの仮面劇であった。もちろんエリザベスの結婚は、ジェイムズ1世の外交政策の一環であり、プロテスタント勢力のリーダーであるプファルツ選帝侯との同盟を結ぶ英国の立場を明示するはずのものであった。

フランセス・イェイツのいささか単純な歴史反映論的な解釈によれば、「とにかくひとつのことは明瞭であるように思えた。それは、ジェイムズ1世がついに自分の娘エリザベス王女をドイツ・プロテスタント貴族の連合の指導者に嫁がせることで、あたかも彼がとうとうその側を支持するよう決心したかのように見えたことであった。エリザベス女王の伝統を熱烈に支持していた者たちは狂喜した」(Yates *Shakespeare's Last Plays* 32)。つまり、かつてのエリザベス朝時代を彷彿とさせる結婚の行事の様式にだけでなく、カトリック反動勢力と結託したハプスブルク家の攻勢に対抗するヨーロッパの支柱となっていた亡きエリザベス女王時代の政策が、再びここに蘇ってくることに、ロンドン中が湧きかえった、ということになる。

たしかに、この結婚の宮廷祝祭として、チャップマンの仮面劇や『テンペスト』にみられたカトリックのスペインあるいはジェノヴァ・イベリア連合のマネーとパワーのイメージを単純に拾うことができない劇も上演された。たとえば、同じシェイクスピアが書いた『冬物語』は、むしろカトリックとプロテスタントの想像的和解を描いているようにみえる。また、これは悲劇のジャンルに属するテクストだが、『オセロー』は、欲望の対象である地中海をめぐり抗争するヴェネツィアとオスマン・トルコの対立図式のなかに、ムーア人の傭兵オセローをめぐって、曖昧で微妙なスペイン性を帯びたイアーゴーを登場させている。

とはいえ、ジェイムズ1世の英国外交政策を固定した反カトリック、反スペインのプロテスタンティズムとみなし、その反映をこれらの祝祭的な劇場文化に見出そうとするのは、還元主義にすぎるであろう。プロテスタント

第 6 章　英国史劇の変容と 30 年戦争

勢力のリーダーと英国王女との結婚は、プロテスタント勢力の結集と期待されたのだが、実際の歴史的進展においては、そのような大同盟は十分に実現されなかった。ボヘミア王となったプファルツ選帝侯は、英国王ジェイムズ1世の援助をえられなかったばかりか、同盟者であるはずのドイツのプロテスタント君主たちからの援助もなく、1620年プラハ郊外の白山の戦いで皇帝軍に決定的な敗北を喫したことで、ボヘミア国内からの非難の声も上がり、ボヘミアの冬の王とその妃と子供たちは逃亡せざるをえなくなった。さらにプファルツ領内も、スペイン側のハプスブルグ家の軍隊に侵略・占領されその領土は没収されることになる。帰る故郷を失ったボヘミアの冬の王は、家族とともにオランダ、ハーグに逃亡を余儀なくされ、そこで亡命宮廷を営むこととなる。

　そもそも、ジェイムズ1世がとった外交政策は、必ずしもプロテスタント勢力の大同盟でもなければジェイムズ1世自身がそのリーダーになることを企図したものでもなかった。ジェイムズ1世は、別の結婚政策を通じて、プロテスタント勢力と対立するスペインとの同盟も同時に望んでいたからだ。オランダ独立戦争あるいは30年戦争の原因といわれるスペイン・ハプスブルク家の弱体化は、まずは、ハプスブルク帝国の周辺地域であるラインラント、サヴォワ、ミラノなどでの紛争に徴候的にあらわれたあと、1618年、神聖ローマ皇帝フェルディナントに対してボヘミアで新教徒の乱が起きたとき、危機的状況に突入するが、ジェイムズ1世がそうした状況においてとったのは、プロテスタント大同盟ではなく、平和政策だった。そして、ジェイムズ1世の平和外交政策は、絶対王政を擁するヨーロッパ王朝国家間の女の交換、すなわち、結婚政策として実践されたのであり、具体的には、1604年以降、ヘンリー皇太子をスペインの王女ないしスペインの影響下にあるサヴォイ家の王女と結婚させ、王女エリザベスの方をプロテスタン国の王子に嫁がせる計画が検討された。

　たしかに、一方でスペイン、カトリック側と結婚させ、他方でプロテスタント側へ嫁がせるといったやり方に、ジェイムズの平和主義あるいは宥和的

第Ⅱ部 「世紀の結婚」

図版15．1519年のヨーロッパ．

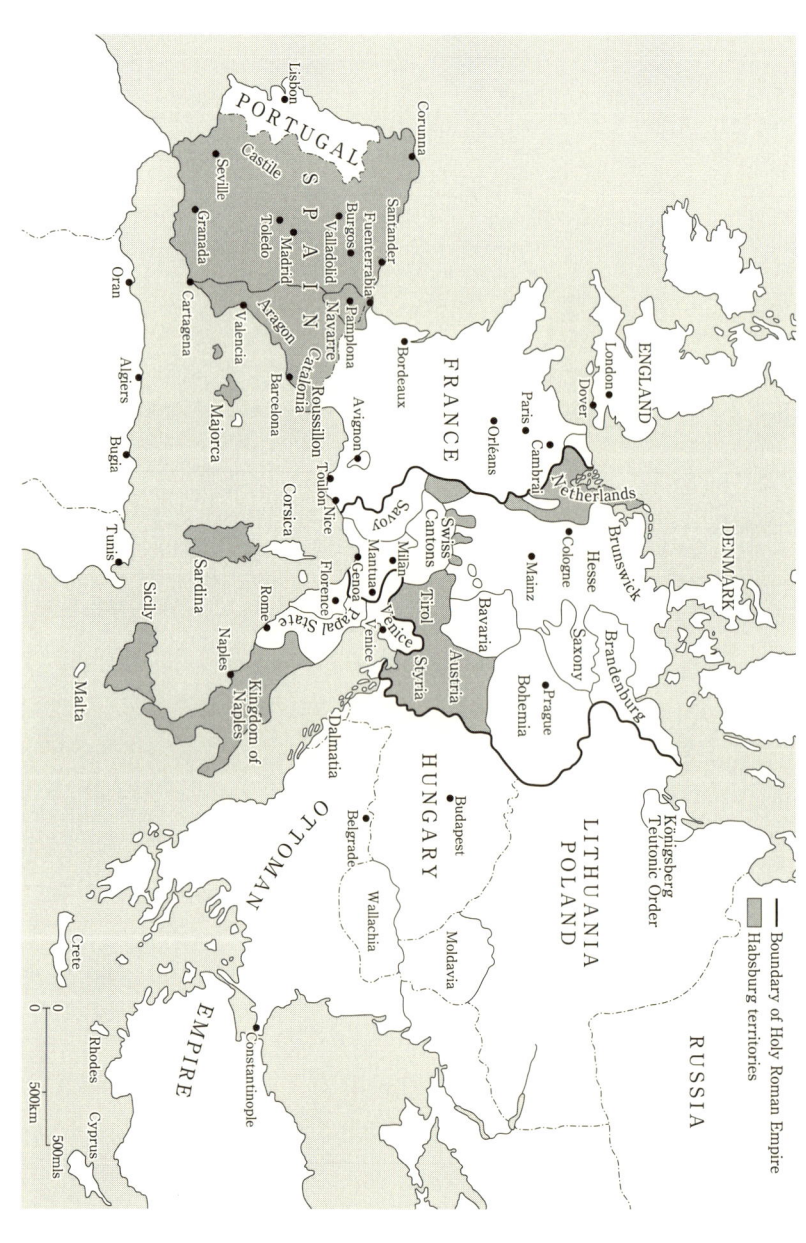

第6章　英国史劇の変容と30年戦争

図版16. オランダ独立戦争後の低地諸国　1609年にスペインとの間に休戦条約が結ばれた

図版17. オランダ独立戦争　1585年当時スペイン勢力に抗戦する低地諸国のプロテスタント兵士たち

第Ⅱ部 「世紀の結婚」

外交政策が表現されている、といえよう。オランダの反乱をはじめ長老派教会主義によっても脅威にさらされたヨーロッパ世界の社会秩序、王権の正統性の保証、費用のかかる大陸での戦争からの撤退、そしてなによりも、スペインからの豊富な持参金により国内の財政難を切り抜けることを、スペインと絆を結ぶことにより可能にしようとしたのだ。ヘンリー王子の死後、チャールズ王子がスペインの王女インファンタ・マリアと結婚すること、つまり、交換される女と引き換えに英国王室にもたらされるはずの持参金 ("the Infanta's dowry")をあてにして、その結婚政策が追求された (Cogswell 114)。

だが、このヨーロッパ大陸の戦争に巻き込まれ多大な資金と兵力を必要とすることから何とか逃れようとする中庸を狙ったどっちつかずの政策は、英国王ジェイムズ1世の娘婿プファルツ選帝侯がボヘミアの王冠を受けたあとすなわちボヘミア戦争勃発後、広範囲の地主階級の臣下たちからの反発を引き起こすことになったし、この反発は、スペインとの結婚成立と引き換えにカトリック教徒が容認されその勢力が強まることを危惧した勢力とともに、さらに高まった。カルヴァン派支持層はスペインとの結婚政策を公然と批判した。国王はスペイン結婚政策により寛容な反カルヴィン派聖職者を支持するなどして制圧を試みたが、アボット大司教らの権力によって彼らが振るうことを期待された影響力は制限された。カルヴァン派などプロテスタントを支持した勢力は、ロンドンの市民に対してもプファルツ選帝侯を擁護する募金キャンペーンのための同盟を結成した。この結果、これまで長きにわたって保たれてきた国内の英国国教会におけるカルヴァン派と反カルヴァン派のバランスが脅かされただけではない (Cogswell 112-22; Adams 93-97)。こうした勢力均衡の崩壊の危機に劣らず重要なのは、ジェイムズ1世の宮廷とロンドンのシティの商人たちとの絆に亀裂が生じ、さらなる対立に発展する危機の契機が出現したことだ。オランダ独立戦争において、スペイン側に立つということは、フランスに対抗するためにエドワード4世が結んだような、ブルゴーニュ公国との同盟関係を維持することを意味する。かつての

第 6 章　英国史劇の変容と 30 年戦争

公国内の低地諸国が反乱を起こしたということは、シヴィック・パジェントリで象徴的に結ばれた君主と市民との同盟関係がもはや成立しなくなっていたということなのだ。

　ジェイムズ 1 世とロンドンのシティの市民との絆あるいはそうした同盟を可能にしたさまざまな権力・諸力のバランスを突き崩す決定的な規定要因となった 30 年戦争とは、なんだったのか。そしてまた、そのヨーロッパ資本主義世界の大転換をもたらすことになったスペイン勢力・皇帝フェルディナンドとオランダ勢力・プファルツ選帝侯との間の長期の戦争は、なぜボヘミアで起こったのか。これらの問題は、ジェノヴァ体制とオランダ体制との共存・競合関係によってさらにどのように重層的に規定されていたのだろうか。

　神聖ローマ帝国の領内では、プロテスタント連合とカトリック連盟とに分かれた諸侯らの間に、アウグスブルクの宗教和議以降も対立が絶えなかった。ボヘミアでは、1575 年マクシミリアン 2 世の統治下フス派の主流、ボヘミア同胞団というフス派の分派、そしてルター派のプロテスタントの 3 集団が共同で「チェコ人の信仰告白」を発表し信仰の自由を宣言した。その後ルドルフ 2 世が 1609 年に発行した「国王書簡」によりこの告白は正式に承認され、ボヘミアではほぼ完全な新教の自由が得られたのだが、1617 年、ルドルフ 2 世を継ぎボヘミア王を兼任した神聖ローマ皇帝マティウスが、次代の王に熱心なカトリック教徒である親族ハプスブルク家のフェルディナンドを任命したことが物議を醸すことになる。フェルディナンドが、宗教的に寛容な政策に終止符を打ち、ボヘミアの教会弾圧をはじめたからだ。このようなフェルディナンドの弾圧に対して叛乱が起こり、ボヘミア貴族たちは王冠をプロテスタント陣営のリーダーであるプファルツ選帝侯に託すことにしたのだ。プファルツ選帝侯は、オランダ総督オラニエ公ウィレム 1 世の孫であった。そして、スペインを後ろ楯としたフェルディナンドの軍がこのボヘミアの叛乱を鎮圧すべくボヘミアに侵攻することで、全ヨーロッパ規模の戦争、30 年戦争へと発展するボヘミア戦争の始まりが印しづけられる。地政学的な空

第Ⅱ部 「世紀の結婚」

間配置をみるならば、カトリックのスペインならびにフェルディナンドの領土主義をそれと結びつき財政的に支えたジェノヴァ商人のマネーが低地諸国のアントワープならびに北イタリアのミラノまでつながっている。他方、プロテスタントのオランダはこれに対抗するためスペインとこれら 2 つの都市を結ぶドイツ・フランスの国境沿いの陸路のルートの要所にある領土を所有するプファルツ選帝侯と同盟関係を結ぼうとしていた。つまり、ジェノヴァ体制とオランダ体制のそれぞれの諸力がぶつかる空間がプファルツ選帝侯の領土とボヘミアであったのだ。

　オランダの独立を勝ち取るための戦争は、1566 年アルバ公のスペイン軍隊が課税を目的として低地諸国占領のため派遣された時に始まるが、反徒のオランダ人は、海上戦略にたけ巧妙に税金逃れの手腕を発揮し、さらに海賊行為と私掠船により、スペイン帝国から逆に財政的にも搾り取ることになった。英国の海賊行為はその後追いにして二番煎じだったのかもしれない。それはともかく、このようなオランダ人たちの抵抗と巧みな戦術により、30 年戦争の終結までにスペイン財政に大きな穴があくことになった。オランダ勢力が強大化するのと反対に、スペイン勢力は絶対的に衰退し始め、カトリックの盟主としてヨーロッパに君臨した覇権あるいはパワーもフランス、英国に対してすら弱まるようになった。ヨーロッパの「同胞集団」間のマネーをめぐる競争に勝利し、オランダ独立戦争でも舞台裏で利益を稼いでいたジェノヴァ商人であったが、16 世紀から 17 世紀への移行期に取引総額、市場の弾力性、投機の自由を誇ることになる常設証券取引所が開設（1602 年）されて、「北のヴェネツィア」だけでなく「北のジェノヴァ」ともなったアムステルダムは、ジェノヴァの大市を押さえて、ヨーロッパ全体から遊休貨幣・信用の需要・供給を引きつける力を急速に増大させた。言い換えれば、30 年戦争が決着をつけたオランダ独立戦争にはじまる長い闘争とは、経済的にみるなら、1579 年ピアツェンツァ大市システムの確立によってヨーロッパ資本主義世界経済における覇権を握った高等金融ジェノヴァ商人に挑戦した、オランダ商人の金融戦争にほかならなかった（Arrighi 127-44）。

オランダ商人は、ローカルな領土主義的組織オラニエ家との有機的な交換・同盟関係を結び、経済的資本主義と領土主義の諸利点を北イタリアの都市国家のどこよりも効果的に統合した北部 7 州連合（the United Provinces）という政府組織を形成した。オラニエ家が戦争遂行と国家形成（特に陸上での保護の保証）をおこない、商人階級が流動性、商取引の知識、および人脈を提供した[14]。オランダの高等金融と世界に伸びる通商がアムステルダムへ集中することによりもたらされる利益の受取人であると同時にその集中を再生産し維持し続けるための道具でもあったのが、特許会社（chartered companies）である。「特許会社、とりわけ東インド会社の株式への投資と投機は、アムステルダム証券取引所が最初の常設証券市場として立派に成長するうえで、唯一の最重要の要因であった」（Arrighi 139-40）。17 世紀を通じて、1602 年に特許を受けたオランダ東インド会社が、この最もすばらしい成功例であったし、英国人は、この成功に倣うのに 1 世紀を費やし、それを乗り越えるのにさらに長い時間を必要とした（Braudel *The Wheels of Commerce* 448-50）。

　だが、英国の東インド会社も 1600 年に特許を受けていたし、カトリックの指導者スペインとの貿易を優先するスペイン会社やレヴァント会社のようなロンドンの商人社会のエスタブリッシュメントとは別に、すでに述べたように、ヴァージニア会社のような株式会社も新興勢力として勃興しつつあった。ここでは、すでに部分的に論じた『テンペスト』ではなく、もうひとつ別のロマンス劇を取り上げ、ジェノヴァ体制からオランダ体制への移行という視座からその解釈を試みてみたい。

　『冬物語』は、シチリア王リオンティーズという嫉妬する男の姿をロマンス劇の形式で物語るテクストである。『テンペスト』には未だ残存していた王権の簒奪と継承をめぐる戦いの主題はほとんど物語の表面から消し去られたこの芝居では、親友も妻も世継ぎも失ったシチリア王リオンティーズの嫉妬（sexual jealousy）という個人的で「心理学化」された情念（passion）、すなわち、資本主義世界にあらわれた合理的に計算可能な利益でもなければ

第Ⅱ部 「世紀の結婚」

宗教的熱狂に駆られた血みどろの聖戦でもないものが前景化されている。そのプロットを図式的に示せば、以下のようになろうか。親友ボヘミア王ポリクシニーズと自分の妻ハーマイオニとの間の不義を疑い嫉妬に狂ったシチリア王リオンティーズが、ポリクシニーズの殺害をたくらみ、ハーマイオニを死に至らしめるが、親友も妻も世継ぎの子供も失ったことを反省し、最後には、ポリクシニーズとも和解し、死んだはずのハーマイオニと再び結ばれる物語である。ただし、シチリア王夫妻の再結合や男の友人との和解があらわす古い世代の対立と解決には、英国史劇や『テンペスト』におけるジェンダーと世代の表象にもみられたように、若い世代の関係がメインの物語を代補するように付け加えられている。すなわち、シチリアの王女パーディタとボヘミアの王子フロリゼルとの結婚。この若き王子・王女の愛による絆が、シチリアとボヘミアとの同盟関係を保証するのであり、若い世代の結婚を通して古い世代の対立・争いが和解に導かれる希望がユートピア的に投射されるのが、このロマンス劇の枠組みとなっている。『冬物語』における嫉妬と三角関係をめぐるシチリアとボヘミアの対立とその結末における異なる世代を横断する和解の意味は、30年戦争に至るヨーロッパの宗教的・政治的対立の想像的解決として解釈する可能性を示唆しているようにみえる。

　初期近代の劇場文化における女性の表象、たとえば、不倫を疑われたハーマイオニの意味を、宗教的に穢れを浄化するカトリックの儀式の世俗化という観点から読解してみるのも無意味ではないかもしれない（Greenblatt 129-46 特に 132-33）。世俗化された儀式は、通常主要な男性キャラクターが女性の身体に対して抱く嫌悪によって中断される。『冬物語』においては、シチリア王リオンティーズの嫌悪は、王妃ハーマイオニの妊娠によって奇妙なかたちでまず引き起こされるが、さらに妻の胎に宿る命が自分の子だとは保証できないという疑いから生まれる嫉妬は、儀式のどのような力によっても浄化できない。嫉妬という情念に憑りつかれたかのようなリオンティーズは、親友の友情をも疑いの対象とし、妻と子を死に追いやり赤子の命を奪うよう命じるなどして自らの名誉やその王権を汚してしまったが、結末の和解

の場面において、シチリア宮廷で貴婦人ポーライナが差配する世俗化された儀式によって浄化される。ここでは、女性を穢し社会から排除したのち最終的には新たに再生した共同体に迎え入れられる儀式の形式は、ジェンダー関係すなわち男女の役割を転倒したものになっている（Greenblatt 132-33）。

　『冬物語』において、王の罪が許されその清められた王国も新たな豊穣を約束されるために必要なのは、ポーライナがシチリアの宮廷で導入する自然の創造的・治癒的な力と一体化したアートである。これは、シヴィック・パジェントリの文化空間への翻訳にほかならない。この劇で重要なのは、不倫・謀反の罪を着せられて魔女の烙印を押され死者の世界に消失したはずのハーマイオニにまるで生き写しの彫像が、この世の現実に蘇り動き出す場面である。「楽師たち、像をお起こしして。さあ、時間です、台から降り、石であることをおやめください。さ、こちらへ。みなさまを驚かせるのです」（*Win* 5.3.98-100）というポーライナの指示・指揮に応じて、生の世界へ帰還したハーマイオニが台からおりる。「ほら、動きます。あとずさりなさってはいけません、これから神聖な行為がはじまるのです、私の呪文もそうでしたから」（*Win* 5.3.103-5）。1604 年のジェイムズ 1 世のロンドン入市の際、門の隙間に設えられた彫像が王の到着とともに動き出してスピーチをおこなうという仕掛けは、石にすら命を吹き込む力を有するあらたに戴冠した王を称揚するものであった（Dillon 137）。同様の宮廷と市民の結びつきによって、『冬物語』のこのアートの場面を解釈することができるかもしれない。

　死者の蘇生あるいは異なる時空間の世界を横断する存在の交換をおこなうポーライナの文化的象徴行為は、『テンペスト』でプロスペロもおこなう魔術のイメージに結びつけられているが、それは、「悪魔の力（wicked powers）」や「悪魔のビジネス（unlawful business）」ではなく、リオンティーズ王によって認められた「魔術（magic）」というよりは「食事をとること同様正当なアート（an art Lawful as eating）」として表象されている。このように魔術のイメージは何度か喚起されるが、このアートは、ジェイムズ 1 世のロンドン入市の仕掛けと同種類のものであり、むしろ地上の

第Ⅱ部　「世紀の結婚」

王国の類比となる天上の宇宙的秩序を象徴する音楽に近い。『冬物語』がデウス・エクス・マキーナとして準備したアートは、実際には、ルネサンス文化に由来し30年戦争の時代に問題となる魔術でもなければ、彫像を製作したと噂されたイタリア人芸術家ジュリオ・ロマーノの狭義の芸術とも異なるものだ。さらに、この宗教的儀式や魔術に代わるアートというシヴィック・パジェントリの政治文化あるいはヨーロッパ宮廷文化から転回した市民・商人のそのパワーとマネーの力は、断片化され転位された表象形式によってではあるが、リオンティーズの宮殿の前で王族たちがとる夕食を話題にする3人の紳士たちの言語による報告・伝達に見出すことができるかもしれない。彫像の場面の直前に、これらの宮廷へ出入りを許された紳士たちの会話が挿入されて、シチリアの世継ぎであるパーディタの発見と父娘の再会の顛末が報告される。「私には断片的な話しかできません。ただ、そのとき王とカミローのお顔にあらわれた変化はまさに驚嘆そのものでした。……お2人の沈黙には雄弁が、身振りには言葉があったのです。まるで世界が救われたか、滅ぼされたか、といった話をお聞きになったかのような表情としか言いようがありません」(*Win* 5.2.9-19)。最後に、パーディタがリオンティーズ王の姫であることが証拠によって疑いなく証明されることが、紳士たちのひとりであるポーライナの執事によって伝えられる。ここでこの芝居の結末をなす情報を提示するのが名もなき紳士たちであるのは興味深いが、さらにこの紳士たちのスピーチの上演に、王子フロリゼルの船に同乗しボヘミアからシチリアの宮廷へ移動してきた行商人オートリカスが付け加わっていることの意味は小さくない。海のないボヘミアに「難破して」たどり着いた赤子のパーディタを救い育てた羊飼いの親子をフロリゼル王子の船に乗せてシチリアまで連れてきたり、パーディタの正統なる出自の証拠品についての情報を王子に知らせたりしたのが、この結末近くの場面ではすっかり「改心 (amend)」(*Win* 5.2.154) してこれまで働いた罪の赦しを請うオートリカスだった。だが、こころならずもよいことをすることにより、羊飼い親子に幸運をもたらすだけでなく、「世界を救」うような「驚異」であるボヘミアの王子とシチリア

の姫のめでたき結婚を裏方としてプロデュースするこの行商人は、そもそもどのような悪行をおこなったために「改心」することになったのであろうか。

『冬物語』における宮廷祝祭の表象に対応するのは、ボヘミアのポリクシニーズの宮廷ではなく、12人のサティルスたちが踊る羊の毛刈り祭の牧歌的空間である。この祭りに参加するのがフロリゼルと羊飼いの娘に身をやつしたパーディタであり、前者が継承権をもつ王権と交換に愛を贖うという求愛が上演されるのも羊飼いの小屋である。「羊飼いの娘ではない、4月のはじめに姿をみせる花の女神フローラだ、きみは。この毛刈り祭というのはかわいらしい神々の饗宴のようだ、そしてきみはその女王なのだ」(*Win* 4.3.2-5)。この2人の性的結びつきは、すでにみたいくつかのアートとはさらに異なる選択肢を示唆しており、ポリクシニーズは「野育ちの幹に育ちのいい若枝を結婚させること」によって「卑しい木に高貴な子を宿らせる」とコメントする。自然の創造力とはいったんは区別されむしろその力を取り込む人工的なアートとしての接ぎ木のイメージが提示されているわけだが、ボヘミアの牧歌的空間における結婚とアートは、たがいに実を結び成就することはない。『冬物語』の上演は、最終的に、石の彫刻に生を吹き込み蘇生させるアートを前景化することにより、「野育ちの」「卑しい」階級と「育ちのいい」「高貴な」階級との結合のアレゴリーとなっている接ぎ木のアートの方は周縁化してしまう。

この毛刈り祭の場面においてすら、若い2人の牧歌的求愛や結婚の代わりに、むしろ、非日常的な祝祭の時空間に乗じてペテン師のような行商をおこなう男オートリカスが舞台上で注目をあびる存在であり、このコソ泥男のカモとして登場するのが、パーディタの育ての親の羊飼いの息子、パーディタの義理の兄にあたる道化である。道化は、羊の毛を刈る労働者のなかにいる讃美歌を歌うピューリタンに言及しながら、羊の毛刈り祭のための買い物メモには、以下のような商品を列挙している。お祭りの空間は、熊いじめの見世物が提供されるだけでなく、市(フェア)の契機でもあったのであり、さまざまな商品と貨幣が交換された。こうして、道化は、羊からとれる羊毛と通貨とを

第Ⅱ部　「世紀の結婚」

換算する計算もできないくせに、毛刈りの祭りに合わせて「香辛料（spices）」(Win 4.3.116) を買いに行く。「砂糖が3ポンドだろ、干し葡萄が5ポンドだろ、それに米か……サフランも買わなくちゃな」(Win 4.3.37-46)。ただし、ボヘミアの祝祭と市(フェア)には、資本主義的な交換と商取引を駆動する野蛮で野性的な欲望の裸形の姿も出現する。道化は、追いはぎに金も着物も奪われたとひと芝居うつオートリカスに、財布をすられる。この収穫を手始めにもうひと稼ぎし羊毛を刈る労働者たちからさらなる搾取をもくろむ、強盗というよりは浪々の身のこのコソ泥は、「香辛料を買いそろえるにはふところがさみしいんじゃないかな」(Win 4.3.118-19) とうそぶく。悪徳のせいで奉公していた宮廷から叩き出されその後賭博と売春宿の商売に手を出してひと儲けしたり猿回しや執達吏など怪しげな職業を転々としたことのあるこの追いはぎ泥棒のかつての悪徳商売こそ (Win 4.3.23-68)、馬に乗って激しい戦をするかにみせるインチキな「武勇の士」(Win 5.2.164) のイメージにも結びつけられる、行商人オートリカスの姿とそのビジネスの表象にほかならない。

そもそも、道化のふところにあったお金は、国外に追放され難破したパーディタ姫に付き添ったポーライナの夫アンティゴナスが用意したものであった。これを元手にパーディタを見つけて育てた羊飼いの父親は、無一文からたちまち想像もつかぬ大金持ちになり、いずれは小作農や自由土地保有者 ("boors and franklins") を超えて「ほんものの紳士 (a true gentleman)」に階級上昇することになる (Win 5.2.124-74)。だが、ボヘミアの羊毛や土地あるいは国外の豪奢品と交換可能なこのシチリア宮廷由来の資本は、ジェノヴァ商人のマネーの断片的記号として、コソ泥オートリカスの獲物・標的ともなっている、もっともここでは海上での海賊・私掠行為ではなく陸上での山賊・略奪の表象に転位された形式となっているが。

ボヘミアの商人を断片的に表象するオートリカスは、イタリアの商業都市ヴェネツィアで雇用され知的労働に従事する『オセロー』の2人のキャラクター、フィレンツェ出身の将校キャシオーやスペイン性を帯びた軍人イアーゴーと比較することができる。シェイクスピアの悲劇『オセロー』も、

第 6 章　英国史劇の変容と 30 年戦争

リオンティーズと同じく、ヨーロッパ白人の妻デズデモーナの不倫への疑いと嫉妬という情念をマネージメントできずにヴェネツィアの将軍から没落・破滅するムーア人傭兵の将軍の物語である。『冬物語』において嫉妬と三角関係をめぐるシチリアとボヘミアの対立とその結末における和解は、プロテスタント対カトリックのイデオロギー対立を演出し、その想像的解決を試みているとするならば、30 年戦争の「和解」において排除される要素を、もうひとつの嫉妬する男の劇『オセロー』は、ある程度明確なかたちで提示しているのではないか。

　この悲劇は、一見すると、オセローとキャシオー（あるいはイアーゴー）との間で交換可能性を秘めたデズデモーナという女性身体をめぐる嫉妬のようだが、政治的なテーマとなっているのは、仕事や地位をめぐる男同士のライヴァル関係だ。そして、問題を引き起こすのが策士イアーゴーのマキャヴェリ的権謀術策あるいは言葉の魔術であるなら、『冬物語』におけるようにそれを解決するというよりはその肯定的な代案を具現するのが、オスマン・トルコと対峙しながら地中海を欲望するヴェネツィアの軍事的拠点であるキプロスにおけるオセローの地位あるいはパワーを継承したキャシオーである。彼は、全権を委任された将軍・総督として、悪人イアーゴーの「裁き」の任職を担う、つまり、国家の秩序維持のための司法権を行使する役割をになう。

　「フィレンツェ人（One Michael Cassio, a Florentine）」キャシオーは、しかしながら、そのような「ナショナル」な政治的・法的パワーにのみ結びつけられているわけではない。副官をめぐるライヴァルであるイアーゴーによれば、彼は「算術使い（a great arithmetician）、借方・貸方（By debitor and creditor）を帳簿に記載する（the bookish theoric）おしゃべりだけの（軍人としての）実践ぬき（Mere prattle, without practice, / Is all his soldiership）」と否定される（*Oth* 1.1.19-32）。このような借方・貸方を帳簿に記載する男のイメージは、資本主義世界の金融技術あるいは商業取引のシステムの記号として機能しているように思われる。英国では、商品そのものではなくて、証書の取引つまり借方・貸方が記載された帳簿による

第Ⅱ部　「世紀の結婚」

取引は、英国人ではなく、イタリア人やフランドル人あるいはユダヤ人といった外国人によって行われていた。こうした取引に対して、「大陸の銀行家の邪悪な陰謀だ（a sinister conspiracy of continental bankers）」(de Roover *Gresham* 179) と批判的だったという。だが、1580年代頃には、英国人も、この外国の金融取引方法、すなわち、外国取引に用いられる貸方と借方の新たなシステム（商人間の決済に用いられる手形や証書を含む）を取り入れ、レヴァント会社のような株式会社の設立に着手していた（Vitkus *Turning Turk* 172）。キャシオーには、グローバルな金融・商業のイメージにも結びつくフィギュアとして肯定的に表象される可能性が秘められていた、ということだ。言い換えれば、テクストの最後において、グローバルな傭兵オセローを継承するフィギュアは、グローバルな金融・商業のイメージと、グローバルな金融・商業を取り入れる（ナショナルな）国家官僚に結びついている、という解釈にもひそかに開かれていたのかもしれない[15]。

『冬物語』と同様の嫉妬する男の劇でありながら『オセロー』が和解にいたることなく悲劇として幕を閉じるのは、女性キャラクターによる浄化の文化的象徴行為がなされないからである。『オセロー』においては、魔術やアートは、自然の法にではなく、権謀術策を操る策士イアーゴーという悪役、あるいは、悪役ではないが計算や勘定のイメージを担うキャシオーに結びつけられているために、オセローも許し清められることなく、排除されることになる。スペイン帝国の領土主義・拡張主義と空間的な距離を保ちながら政治的な一体化によらないパートナーシップを組んだジェノヴァ商人と共存・競合したオランダ体制すなわちオランダという国民国家の空間にパワーとマネーが合体した北部7州連合が勃興する歴史的契機において、嫉妬する男たちの熱狂または情念のマネージメントが適切にフレキシブルになされるかどうか、これがその社会や国家を具現したキャラクターの命運を決定する、ということだ[16]。

さて、『冬物語』の解釈に戻るならば、この劇テクストのアクションはシチリアからボヘミアへ移動し最後にシチリアへ帰還して終わるが、イメージ

の図式は嫉妬、老い、不毛のイメージに満ちたシチリアと愛、若さ、豊穣を象徴するボヘミアによって構造化されている。しかしながら、この2つの世界の差異あるいは象徴イメージの二項対立が想像的に解決される空間はシチリアの宮廷となっているのであり、単純に、ボヘミアが肯定されていると解釈することはできない仕掛けによって構造化されてもいることがわかる。むしろ、両者の異質で矛盾を孕んだ世界の和解と平和を成就するために、宮廷において嫉妬と争いを仲介・媒介する女性存在のアートを代補する、勃興するジェントリ階級の断片的イメージと結びついたボヘミアあるいはオランダ商人のはなはだしい変更・修正をともない転位され矮小化された記号、オートリカスが存在している。たしかに、『冬物語』というロマンス劇は、世俗的な市民の儀式に翻訳したアートを用いて、王権存続の危機を引き起こしたシチリア王リオンティーズの罪を許す物語にほかならなかった。だが、このロマンス劇の物語は30年戦争あるいはジェノヴァ体制からオランダ体制への移行のアレゴリーともなっているのであり、清らかに再生した妻・妃としてシチリア国王リオンティーズを抱擁するだけでは不十分な表象にとどまる。言い換えれば、劇テクスト『冬物語』は、嫉妬する男の情念を適切にマネージメントするだけではなく、自由な投機に転回される金融資本のダイナミックな拡大・再生産も何らかのかたちで上演しなければならない。こうして、フロリゼルとパーディタの結婚が予示されて、その絆を媒介にして結び直されるボヘミアとシチリアの和解とヨーロッパの平和が指し示される必要があったのである。2人の国王の実りある肯定的な関係性の再発明・再生産には、ぜひとも、自然の創造力にも匹敵するような野性的でアクティヴなエネルギーに溢れているものの否定的に脱中心化されたオートリカスとその野蛮な市場における商取引と通貨の交換こそが、表象されなければならなかったのである。

5 エンクレーヴとしての宮廷と歴史の表象
――ヨーロッパ世界経済の決定的な転換

　『冬物語』におけるシチリア王と『オセロー』におけるムーア人の傭兵隊長、つまり、資本主義交換システムによってマネージメントされるべき熱狂・情念を具現した嫉妬する男たちの姿は、『テンペスト』においても別のかたちで表象されている。魔術に熱狂的に夢中になりミラノ大公の領土権・統治権を奪われるプロスペロは、ほぼ同種類の熱狂を表現している。天上の神や外界の聖なる君主への衆人環視というより、むしろ、人間の内側にある心理にある何らかの対象に、客観的に計算可能な利害・関心というより、まるで神に憑依されたかのようにとらわれその熱烈な感情・情念をあらわに表現し反応しているプロスペロの姿が、この物語の始まりの前の時空間に前提されている。そして、シチリア王リオンティーズのように、そのような魔術への熱狂をなんらかのかたちで克服しミラノ公国に君主として帰還し、その復位と新たな統治・繁栄を若い世代の結婚によって象徴するのが、『テンペスト』という劇テクストの基本的図式といっても差し支えなかろう。

　ただし、帰るホームがすでにスペイン帝国主義の領土となり実際には帰郷することができないという矛盾を抱えたプロスペロやアロンゾとは違い、この島にとどまり王となって統治しようとする人物がいる。ナポリ王アロンゾの老顧問官ゴンザーロは、君主の存在をなくすために王になる。イタリアの君主たちとは別の矛盾が、この老顧問官のフィギュアには書き込まれている。とはいえ、この島を舞台に想像される国家＝コモンウェルス（"commonwealth"）の政治的形態は、モンテーニュ的なユートピアのイメージによって提示されており、移動するユートピアとしての宮廷が差異をともない反復されたものとなっている。

　　　ゴンザーロ　まず一切の商取引を、そして、役人の肩書を認めません。
　　　　　　　　学問は教えず（Letters should not be known）、富（riches）

も貧困（poverty）も
  労役（use of service）も皆無。契約（contract）、相続（succession）、
  境界線、地所、田畑の耕作、ぶどう畑もなし。
  金属、穀物、酒、油の使用を禁じ、
  職業もなくし、男はみんな遊んで暮らす、みんなです。
  女も同様ですが、ひたすら純粋無垢。
  君主もなくし（No sovereignty）――（Tem 2.1.149-57）

君主制が廃棄された原始共産主義的集団生活のヴィジョンは、なによりもまず、「一切の商取引を認めない（no kind of traffic / Would I admit）」（Tem 2.1.149）ことに特徴づけられている。農作物・工業製品・エネルギー資源などを商取引する資本主義的な契約の基礎的・物質的な媒介手段となるのは貨幣やゴールドや土地などであるが、こうした資本の不在により示唆される私有財産の廃棄が、ユートピア的に欲望されるからこそ、王権や特権階級の相続も貧富の差もない社会が思考可能になる。ゴンザーロが約束する集団生活においては、男たちは、職業をもたず遊んで暮らせる。「自然が何もかも等しく生産してくれます（All things in common nature should produce）。人間が汗水たらして働くことはない。反逆も犯罪もなく、剣、槍、短刀、銃など、いかなる武器兵器（any engine）の必要もなくなるようにします。大自然はひとりでに限りなく豊穣な五穀（all foison, all abundance）を実らせ純真な私の民（my innocent people）を養ってくれるのです」（Tem 2.1.160-65）。すなわち、このように完璧に統治（"govern"）されるなら、経済的な労働も戦争における兵士としての労役もない。そして、このように享受される生活の集団性を想像できることは、家父長制的な女性差別が克服されて純粋無垢な人間性を男女がともに共有すること、そして、国民からの税金や国内外の商人からの負債といった多大な資力によって遂行される戦争やそれに必要な武器・兵力を放棄することにつながる。

第Ⅱ部 「世紀の結婚」

　経済的な商取引と政治的な階層制を否定するゴンザーロのユートピア的ヴィジョンと集団的な平和主義は、権力の簒奪に対して血みどろの復讐に応じる代わりに君主の赦しで報いることになるプロスペロの魔術への熱中、つまり資本主義の倫理に反し逸脱する熱狂や情念の表象と、いったいどのような関係にあるのだろうか。ミラノ大公の座を陰謀によって失ったプロスペロがその後どのようにしてこの孤島にたどりついたのか、しかもその新世界を支配するのに使用する魔術の知識をそもそもなぜ身に着けていたのか、娘ミランダに語る場面がある。ナポリ王の顧問官でありプロスペロ追放計画の指揮を任されていた善良なゴンザーロが、慈悲の心から、立派な衣服や下着、日用の道具や必需品をそろえてくれるだけでなく、魔術の知に熱中しそれに関連する書物をプロスペロが愛していたことを知って、プロスペロ自身の蔵書のなかから数巻をもたせてくれた（*Tem* 1.2.161-64）。ミラノ大公プロスペロにとって、彼が統治する領土と権力よりもはるかに価値のある魔術の知識を与えてくれる本（"volumes that I prize above my kingdom"）が存在したのだ（*Tem* 1.2.167-68）。プロスペロが権力の座を簒奪されたのは魔術を愛する法外な熱狂によるのだが、その復位を可能にしたのは、ナポリ王の顧問として政治的・経済的政策についてのアドヴァイザー・プランナーの役割を果たす知識人ゴンザーロの慈悲という情動に動機づけられた贈与にほかならない。プロスペロとゴンザーロの贈与を媒介にして結ばれた絆は、きわめて断片化され歴史的・現実的ヨーロッパの世界とユートピア的島の時空間を横断するねじれたかたちにおいてではあるが、ブルゴーニュ公国のシャルルとマーガレットの結婚の政治文化にまでひょっとしたらその系譜をたどることができるような、宮廷と市民との関係性が含意されているのかもしれない。

　『テンペスト』という芝居において、神的な君主のイメージを代表するはずのプロスペロが、市民たちによって衆人環視されるというよりは、彼自身は姿をあらわさずに秘教的術を行使するいわば裏方のプロデューサーとなっているのも、こうした顧問官の存在と象徴的贈与の行為が大きな意味をもつ

ねじれたパワーとマネーの関係性と関連するのかもしれない。ナポリ王の息子ファーディナンドが思わず目を奪われ消費するのは、プロスペロの姿自体ではなく、彼の魔術によって生産された魅惑の仮面劇の視覚イメージであった。たしかに、ファーディナンドは、観客キャラクターによる注目・注視の対象となる王族キャラクターであるともいえる。いずれ婚約・結婚することになる新世界のネィティヴ化した乙女ミランダは、旧世界から来た難民とのいわば擬似的異人種間遭遇に際して、「あれはなに？ 精霊？ まあ、あんなに辺りを見回して！ 本当に、お父様、素晴らしい姿かたち。でも、やっぱり精霊だわ」(*Tem* 1.2.410-12)。しかしながら、ミランダのユートピア的ヴィジョン「ああ、素晴らしき新世界」が指し示すのは、彼女が現実に視覚対象としたヨーロッパから一緒に流れ着いた別の美しい人間たち（*Tem* 5.1.181-84）、すなわち、アロンゾとゴンザーロを先頭にする一行であった。若き乙女のまなざしを通して再現され舞台の上で上演される市民の代理表象としての知識人ゴンザーロは、魔術の本やその非現実的・非歴史的力の使用によって実現される結婚を媒介にして、プロスペロに残滓的に残る君主のイメージに、再び結びつけられ、同盟関係を形成することははたしてあるのだろうか。また、そうした絆や同盟関係は、30 年戦争のヨーロッパ世界や英国の宮廷にとってどのような意味作用をするのだろうか。オランダ独立戦争の発端となったプロテスタント解放運動を放棄しカトリックに改宗はしないまでも歩み寄る和解、あるいは、もっと単純に新教と旧教、オランダとスペインとの矛盾の想像的解決が提示されることはあるだろうか。

　『テンペスト』という芝居の幕が下りたあとに舞台上で提示されるエピローグでは、魔術の本は測量の錘も届かぬ深い水底に沈められることになる（*Tem* 5.1.56-57）。いまやプロスペロの魔法はことごとくやぶれ、残るはプロスペロ自身の微々たる力のみの状態にある。「使おうにも妖精はおらず、魔法をかけようにも術はない。祈りによって救われない限り私の幕切れに待ち受けるのは絶望のみ」（*Tem* Ep. 13-15）。いまは幻のヴェールが剥がれ裸の厳しい現実に晒されたこの島にこのままとどまるかナポリへ送り返される

かは、観客の気持ち次第である。すなわち、劇場の多数多様な人びとの拍手の力が、プロスペロが手にするはずの幸福な解放を決定する。「みなさまも罪の許しを請われるからはご寛容をもってどうかこの身を自由に」(*Tem* Ep. 19-20)。

こうして、絶海のなにもない孤島にとどまるはずのゴンザーロのユートピア的ヴィジョンは、つまり、資本主義世界の経験的・歴史的現実としての宮廷からの地政学的な分離によって一時的にではあれ彼が手にした絶対的な全体化の身振りは、同じ君主として赦しを与え和解したアロンゾとともに、ヨーロッパ世界のホームへ再び帰還する自由の道に開かれたプロスペロのエピローグの台詞によって、打ち消しと抹消の表象作用を被っている。ゴールドと貨幣に対する批判を含意する商取引の否定や君主制に端的に代表されるさまざまな社会的階層制の撤廃といった経済的・政治的プログラムをきわめて非現実的に語った比喩イメージが、為替手形や両替通貨を媒介に交換関係が成立する資本主義世界の市場で必要とされる理性的な関心・利害から逸脱しその異質な情動・情念によって特徴づけられる魔術への熱狂と有機的に結び付けられ一体化されることにより、主題化・物象化するテクストの読みをあらかじめ妨げているのだが、これらの経済的・政治的・文化的にそれぞれ異なる主題領域の言説は、相互に弁証法的に交渉しあうことにより、否定的関係性を保ったままユートピアの生産に向かう過程として解釈することもきわめて困難にしている。それは、シェイクスピアが英国史劇の代わりに提示したロマンス劇が、単純なユートピアへの願望充足を表現し達成しているとはとてもいえない表象形式によって上演・再現されなければならないことを、意味している。ひょっとしたら、『テンペスト』の結末の場面のあとに和解ならびに若い世代の結婚により新たな絆を結んだナポリ王と一緒にヨーロッパの資本主義世界へ帰る時、ゴンザーロから贈与された魔術の本を水底に沈めるプロスペロの文化的象徴行為は、ヨーロッパあるいは英国における宮廷と市民との絆の解消、ならびに、その代わりに結ばれる絶対主義国家の支配者たちとの間にのみ結ばれる関係の構築を、同時にディスプレイしているの

第 6 章　英国史劇の変容と 30 年戦争

かもしれない。

　オランダの世紀の始まりを印しづける 30 年戦争は、たしかに、汎ヨーロッパ的貿易ネットワークを支配者間の武力紛争の拡大によって破壊し、イデオロギー闘争の激化を招いた。だが、この構造的変動を資本主義世界システムにもたらす戦争は、やがて到来する英国の「清教徒革命」などに劇的にあらわれる多様な抗争、農民叛乱や地方における都市叛乱、あるいはまた、戦場に送り込む兵士にかかる費用（保護費用）の増大による臣民の叛乱、等を出現させる引き金となり、逆説的に、それに対する支配者たちの共通のパワー利益の意識の高まりをもつくりだした。たとえば、ジェイムズ 1 世は、「諸国の王の間に、それ以外のいかなる利益もなく、特別の約束もない場合にしても、臣民の叛乱に対してお互いを守り、助け合う暗黙の結びつき」（Hill 126）について述べている。ジェイムズ 1 世がプロテスタントのオランダの叛乱者たちがその法的には正統な主権をもつカトリックのスペインに対して起こした戦いに絶対的で一貫した助力を行わなかったのも、共通のパワー利益に関する支配者たちの意識に起因するのかもしれない。こうした状況の下で、「ネーデルランド北部 7 州」は強力な王国連合を指導することにより、近代国際システムの確立を推進する運動の覇権を握る。30 年戦争の間に、資本主義世界システムの混沌が広まると「外交の糸はハーグで紡がれ、ほどかれる」（Braudel *The Perspective of the World* 203）ようになった。全ヨーロッパ的支配システムの大改革に向けてのオランダの提案は、ヨーロッパの支配者たちのなかにいっそう多くの支持者を見出し、スペインを孤立させることになったからだ（Arrighi 43 ）。かくして 1648 年のウェストファリアの平和によって、国際法と勢力均衡に基づく新しい世界支配システムが出現し、30 年戦争の間に強まった貿易障壁を撤廃することで商業の自由を回復するために市民は主権間の闘争に関与しない原則が確立されることになる。
『テンペスト』は、英国史劇を変容したロマンス劇のジャンルと移動するユートピア空間としての宮廷を魔術的に出現させるその特異な表象形式において、ヨーロッパの資本主義世界システムの構造的大転換にかかわる 30 年戦

争との関係性をさまざまな矛盾を孕みながら結び直し想像的に解決しようとしたジェイムズ1世の英国の歴史性を刻印している。こうした政治文化の解釈と歴史化の読みこそ、ブルゴーニュ公国の宮廷文化をさまざまな時空間を横断しながらたどり直し宮廷と市民との関係性に注目した本書のなかで、シェイクスピアのこのロマンス劇とそのさまざまなサブテクストをめぐって論じたかったことだ。

英国のトランスアトランティックな奴隷貿易とその文学・文化表象を研究の主題として前景化したイアン・ボーカムは、ヨーロッパ初期近代以降のグローバルな金融資本に基づいた螺旋状に拡大・転回する資本蓄積のサイクルをたどりながらも、ロンドンではなくリヴァプールとそこで活動するジェノヴァ商人に注目した。もともとはピアツェンツァ大市でゴールドとさまざまな通貨・商品の交換・商取引をしていた商人集団の系譜を英国の奴隷貿易の拠点となった地方都市に移動してきたその末裔に辿ったわけだ。こうして、交換される奴隷を再現・再表象する「大西洋の亡霊（specters of the Atlantic）」が、多種多様な商人・銀行家・保険業者の取引・交渉によって編制され続けられるネットワークとその編制を物質的に生産ならびに再生産する金融資本の投機（speculation）との関係によって解釈されることになる（Baucom）。

初期近代のヨーロッパならびに英国の宮廷は、こうした奴隷が交換される「大西洋の亡霊」の空間とは別の意味をもっていた。それは、18世紀の奴隷貿易にかかわる商取引や裁判記録のアーカイヴや近代印刷術の複製メディアの場合とは異なるし、あるいはさらに21世紀のサイバースペースをグローバルに流通し消費される電子書籍やデータ・ファイルとも違う[17]。社会生活一般から差異化された行政・官僚的権力や常備軍のパワーを増大させることにより、集団的生活や社会的なものを超える閉じた空間を発展させることが可能だった。同時に、華麗にして豪奢な現実離れした祝宴や結婚の場でもあった宮廷は、国民国家や商業の発展というせわしない動きのただなかにある非歴史的な特異な空間として、さまざまなユートピアの生産過程で資本主義世

界システム自体が根本的に異なる全体性において想像されうる文化的空間を提供する。金融資本の市場が勃興しグローバルに転回するなかその内部にありながら具体的に物象化された意味内容としては思考することも想像することもできないようなさまざまな社会的差異を含む格差や私有財産の存在しない別のユートピア世界をひそかに生産することができるような、いわば、資本主義世界システムにおけるエンクレーヴとしての意味も担っていた。

　もちろんこうした宮廷のエンクレーヴ空間も、一時的な休止状態を約束するだけかもしれず、全てを飲みこんで拡張・転回する資本主義の商品化や差異化の運動のなかでいずれはすっかり押し流されてしまう可能性に絶えずさらされていたのかもしれない。『テンペスト』の宮廷が移動するユートピアとして表象されていたのは、こうした資本主義のグローバルなマネーやそうした金融資本を国家や時空間の境界を横断しながら操り利益を産出し続ける商人集団との折り合いを何とかつけ宮廷と市民・商人両者の間の矛盾を翻訳・調整しようと想像的解決を試みた帰結だったのだ。

　『リチャード３世』の王国の歴史性は、騎士道や入市式といったヨーロッパ宮廷文化とグローバルな金融資本のネットワークに注目することにより、宮廷のパワーとロンドンのシティのマネーの多種多様な矛盾を孕んだ関係によって解釈されなければならないと第５章においてすでに論じたが、そのような王国のパワーとシティのマネーとの矛盾を孕んだ同盟関係自体は、英国史劇をグローバルに反復したロマンス劇『テンペスト』を規定した歴史的可能性の条件とは、いささか異なるものだったのではないか。英国史劇『リチャード３世』にはアントワープから撤退した英国の「同胞集団（nation）」と英国の国家（state）との間の新しく特異な同盟王国が確かに表象されていたのだが、「高等金融におけるナショナリズムの始まり」を印しづけるこの「真にナショナルなブロック」という形態とは、いかなるヨーロッパ世界経済の決定的な転換を指し示していたのか[18]。

　アントワープでのジェノヴァ商人をはじめとするさまざまな「同胞集団」間の競争における敗退、ならびに、スペインと対立するオランダの独立戦争

第Ⅱ部　「世紀の結婚」

の勃発、これらの世界的大転換に対応して英国の「同胞集団」は英国国内に撤退し、ロンドンのシティという政治文化の空間において、英国商人と英国王国との間に結ばれた新たな同盟関係を産出する歴史の過程を、1590 年代に上演された『リチャード 3 世』も共有している。すなわち、英国史劇の中心であるこのテクストには、マネーとパワーのナショナルな結びつきの「起源」が刻印されていたのだ。『リチャード 3 世』の歴史性は、ヨーロッパ世界経済における資本主義と領土主義の関係の決定的な転換の契機において生産された劇テクストであることにある。ジェノヴァ体制からオランダ体制へと移行をしるしづける戦い、つまりグローバルな金融資本と独立戦争という歴史的サブテクストによってこそ、英国史劇の全体構造を規定する不在原因『リチャード 3 世』というテクストを特徴づける政治文化は、解釈されなければならない。

Notes

1　このポンドの安定化の元手には、ドレイクによる私掠を通じてスペイン船から略奪した戦利品の 60 万ポンドと見積もられる収穫も含まれている。この略奪品を利用して、対外負債の全額を支払ったうえに、エリザベス女王は、その治世下に大半の地金を鋳造した。また、レヴァント会社へ投資することもでき、その収益から東インド会社の初期の資本が産み出された。エリザベス朝の私掠については、Andrews の古典的な 2 つの研究、ならびに、Kelsey、Ronald、櫻井も参照のこと。

2　オランダ戦争の勃発と継続のために衰退したアントワープの金融市場の遺産を受け継いだのはアムステルダムではなかった。アムステルダム市場は、ジェノヴァやリヨン、ジュネーヴなどの金融市で何世紀にもわたって受け継がれ改良されたイタリア商人の金融技術を選択して仕上げた。アントワープの金融技術は、海を越えた英国に受け継がれたのだが、それは、もちろんグレシャムの再発明という仕事に負っているが、ほかにもアントワープからかなりの商人・銀行家・会計士などの移民の移動も要因となっており（Van der Wee "The Medieval and Early Modern Origins" 1165-67, 1170-71）、さらにその「基礎的背景」は中世末に遡ることができるのかもしれない（Munro "The International Law Merchant"

71-75)。

3 プロスペロの祝祭という点で、ロンドン商人が演出・プロデュースする宴のイメージについては、以下に挙げるヘイウッドが産出した演劇的場面は興味深い。劇冒頭においてバーバリーの砂糖貿易の特許に対する 6 万ポンドの投資が、バーバリー王の戦死により水泡に帰すところとなり、グレシャムが新王に投資の返済を迫ったところ、旧王の支払いの責はないが謝意の印としてひとつの短剣と一足のスリッパが贈られてくる。こうした災難を経験したグレシャムが、ロシアの外交官を招いて開いた祝宴の場に、王立取引所に飾る絵を搭載した船が難破したというさらなる不運の知らせを受け取る。度重なる災難にもかかわらずスリッパをはいて心配事などふきとばしてしまおうと楽しげに踊り、1万 6 千ポンドで購入した真珠をワインに溶かして飲み干すロンドンの代表的な商人の姿のパフォーマンスは、その富と気前の良さの披露であると同時に「豊かさの悩み」の情動を再現する宴の場面となっている。

> GRESHAM: ...Whoever saw a merchant bravelier fraught,
> In dearer slippers or a richer draught?
> LADY RAMSAY: You are an honour to all English merchants,
> As bountiful as rich, as charitable
> As rich, as renowned as any of all.
> GRESHAM: I doe not this as prodigal of my wealth,
> Rather to shew how I esteem that losse
> Which cannot be regain'd; a London merchant
> Thus treads on a king's present.
> (Heywood *2 If You Know* 10. 1554-62)

ちなみに、バーバリー王の死を招いた戦いは、テクストには "that renowned battll ...The battle of Alcazar"(Heywood *2 If You Know* 8.1287-89)ということだが、ここで言及される戦いは、ジョージ・ピールの『アルカザーの戦い(*The Battle of Alcazar*)』(1594)において舞台化された、1578 年のモロッコにおけ

る王権をめぐる戦いをそれぞれ援助するポルトガルとオスマン帝国の戦い、アルカセル・キビールの戦いである。また、この劇がストレンジ卿一座によって上演されたことも、興味深い (Chambers 3: 459-60; 4:384)。

西アフリカの大西洋岸や南アメリカにおけるバルバリア海賊については、Vitkus *Piracy* および Tinniswood をみよ。また Colley も参照のこと。

4 たとえば、Brown や Loomba をみよ。ただし、本書でも最初に取り上げた『テンペスト』の宮廷仮面劇の表象をテクストの構造的規定要因として分析したうえで英国の植民地主義言説によって解釈した Barker and Hulme が、白魔術を自由に操り規律を備えた慈悲深い君主としてプロスペロを理想化した Kermode "Introduction" の解釈とそのリベラリズムを歴史化し批判のターゲットにしていたことは注意しておいてよい。

5 ウィリアム・ストレイチーのヴァージニア会社の物語記述とシェイクスピアのロマンス劇『テンペスト』の関係性あるいは「二重性 doubleness」を、英国初期近代に発生した株式会社（joint-stock company）の構造とエネルギーすなわち権力（power）の循環によって解釈したのは Greenblatt だったが、その新歴史主義批評の実践には、ロンドン商人社会のさまざまな交渉や階級闘争に対して注目するといった気配はない (Greenblatt 129-63. 160)。

6 14世紀末、キオッジアの戦い（1376-81）でヴェネツィアに敗れ黒海・東地中海での活動が抑制されたジェノヴァにとって必要だったのは、サハラ砂漠の対象貿易がマグレブの諸港に運んでいるアフリカ産の金への支配力を強めることであり、そのマグレブ諸港のなかでジェノヴァの影響下にあった港に、チュニスがある (Abu-Lughod 123; Arrighi 118)。

7 プロスペロが魔術で起こした大嵐によって、領土拡張を欲望したナポリ王は監禁された孤島で肉体的・精神的両面で疎外され、狂気を経験するが、その後、プロスペロがそうした欲望の病への治癒として提供した「気散じ（distraction）」により救われる。船が難破した折に善きゴンザーロが祈ったように、「大海原とひきかえに、ほんの1エーカーの荒れ地」──Now would I give a thousand furlongs of sea for an acre of barren ground (*Tem* 1.1.65-66)──で我慢しようと、拡張主義への欲望を放棄あるいは抑制することを学習する。

8 『テンペスト』と新世界の関係を「ニューヒストリシズム的〈包摂の戦略〉の典型的操作」である「否定」によって解釈したのは、大橋だった。「新世界の上に

旧世界＝地中海世界の表象を重ね書きする」シェイクスピアのこの劇は、「新世界と他者性と衝撃が否定される」「表象の力のドラマ、表象の植民地化、ヨーロッパ中心主義の典型的テクスト」である（大橋 22）。

9　Knapp 233 を参照。同様のことを、スペインの覇権について、イタリアの思想家にして外交官であったジョヴァンニ・ボテロも述べている。"The chiefest parts of *Italy*; that is, the Kingdome of *Naples*, and the Dukedome of *Milan*, are subject to the King of *Spaine*"（Botero 79）.

10　また、ボテロによれば、「メキシコのサカテカスやサリスコの鉱山から産出される銀（"the mines of *Zagateca* and the *Salisco*"）」ではなく、ミラノで売買される商品にかけられた税金のほうが、スペイン王室の金庫により多くのマネーをもたらした（"The custom of the merchandise of *Milan*, brings more money to the king of Spain's coffers, than the mines of *Zagateca* and the *Salisco*"）」（Botero 51; Knapp 334）。

11　ここからわかるのは、マーチャント・アドヴェンチャラーズ組合は、スペインとの取引において、すでに大きく分裂していた、ということである。また、スペインと取引するその組合のなかでも目立ったグループを構成していた彼らは、従来の組合とは利害を異にし、また対立関係にもあった。このような商人、スペインとの取引において先頭にたつマーチャント・アドヴェンチャラーズたちのなかには、ロンドンでも最も重要な位置を占める市民たちが含まれていた。市参事会員（alderman）のトマス・スターキー（Thomas Starkey）、アンソニー・ガメッジ（Anthony Gammage）とともにリチャード・サルトンストール（Richard Saltonstall）、フランシス・ボウヤー（Francis Bowyer）、ウィリアム・マーシャム（William Marsham）などである。彼らは、非常に力をもっていたので 1577 年にさまざまな拒否や抗議を乗り越えて、スペイン会社に無理やり入会することができたのだ。そして彼らが探ったのは、スペインとの取引において、これまでの北ヨーロッパとの伝統的な相互互恵的な商取引を、より広く多角的な貿易に役立てようとしたことである（Brenner 15）。

　この拡大する交易で活動を続け、南と東へ進出していったごく少数のマーチャント・アドヴェンチャラーズ組合員は、同様の目標をもつモスクワ会社の商人たちとのかかわりにおいてさらなる発展をとげた。1550 年、60 年代においては、モスクワ会社の商人たちがペルシアへの陸路の開拓、モロッコとガイアナとの直

第Ⅱ部　「世紀の結婚」

接交易のルートを確立し、モスクワ会社とスペイン会社との努力によって創立が可能になったのがトルコ会社であり、エリザベス朝の英国の拡張を可能にしたのがこの会社だ。1579年代半ばに、地中海を経由した英国とトルコとの交易は再開し、この時期中心都市アントワープの地位は衰退し、東方からの生産物を入手する新たなルートを探る必要が生じていた。低地諸国の商業は、オランダ戦争によって妨げられ、そして北ヨーロッパとヴェネツィアの交易も、ほぼ同時期におこったヴェネツィアとトルコの戦争によって、中断されていたからだ（Brenner 16）。

12　ジェノヴァの「同胞集団」の勃興と転回を根本的に方向づけたのは、逆説的なことに、13世紀後期から14世紀前期にかけてジェノヴァの商業上の富が築かれたユーラシア交易システムの崩壊であった、ということも忘れるべきではなかろう。交易の利益をリグーリア地方の土地・城・軍隊に投資することができた土地貴族とは違い、ジェノヴァの商人階級のブルジョワ層は、リスクをとって北西地中海に移動・進出し、イベリア半島の全体でカタロニア資本を圧倒した。ジェノヴァの商人＝銀行家がイベリア地域で最も有力な金融業者となるとともに、スペイン南部のコルドバ・カディス・セビリアに定着し、英国の羊毛よりも安価な商品を提供できたカスティリャの羊毛輸出貿易を掌握したことが、ジェノヴァ商人の抬頭の重要な始まりを規定した。中央アジアの交易路に代わる東方への大西洋の交易路を発見することも必要であった。これら2つの点で、イベリア半島は戦略上きわめて重要な拠点であったからだ。しかしながら、より長い歴史と世界空間においてとらえるなら、モンゴル帝国の衰退によって中国に向かう中央アジア交易路へのアクセスが閉ざされ、また小アジアで台頭したオスマン・トルコによって黒海地域におけるジェノヴァの優位が覆されることが、より決定的だったのだ（Abu-Lughod 128-29; Elliott 39）。

13　米国の多国籍企業ダウ・ケミカル社の会長カール・A・ガーステーチャーは、自らが具現する斬新な時間・空間構造あるいは絶対的非領土性についての夢を以下のように述べている。「私は、どの国家も領有していない島を購入することと……、いかなる国家や社会にも縛られることなく、このような島の真に中立的な土地に、ダウ社の世界本部を設立することを長い間夢見てきた。もしも、私たちがこのように真に中立的な土地に位置するならば、その場合、第一義的にアメリカの法律に左右されずに、むしろアメリカではアメリカ市民として、日本では日

本国民として、ブラジルではブラジル人として本当に働けるであろう。……私たちは、どこの土地の人にも、他所に移ってもらえるならば、十分にお金を支払ってもよい」（Richard J. Barnet and Ronald E. Muller *Global Reach: The Power of the Multinational Corporations*. qtd. in Arrighi 81-82）。この夢の空間は、個々の国家を横断しグローバルに活動するジェノヴァ人たちが産み出したビセンツォーネの市という交換形式を想起させるもので、より適切な言い方をするなら、「ユートピア、すなわち、場所なき市」と呼ばれるべきものである（Arrighi 82）。

14 オランダの支配者層門閥は、土地財産と商業的農業の開発へ過剰資本の投資に基づく金利生活者階級になるのが早熟であり、そして、ジェノヴァの資本家階級とは違って、文化的生産物について芸術行為などのパトロンとなることで顕示的消費に投資した。その結果、ルネサンスの気運が 17 世紀初期のアムステルダムに現われ、ヨーロッパ世界の啓蒙主義の気運への移行過程においてアムステルダムが文化的中心となった。

15 オセロー／キャシオーのライヴァルとして、イアーゴーに操られるロダリーゴというキャラクターは、オセローと結婚したあともデズデモーナをあきらめきれず、イアーゴーにそそのかされて邪な欲望をいだき、自分の土地を全て売却し、デズデモーナの心をつかむためのマネーを手に入れる。土地の売却金で、デズデモーナの気を引くための「宝石」――「生涯独身を誓った尼さんでさえ、半分心変わりをするくらいの、高価なモノ」（*Oth* 4.2.188）――を購入し、贈与するが、何の価値も意味も生産しない。土地を売却し得たこのマネーは、イアーゴーの懐に吸収されることにより、ロダリーゴの投資あるいは投機は、実を結ばない。歴史的には、ロダリーゴのイメージは、証券化した土地市場つまり土地バブルに踊って、宝石や女にうつつをぬかしたところは、前近代から近代へ移行する当時の歴史的状況を反映しているともいえるが、結局のところ、新たな市場条件に適合的な経営形態を採用できずに、土地をもとにした投資に失敗し大損害を被った土地貴族、つまり、没落した封建貴族のイメージに結び付けられているということになるのかもしれない。

16 ベン・ジョンソンの『錬金術師』が最初に上演されたのは 1610 年、シェイクスピアの劇団である国王一座であったが、最初に印刷され刊行されたのは 1612 年で、これは皇太子ヘンリーが亡くなり、プファルツ選帝侯が英国に到着して王女

第Ⅱ部 「世紀の結婚」

エリザベスと婚約した年である。ジョンソンのこの巧妙な芝居はまずなによりも人を欺く術としての錬金術に対する諷刺であるが、その諷刺対象となっているのは、売春宿を経営するサトルのところへ錬金術で得られるゴールドを求めてやってくる人物、オランダ、アムステルダムの教会で聖なる奉仕をするアナナイアスとトリビュレーションである。彼らの動機は、富の神マモンの動機のような下等なものではなくて、そのゴールドを用いて彼らの教派をさらに躍進させようというプロテスタント信仰の熱狂である。「この＜石＞がつくり出すであろうゴールドは、戦場で一国の軍隊をまるまる傭ったり、フランス王やスペイン王に支払って王位を投げ出させたりするのに使うことができる」（Yates *Shakespeare's Last Plays* 112）。

17　プロスペロが放棄した魔術の本は、たとえ、その植民地主義に抵抗するキャリバンが燃やして無力化しようとしても、複製技術のメディアのおかげで絶えず代替品のコピーを購入することが可能である。19世紀末から20世紀初頭のH・M・スタンリーがフェティッシュとして植民地アフリカに携帯するシェイクスピア全集のように、英国帝国主義の再生産に寄与することもあるだろうし、冷戦期以降の米国を中心とする大学の研究・教育制度のなかでは、シェイクスピア産業は、歴代の学者たちによる仰々しいイントロダクションと精巧かつぎっしりと詰め込まれた注釈のついたけして安くない教科書テクストを売る市場のなかで最近まで栄えることができたし、イデオロギー的には、脱政治化された冷戦リベラリズムの文化的アイコンとしてその時々の「文明化」のミッションを果たすツールとなってきたのかもしれない（Greenblatt 161-63, 197-98）。

18　このナショナルなブロックとは対照的に、21世紀に向かうヨーロッパが歴史的に振り返り再発明しようとした連邦制のプロトタイプになったのが、ブルゴーニュ公国の宮廷に表象された政治文化だった。地政学的には、ヨーロッパはもはや〈大陸＝歴史〉ではない。15世紀のイギリス人のように、今日のヨーロッパ人は平和と強い経済力を夢見ている。またブルゴーニュ人のように、連邦組織の統一を夢見ている（アタリ 394）。

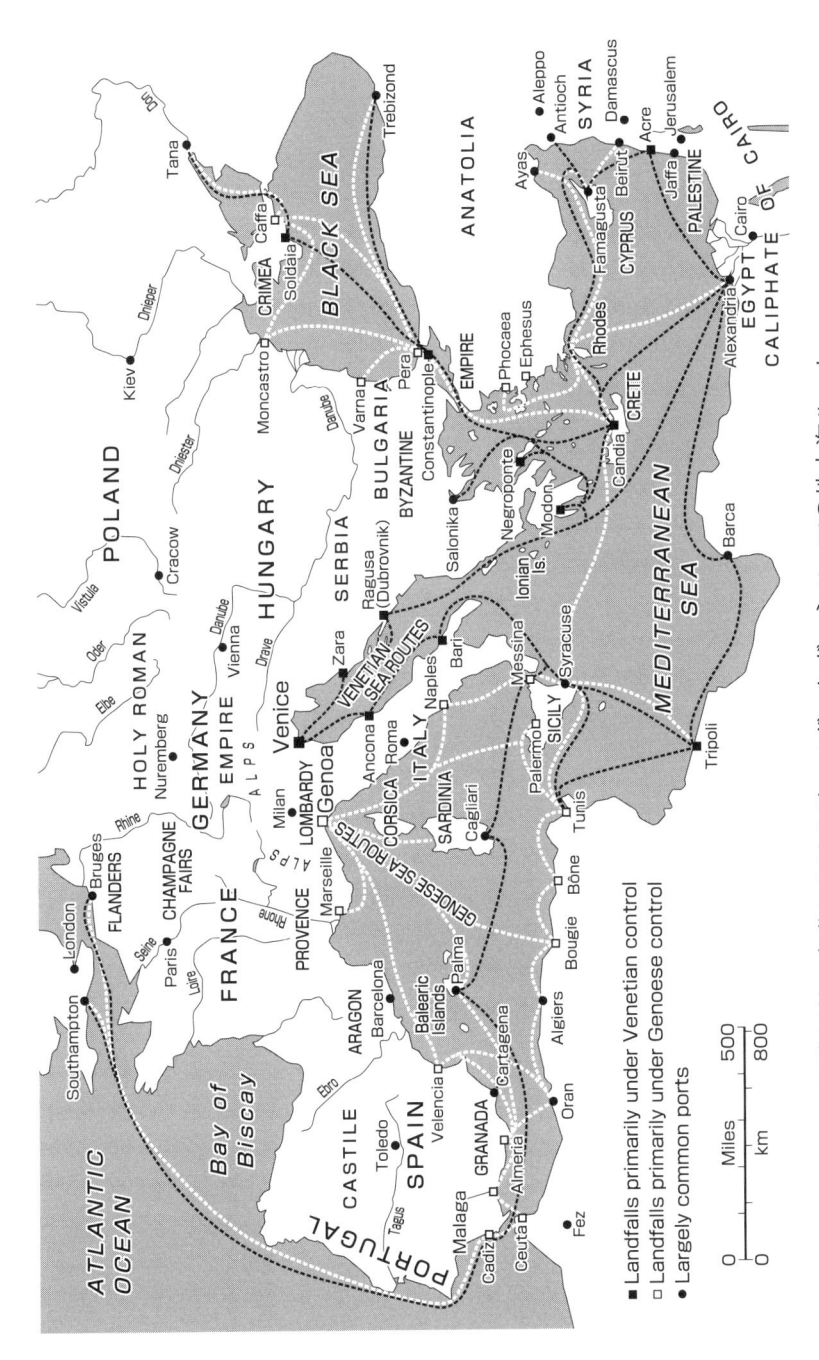

第 6 章　英国史劇の変容と 30 年戦争

図版 18．ヨーロッパ覇権以前、中世におけるジェノヴァとヴェネツィアの地中海ルート

215

Works Cited

Abu-Lughod, Janet L. *Before European Hegemony: The World System A.D. 1250-1350*. Oxford: Oxford UP, 1989.

Adams, Simon. "Spain or the Netherlands? The Dilemmas of Early Stuart Foreign Policy." *Before the English Civil War*. Ed. Howard Tomlinson. London: Macmillan, 1983. 79-101.

Agnew, Jean-Christophe. *Worlds Apart: The Market and the Theater in Anglo-American Thought, 1550-1750*. Cambridge: Cambridge UP, 1986.

Anderson, Perry. *Lineages of the Absolutist State*. London: Verso, 1974.

Andrews, Kenneth R. *Elizabethan Privateering: English Privateering during the Spanish War 1585-1603*. Cambridge: Cambridge UP, 1964.

———. *Trade, Popular and Settlement: Maritime Enterprise and the Genesis of the British Empire, 1480-1630*. Cambridge: Cambridge UP, 1984.

Anglo, Sydney. "Humanism and the Court Arts." *The Impact of Humanism on Western Europe*. Ed. Anthony Goodman and Angus MacKay. London: Longman, 1990. 66-98.

———. *Spectacle, Pageantry, and Early Tudor Policy*. 2nd ed. Oxford: Clarendon, 1997.

Arrighi, Giovanni. *The Long Twentieth Century: Money, Power, and the Origins of Our Times*. London: Verso, 1994.

Auerbach, Erich. *Mimesis: The Representation of Reality in Western Literature*. Trans. Willard R. Trask. Princeton: Princeton UP, 1953.

Barker, Francis, and Peter Hulme. "Nymphs and Reapers Heavily Vanish: The Discursive Con-Texts of *The Tempest*." *Alternative Shakespeares*. Ed. John Drakakis. London: Routledge, 1985.

Baucom, Ian. *Specters of the Atlantic: Finance Capital, Slavery, and the Philosophy of History*. Durham: Duke UP, 2005.

Belozerskaya, Marina. *Rethinking the Renaissance: Burgundian Arts across Europe*. Cambridge: Cambridge UP, 2002.

Ben-Amos, Ilana Krausman. *The Culture of Giving: Informal Support and Gift-*

Exchange in Early Modern England. Cambridge: Cambridge UP, 2008.

Bergeron, David M. *English Civic Pageantry 1558-1642*. Columbia, South Carolina: U of South Carolina P, 1971.

Blades, William. *The Life and Typography of William Caxton*. London: Joseph Lilly, 1861.

Blockmans, Wim, et al., eds. *Staging the Court of Burgundy: Proceedings of the Conference "the Splendour of Burgundy."* London: Harvey Miller, 2013.

Blockmans, Wim, and Walter Prevenier. *The Promised Lands: The Low Countries under Burgundian Rule, 1369-1530*. Trans. Elizabeth Fackelman. Philadelphia: U of Pennsylvania P, 1999.

Botero, Giovanni. *A Treatise, Concerning the Causes of Magnificencie and Greatness of Cities*. 1589. Trans. Robert Peterson. London, 1606. Amsterdam: Walter J. Johnson, 1979.

Braudel, Fernand. "European Expansion and Capitalism: 1450-1650." *Chapters in Western Civilization*. Vol.1. Ed. The Contemporary Civilization Staff of Colulmbia College. 3rd ed. New York: Columbia UP, 1961. 245-88.

———. *The Mediterranean and the Mediterranean World in the Age of Philip II*. Trans. Siân Reynolds. Vol.1. New York: Harper and Row, 1972.

———. *The Wheel of Commerce*. Trans. Siân Reynolds. Berkeley: U of California P, 1982.

———. *The Perspective of the World*. Trans. Siân Reynolds. Berkeley: U of California P, 1984.

Brenner, Robert. *Merchants and Revolution: Commercial Change, Political Conflict, and London's Overseas Traders, 1550-1653*. Princeton: Princeton UP, 1993.

Brown, Andrew, and Graeme Small. *Court and Civic Society in the Burgundian Low Countries. C.1420-1530—Selected Sources Translated and Annotated with an Introduction*. Manchester: Manchester UP, 2007.

Brown, Paul. "'This thing of Darkness I Acknowledge Mine': *The Tempest* and the Discourse of Colonialism." *Political Shakespeare: New Essays in Cultural Materialism*. Ed Jonathan Dollimore and Alan Sinfield. Manchester: Manchester UP, 1985.

Works Cited

Carrió-Invernizzi, Diana. "Gift and Diplomacy in Seventeenth-Century Spanish Italy." *The Historical Journal* 51.4 (2008): 881-99.

Cartellieri, Otto. *The Court of Burgundy.* Trans. Malcom Lettes. London: Kegan Paul, 1929.

Chambers, E. K. *The Elizabethan Stage.* 4 vols. Oxford: Clarendon, 1923.

Chapman, George. *The Memorable Masque of the Two Honorable Houses, or Inns of Court, the Middle Temple and Lincoln's Inn. Inigo Jones: The Theatre of the Stuart Court.* vol.1. Ed. Stephen Orgel and Roy Strong. Sotherby Parke Bernet: U of California P, 1973. 253-63.

Chattaway, Carol M. "Looking a Medieval Gift Horse in the Mouth: The Role of the Giving of Gift Objects in the Definition and Maintenance of the Power Networks of Philip the Bold." *BMGN* 114.1 (1999): 1-15.

Cogswell, Thomas. "England and the Spanish Match." *Conflict in Early Stuart England: Studies in Religion and Politics 1603-1642.* Ed. Richard Cust and Ann Hughes. London: Longman, 1989.107-33.

Colley, Linda. *Captives: Britain, Empire and the World, 1600-1850.* London: Jonathan Cape, 2002.

Davies, C. S. L. "The Wars of the Roses in European Context." *The Wars of the Roses.* Ed. A. J. Pollard. New York: St. Martin's, 1995.

De Roover, Raymond. *Gresham on Foreign Exchange: An Essay on Early English Mercantilism with the Text of Sir Thomas Gresham's Memorandum for the Understanding of the Exchange.* Cambridge, MA: Harvard UP, 1949.

———.*The Rise and Decline of the Medici Bank 1397-1494.* New York: Norton, 1966.

Despars, Nicolaes. *Cronijcke van den lande ende Graefscepe van Vlaenderen van de jaer 405 tot 1492.* Ed. J. De Jonghe. 4 vols. Bruges: Rotterdam, 1837-40.

Dits die excellente cronike va Vlaenderé. Antwerp: 1531.

Dillon, Janette. *Theatre, Court and City 1595-1610: Drama and Social Space in London.* Cambridge: Cambridge UP, 2000.

Ehrenberg, Richard. *Capital and Finance in the Age of the Renaissance: A Study of the Fuggers and Their Connections.* Trans. H. M. Lucas. New York: Augustus M. Kelley, 1963.

Elliott, J. H. *Imperial Spain 1496-1716*. Harmondsworth: Penguin, 1963.

Excerpta Historica. Ed. Samuel Bentley. London: Samuel Bentley, 1831.

Ferguson, Arthur B. *The Indian Summer of English Chivalry: Studies in the Decline and Transformation of Chivalric Idealism*. Durham: Duke UP, 1960.

Frye, Northrop. *Anatomy of Criticism: Four Essays*. Princeton: Princeton UP, 1957.

Gillies, John. "Shakespeare's Virginian Masque." *ELH* 53 (1986): 673-707.

Greenblatt, Stephen. *Shakespearean Negotiations: The Circulation of Social Energy in Renaissance England*. Oxford: Clarendon, 1988.

Griffin, Alice V. *Pageantry on the Shakespearean Stage*. New Haven: College and University P, 1951.

Grummitt, David. *The Calais Garrison: War and Military Service in England, 1436-1558*. Woodbridge: Boydell, 2008.

Gunn, Steven. "'New Men' and 'New Monarchy' in England, 1485-1524." *Power-brokers in the Late Middle Ages: The Burgundian Low Countries in a European Context*. Ed. Robert Stein. Turnhout: Brepols, 2001. 153-63.

Gurr, Andrew. *The Shakespearean Stage 1574-1642*. 3rd ed. Cambridge: Cambridge UP, 1992.

———. *Playgoing in Shakespeare's London*. 2nd ed. Cambridge: Cambridge UP, 1996.

Hammond, P. W. *The Battles of Barnet and Tewkesbury*. Gloucester: Alan Sutton, 1989.

Hattaway, Michael. "Introduction." *The Third Part of King Henry VI*. By William Shakespeare. Ed. Michael Hattaway. Cambridge: Cambridge UP, 1993. 1-61.

Herman, Peter C. "'O, 'tis a gallant king': Shakespeare's *Henry V* and the Crisis of the 1590s." *Tudor Political Culture*. Ed. Dale Hoak. Cambridge: Cambridge UP, 1995. 204-25.

Heywood, Thomas. *The First and Second Parts of King Edward the Fourth*. Ed. Richard Rowland. Manchester: Manchester UP, 2005.

———. *If You Know Not Me You Know Nobody Part II*. MSR. Ed. Madeleine Doran. Oxford: Oxford UP, 1935.

Hicks, Michael. *Warwick the Kingmaker*. Oxford: Blackwell, 1998.

Works Cited

Hill, Christopher. *Puritanism and Revolution: Studies in Interpretation of the English Revolution of the 17th Century.* London: Secker & Warburg, 1958.

Hoak, Dale. "The Iconography of the Crown Imperial." *Tudor Political Culture.* Ed. Dale Hoak. Cambridge: Cambridge UP, 1995. 54-103.

Hodgdon, Barbara. *The End Crowns All: Closure and Contradiction in Shakespeare's History.* Princeton: Princeton UP, 1991.

Howard, Jean E., and Phyllis Rackin. *Engendering a Nation: A Feminist Account of Shakespeare's English Histories.* London: Routledge, 1997.

Hughes, Muriel J. "Margaret of York, Duchess of Burgundy: Diplomat, Patroness, Bibliophile, and Benefactress." *Private Library* 7.1 (1984):2-17.

Huizinga, Johan. *The Waning of the Middle Ages: A Study of the Forms of Life, Thought, and Art in France and the Netherlands in the Fourteenth and Fifteenth Centuries.* Trans. F. Hopman. Harmondsworth: Penguin, 1924.

Hurlbut, Jesse D. "Processions in Burgundy: Late-Medieval Ceremonial Entries." *Pageants and Processions: Image and Idiom as Spectacle.* Ed. Herman Du Toit. Newcastle upon Tyne: Cambridge Scholars, 2009. 93-104.

Ingham, Patricia Clare. *Sovereign Fantasies: Arthurian Romance and the Making of Britain.* Philadelphia: U of Pennsylvania P, 2001.

Jacob, Ernest Fraser. *Henry V and the Invasion of France.* London: Hodder & Stoughton, 1947.

Jardine, Lisa. *Worldly Goods: A New History of the Renaissance.* London: Macmillan, 1996.

———. *Going Dutch: How England Plundered Holland's Glory.* London: Happer Perennial, 2009.

Kelsey, Harry. *Sir Francis Drake: The Queen's Pirate.* New Haven: Yale UP, 1998.

Kermode, Frank. *The Classic.* London: Faber, 1975.

———. "Introduction." *The Tempest.* By William Shakespeare. Ed. Frank Kermode. London: Methuen, 1954.xi-xciii.

Kernodle, George R. *From Art to Theatre: Form and Convention in the Renaissance.* Chicago: U of Chicago P, 1944.

Kipling, Gordon. *Enter the King: Theatre, Liturgy, and Ritual in the Medieval Civic*

Triumph. Oxford: Clarendon, 1998.

———.*The Triumph of Honour: Burgundian Origins of the Elizabethan Renaissance.* The Hague: Leiden UP, 1977.

———."John Skelton and Burgundian Letters." *Ten Studies in Anglo-Dutch Relations.* Ed. Jan van Dorsten. Leiden: Sir Thomas Browne Institute,1974. 1-29.

Knapp, Jeffery. *An Empire Nowhere: England, America, and Literature from Utopia to* The Tempest. Berkeley: U of California P, 1992.

Komaroff, Linda. *Gifts of the Sultan: The Arts of Giving at the Islamic Courts.* New Haven: Yale UP, 2011.

Kriedte, Peter. *Peasants, Landlords and Merchant Capitalists: Europe and the World Economy, 1500-1800.* Trans. V. R. Berghahn. Cambridge: Cambridge UP, 1983.

Leggatt, Alexander. *Shakespeare's Political Drama: The History Plays and the Roman Plays.* London: Routledge, 1988.

———. *Jacobean Public Theatre.* London: Routledge, 1992.

Leinwand, Theodore B. *Theatre, Finance and Society in Early Modern England.* Cambridge: Cambridge UP, 1999.

Limon, Jerzy. *The Masque of Stuart Culture.* Newark: U of Delaware P, 1990.

London, British Library. MS Cotton Nero C IX. "The Marriage of Margaret of York to Charles the Bold."

Loomba, Ania. *Gender, Race, Renaissance Drama.* Oxford: Oxford UP, 1992.

McNeill, William H. *The Pursuit of Power: Technology, Armed Force, and Society since A.D.1000.* Chicago: U of Chicago P, 1982.

Manley, Lawrence. *Literature and Culture in Early Modern London.* Cambridge: Cambridge UP, 1995.

Miskimin, Harry A. *The Economy of Early Renaissance Europe, 1300-1460.* Englewood Cliffs, NJ: Prentice-Hall, 1969.

Montrose, Louis Adrian. "'Eliza, Queene of Shepheardes' , and the Pastoral of Power." *English Literary Renaissance* 10 (1980): 153-82.

Munro, John, H. A. *Wool, Cloth, and Gold: The Struggle for Bullion in Anglo-Burgundian Trade, 1340-1478.* Brussels: Editions de L'Universite de Bruxelles/

Toronto: U of Toronto P, 1973.

―――. "The International Law Merchant and the Evolution of Negotiable Credit in Late-Medieval England and the Low Countries." *Banchi pubblici, banchi privati e monti di pietà nell'Europa preindustriale: Atti della Società Ligure di Storia Patria Nuova Serie* 31.105 (1991): 47-79.

―――. "Review of Thielemans." *Revue Belge de Philogie et d'Histoire* 46 B (1968): 1228-38.

Murray, J. M. "Of Nodes and Networks: Bruges and the Infrastructure of Trade in Fourteenth-Century Europe." *International Trade in the Low Countries (14th-16th Centuries). Merchants, Organisation, Infrastructure. Proceedings of the International Conference Ghent-Antwerp, 12th-13th January 1997.* Ed. P. Stabel, B. Blondé, and A. Greve. Leuven: Apeldoorn, 2000. 1-14.

Nedham, George. "A Letter to the Earls of East Friesland." W.G. MS, c.1564. *The Politics of a Tudor Merchant Adventurer.* Ed. G. D. Ramsay. Manchester: Manchester UP, 1979.

Neill, Michael. "'Exeunt with a Dead March': Funeral Pageantry on the Shakespearean Stage." *Pageantry in the Shakespearean Theater.* Ed. David M. Bergeron. Athens: U of Georgia P, 1985. 153-93.

Paravicini, Werner. "The Court of the Dukes of Burgundy: A Model for Europe?" *Princes, Patronage, and the Nobility: The Court at the Beginning of the Modern Age c.1450-1650.* Ed. Ronald G. Asch and Adolf M. Birke. Oxford: Oxford UP, 1991.

Parker, Patricia. "Rude Mechanicals." *Subject and Object in Renaissance Culture.* Ed. Margreta de Grazia, Maureen Quilligan, and Peter Stllybrass. Cambridge: Cambridge UP, 1996. 43-82.

Prevenier, Walter, and Wim Blockmans. *The Burgundian Netherlands.* Cambridge: Cambridge UP, 1986.

Rackin, Phyllis. *Stages of History: Shakespeare's English Chronicles.* Ithaca: Cornell UP, 1990.

Ramsay, G. D. *The City of London in International Politics at the Accession of Elizabeth Tudor.* Manchester: Manchester UP, 1975.

———. *English Overseas Trade during the Centuries of Emergence: Studies in Some Modern Origins of the English-Speaking World*. London: Macmillan, 1957.

———. "Introduction." "A Letter to the Earls of East Friesland." W.G. MS, c.1564. *The Politics of a Tudor Merchant Adventurer*. By George Nedham. Ed. G. D. Ramsay. Manchester: Manchester UP, 1979.

———. *The Queen's Merchants and the Revolt of the Netherlands: The End of the Antwerp Mart*. Vol.2. Manchester: Manchester UP, 1986.

Ronald, Susan. *The Pirate Queen: Queen Elizabeth I, Her Pirate Adventurers, and the Dawn of Empire*. New York: HarperCollins, 2007.

Ross, Charles. *Edward IV*. New ed. New Haven: Yale UP, 1997.

Rymer, Thomas. *Rymer's Foedera*. London: Longman, 1873.

Schmidgall, Gary. *Shakespeare and the Courtly Aesthetic*. Berkeley: U of California P, 1981.

Shakespeare, William. *The Riverside Shakespeare*. Ed. G. Blakemore Evans. 2nd ed. Boston: Houghton Mifflin, 1997.

Spufford, Peter. *Monetary Problems and Policies in the Burgundian Netherlands 1433-1496*. Leiden: E. J. Brill, 1970.

Strong, Roy. *Art and Power: Renaissance Festivals 1450-1650*. Woodbridge: Boydell, 1984.

Tillyard, E. M. W. *Shakespeare's History Plays*. London: Chatto & Windus, 1944.

Tinninswood, Adrian. *Pirates of Barbary: Corsairs, Conquests and Captivity in the Seventeenth-Century Mediterranean*. London: Jonathan Cape, 2010.

Van der Wee, Herman. *The Growth of the Antwerp Market and the European Economy*. 3 vols. The Hague: Martinus Nijhoof, 1963.

———. "The Medieval and Early Modern Origins of European Banking." *Banchi pubblici, banchi privati e monti di pietà nell'Europa preindustriale: Atti della Società Ligure di Storia Patria Nuova Serie* 31.105 (1991):1157-73.

Vaughan, Richard. *Charles the Bold: The Last Duke of Burgundy*. London: Longman, 1973.

———. *Valois Burgundy*. London: Allen Lane,1975.

Visser-Fuchs, Lisa. "Richard in Holland 1470-1." *The Ricardian* 6.82 (1983):220-28.

Vitkus, Daniel. *Piracy, Slavery, and Redemption: the Barbary Captivity Narratives from Early Modern England*. New York: Columbia UP, 2001.

―――. *Turning Turk: English Theater and the Multicultural Mediterranean, 1570-1630*. New York: Palgrave Macmillan, 2003.

Walford, Cornelius. *Fairs, Past and Present : A Chapter in the History of Commerce*. London: Elliot Stock, 1883.

Wallerstein, Immanuel. *The Capitalist World-Economy*. Cambridge: Cambridge UP, 1979.

Weightman, Christine. *Margaret of York: Duchess of Burgundy 1446-1503*. Stroud: Alan Sutton, 1989.

Wernham, R. B. *Before the Armada: the Growth of English Foreign Policy 1485-1588*. London: Jonathan Cape, 1966.

Womack, Peter. "Imagining Communities: Theatres and the English Nation in the Sixteenth Century." *Culture and History, 1350-1600: Essays on English Communities, Identities and Writing*. Ed. David Aers. Exeter: Harvester Wheatsheaf, 1992. 91-145.

Yates, F. A. *Astraea: The Imperial Theme in the Sixteenth Century*. London: Poutledge & Kegan Paul, 1975.

―――. *Shakespeare's Last Plays: A New Approach*. London: Routledge & Kegan Paul, 1975.

アタリ、ジャック『歴史の破壊　未来の略奪――キリスト教ヨーロッパの地球支配』斎藤広信訳　東京：朝日新聞社, 1994.

有路雍子・成沢和子『宮廷祝宴局――チューダー王朝のエンターテインメント戦略』東京：松柏社, 2005.

井内太郎「国王の身体・儀礼・象徴――テューダー絶対王政期における国王権力の象徴過程」『支配の文化史――近代ヨーロッパの解読』岡本明編著　京都：ミネルヴァ書房, 1997. 14-40.

市河三喜・嶺卓二編注『KING HENRY V（ヘンリ五世）』東京：研究社, 1964.

大谷伴子「ジャンルの揺らぎとジョン・フォードの歴史劇――過去のテクストと現代の上演」『英米文学』41.1（1996）: 1-13.

―――「テューダー朝の政治文化とヘンリー七世」『英米文学』43.2（1999）:1-14.

―――「ナショナリズムと女性観客――消費社会論で読み直す英国史劇」『英語青年』143.6（1997）: 46-47.

大西晴樹「ヒルの政治史と経済史」『イギリス革命論の軌跡』岩井淳・大西晴樹編 東京：蒼天社, 2005. 21-38.

大橋洋一「『テンペスト』と新世界――1 重ね書きとしての歴史、2 暴走する野蛮人、3 眠れる女の誘惑」『みすず』3（1993）:14-24、5（1993）:16-25、8（1993）:47-58.

岡本靖正「シェイクスピア史劇論　1　二つの歴史主義の間で――英国史劇論の歴史」『シェイクスピアの歴史劇』日本シェイクスピア協会編 東京：研究社, 1994. 234-47.

カルメット、ジョゼフ『ブルゴーニュ公国の大公たち』田辺保訳 東京：国書刊行会, 2000.

城戸毅『百年戦争――中世末期の英仏関係』東京：刀水書房, 2010.

齋藤衛「ティリヤード再読――批評の地滑りの中で」『シェイクスピアの歴史劇』日本シェイクスピア協会編 東京：研究社, 1994. 167-92.

櫻井正一郎『女王陛下は海賊だった――私掠で戦ったイギリス』京都：ミネルヴァ書房, 2012.

玉泉八州男「シェイクスピアの出発――トールボットの死を巡って」『シェイクスピアの歴史劇』日本シェイクスピア協会編 東京：研究社, 1994. 1-22.

ドルーシェ、フレデリック『ヨーロッパの歴史――欧州共通教科書』木村尚三郎監修 花上克己訳　東京：東京書籍, 1994.

中澤勝三『アントウェルペン国際商業の世界』東京：同文館, 1993.

中沢勝三「ネーデルラントから見た地中海」『ネットワークのなかの地中海』歴史学研究会編 東京：青木書店, 1999. 89-112.

ファヴィエ、ジャン『金と香辛料――中世における実業家の誕生』内田日出海訳 東京：春秋社, 1997.

ホイジンガ、ヨーハン「ブルゴーニュ――ロマン系とゲルマン系の間の関係の危機」『わが歴史への道』坂井直芳訳 東京：筑摩書房, 1970. 81-127.

ポミアン、クシシトフ『ヨーロッパとは何か――分裂と統合の 1500 年』村松剛訳 東京：平凡社, 1993.

モラ・デュ・ジュルダン、ミシェル『ヨーロッパと海』深沢克己訳 東京：平凡社,

1996.

歴史学研究会編『ネットワークの中の地中海』東京：青木書店 , 1999.

図版出典一覧

1. ジョゼフ・カルメット『ブルゴーニュ公国の大公たち』田辺保訳 東京：国書刊行会, 2000. 9.（これを元に地図を作成）
2. Susan Doran, ed. *Elizabeth: Exhibition at the National Maritime Museum.* London: Chatto & Windus, 2003. 248.
3. David Baldwin. *Elizabeth Woodville: Mother of the Princes in the Tower.* Stroud: Sutton, 2002.
3. Charles Ross. *Edward IV.* New ed. New Haven: Yale UP, 1997.
4. Wim Blockmans, et al., eds. *Staging the Court of Burgundy: Proceedings of the Conference "the Splendour of Burgundy."* London: Harvey Miller, 2013. 356.
5. Wim Blockmans, et al., eds. *Staging the Court of Burgundy: Proceedings of the Conference "the Splendour of Burgundy."* London: Harvey Miller, 2013. 356.
6. Walter Prevenier, and Wim Blockmans. *The Burgundian Netherlands.* Cambridge: 1986.65.
7. Wim Blockmans, et al., eds. *Staging the Court of Burgundy: Proceedings of the Conference "the Splendour of Burgundy."* London: Harvey Miller, 2013. 357.
8. Lotte Hellinga. *Caxton in Focus: the Beginning of Printing in England.* London: The British Library, 1982. 31.
9. Lawrence Manley. *Literature and Culture in Early Modern London.* Cambridge: Cambridge UP, 1995. 226-27.（これを元に地図を作成）
10. Burton Hobson. *Historic Gold Coins of the World.* New York: Doubleday, 1971. 64.
11. Susan Doran, ed. *Elizabeth: Exhibition at the National Maritime Museum.* London: Chatto & Windus, 2003. 35.
12. Susan Doran, ed. *Elizabeth: Exhibition at the National Maritime Museum.* London: Chatto & Windus, 2003. 36.
13. Lawrence Manley. *Literature and Culture in Early Modern London.*

Cambridge: Cambridge UP, 1995.236.
14. Edwin Green. *Banking: An Illustrated History*. London: Phaidon, 1989. 25.
15. M. S. Anderson. *The Origins of the Modern European State System 1494-1618*. London: Longman, 1998. 300-1.（これを元に地図を作成）
16. M. S. Anderson. *The Origins of the Modern European State System 1494-1618*. London: Longman, 1998. 304.（これを元に地図を作成）
17. *The British Empire: The Story of a Nation's Heritage*. Vol.1. London: Ferndale, 1981. 59.
18. Janet L. Abu-Lughod. *Before European Hegemony: The World System A.D. 1250-1350*. Oxford: Oxford UP, 1989.123.（これを元に地図を作成）

あとがき

　シェイクスピアの歴史劇は、ブルゴーニュ公国の政治文化との関係によって再解釈されるべきである。英国史劇の全体構造をナショナルな文学や政治の問題としてだけでなくより広やかな文化・経済の空間において再解釈するためには、とりわけ、ヨーク家のマーガレットとブルゴーニュ公シャルルの結婚のさまざまな表象に注目することから始めるのが重要だ、これが本書『マーガレット・オブ・ヨークの「世紀の結婚」——英国史劇とブルゴーニュ公国』の主張したかったことだ。

　2部からなる本書は、第1部「英国史劇を読み直す——国民国家産出のグローバルな過程」において、まずは英国のナショナルなコンテクストにおいて英国史劇のテクストを取り上げ、その産出過程が、実のところ、グローバルなものと解釈できることを示した。第1章は、英国史劇における近代国民国家としての英国とその異性愛体制が、文化的他者＝外国をフランスとみなすハワード、ラキンによるフェミニズム解釈が示唆する以上によりグローバルな空間を舞台とする歴史的過程のうちに産出されたものであったことを、ブルゴーニュ公国の表象によって確認した。続く2つの章は、『ヘンリー5世』によって中心化される国民国家産出の物語において、これまでまとまりのない断片的カオスとみなされてきた「失敗作」『ヘンリー6世』3部作を取り上げた。第2章は、英仏百年戦争を物語るシェイクスピアの歴史劇『ヘンリー6世第1部』が、英国の宮廷で一見それほど重要な意味などなきがごとく言及されるヨーロッパ大陸の戦場での兵力や資力の断片的なイメージによって、あるいは、それらが前提とする物質的な供給を可能にしているグローバルなネットワークの存在によって、再解釈されるべきことを論じた。『ヘンリー6世』3部作の統一性のないドラマ形式に窺われる一見無意味にみえるネットワークが指し示していたのは、当時の英国が置かれたヨーロッパの地政学的状況であった。第3章は、『ヘンリー6世第3部』を

あとがき

取り上げ、薔薇戦争のさなか王位に就いたヨーク家のエドワードの結婚の表象を解釈した。国王の結婚をめぐる対立が英国の対仏外交・軍事政策ならびに結婚政策にかかわっているだけではないことを、引き続きブルゴーニュ公国との関係性に注目しながら探った。『ヘンリー6世第3部』における、交換される女によって媒介されるエドワード4世と地方の新興勢力ウッドヴィル家との男同士の絆をめぐる欲望と不安は、ウォリック伯の結婚政策との亀裂やランカスター家との戦争や多種多様な党派争いを含む国内の対立や英仏の国際政治関係の空間を横断的に拡張し諸対立を再編する、ヨーロッパ初期近代の地政学によって、再解釈されるべきだと主張した。

　第2部「世紀の結婚――ブルゴーニュ公国と英国初期近代の政治文化」では、空間をヨーロッパに移して、劇場で上演される演劇や文学にとどまらないメディア文化としての結婚式を解釈することを試みた。具体的には、ブルゴーニュ公国の宮廷文化として1468年のヨーク家のマーガレットとブルゴーニュ公シャルルとの結婚を取り上げ、両家の結婚式が当時のヨーロッパ国際関係をめぐる政治・軍事同盟として機能しただけではなく、女の交換に媒介された経済的・文化的なつながりも重要な意味があったことを論じた。別の言い方をすれば、この公国内のグローバルなマネーと騎士道文化とが英国の近代性（modernity）をいかに重層的に規定していたのかという問題を探った。第4章では、エリザベス朝の英国史劇をその一部分として含む英国テューダー朝の政治文化は、ブルゴーニュ公国と金融資本のグローバルでトランスナショナルな政治的・経済的ネットワークに流通するヨーロッパ騎士道という文化的象徴行為によって読みなおす必要がある、すなわち、その政治文化の再解釈において特に注目すべきは、英国・ブルゴーニュ公国の政治・軍事的同盟と経済的絆との間の矛盾をはらんだ関係を文化的な交渉・翻訳をして表象する空間としての、ヨーク家のマーガレットの「世紀の結婚」であることを主張した。続く第5章では、騎士道や入市式といったヨーロッパ宮廷文化とグローバルな金融資本のネットワークに注目しながら、エリザベス朝の歴史劇における君主リチャード3世ならびにヘンリー・テューダー

231

の王国は、宮廷のパワーとロンドンのシティのマネーの多種多様な矛盾を孕んだ関係によって解釈されなければならない、と論じた。アントワープでのジェノヴァ商人をはじめとするさまざまな「同胞集団」間の競争における敗退、ならびに、スペインと対立するオランダの独立戦争の勃発、これらの世界的大転換に対応して英国の「同胞集団」は英国国内に撤退し、ロンドンのシティという政治文化の空間において英国商人と英国王国との間に結ばれた新たな同盟関係を産出する歴史の過程を、1590年代に上演された『リチャード3世』も共有していた。最後に、第6章はヨーロッパの30年戦争との関係性においてシェイクスピアのロマンス劇『テンペスト』を取り上げ、英国史劇のグローバルな反復と変容という観点から論じた。まず、シティ・コメディの勃興とともにみられた英国史劇からロマンス劇へのジャンルへの変容、すなわち、資本主義世界における諸生産様式の表象システムのさまざまな記号体系の重層的な再編の過程を、スペインのパワーと結びついたジェノヴァ体制とオランダ体制との共存・競合関係によって解釈することを試みた。こうしたヨーロッパ世界経済の決定的な構造転換という歴史的コンテクスト、より具体的には、ピアツェンツァ大市にみられた為替手形や両替通貨といった異質な時空間の差異を合理的な利益・利害によって計算する金融技術というサブテクストにおいては、劇テクスト『テンペスト』のプロスペロの魔術への熱狂または情念のマネージメントが、別のロマンス劇『冬物語』や悲劇『オセロー』の嫉妬する男たち同様、決定的に重要な意味をもっていることを示した。そして、ナポリ王とミラノ大公2人の君主の子供たちである若い男女の結婚を魔術的な宮廷で祝うシェイクスピアのロマンス劇のユートピア空間は、地中海の旧ヨーロッパ世界と大西洋の新世界の区別なくさまざまな時空間を横断しながら激しい競合と拡張の運動をやむことなく続ける資本主義世界の空間において、ラディカルに異なる別の世界のヴィジョンの想像・思考を生産することができるエンクレーヴとしての宮廷を表象していること、と同時に、この移動するユートピア空間におけるプロスペロのはかない魔術的ヴィジョンには30年戦争の政治的・経済的戦いが激化するヨー

あとがき

ロッパ大陸から撤退した英国がひそかに抱く未来の大英帝国への欲望や野望が「重ね書き」されていることを論じた。

　本書は、計画の始まりから完成にいたるまで、長い時間を要することになった。英国ウォリック大学大学院の留学を終え帰国して数年後であったから、気がつくと世紀を跨ぐことになっていた。その長い時の流れの中で、私個人の仕事というよりは、集団的なプロジェクトとして、2つの編著書を出版した。まずひとつは、大英帝国の過去をノスタルジックに描いたヘリテージ映画以降の英国映像文化を帝国アメリカとの関係に探ったもの。もうひとつは、ブレア／ニュー・レイバー時代の英国映画と文化政策の密接な結びつきを1990年代以降のポピュラー・カルチャーのグローバルな生産・流通・消費をめぐるポリティカル・エコノミーによって論じたものだ。そうした研究・執筆作業を進めるなかで、大学、研究会、学会など、さまざまな機会・場所で経験した数多の出会いが、この本の企画・出版を可能にしてくれたのだと思っている。そのような幸福な出会いは、あまりに多く、みなさまのお名前をおひとりずつ挙げることは残念ながら思い切らざるを得ないが、この場をお借りして心より感謝申し上げたい。

　とはいえ、本書が産声をあげ、変身・変容しながら完成にいたった過程において、いくつかの節目となるような段階があった。とりわけ、大学の授業という場において、必ずしも初期近代の英国演劇を専門としていない学生たちの素朴な質問をはじめとするさまざまな反応、彼らとの直接・間接的なコミュニケーションが、蝸牛の歩みの著者の背を押してくれたと思っている。共立女子大学・大学院、法政大学、早稲田大学、一橋大学の学生さん、どうもありがとう。また、2013年の春、春風社の営業部の木本早耶さんと、共立女子大学の院生室で偶然言葉を交わしたことがすべての幸福な出会いの象徴かもしれない。また、企画を現実化するにあたっては、専務の石橋幸子さんにもいろいろとご配慮いただいた。どうもありがとうございます。そして、実際の執筆段階での構成・校正では、編集部の岡田幸一さんと山本純也さん

に大変お世話になった。あらためて、御礼を申し上げます。こうして迂回したり寄り道したり遠回りしたりしながらも、本来の研究フィールドである初期近代の演劇テクストに戻ってきて、シェイクスピアの劇では言及されるが舞台にかけられることのない「世紀の結婚」に注目し、ユートピア空間としての宮廷文化の一部として英国の劇場文化を捉え直すことができた。英国の「詩聖」シェイクスピアという男性による劇テクストを取り上げながら、名もなき「交換される女」マーガレットに注目することで、21世紀現在の世界の歴史性と社会の全体性を探ることが少しでもできたのであれば、そうした読解や解釈をそもそも可能にしてくれた初期近代の劇テクストとそのさまざまなサブテクストとの出会いに、まずは、謝意を捧げ、さらに、その経験の意味を十分にまた適切に考えていきたいと思う。

　そして最後に、本書の企画のはじめから辛抱強く叱咤激励してくれた公私にわたるパートナーに、今後ともどうぞよろしくお願いいたします。

2014年　新秋

索引

あ

アントワープ 42, 67-68, 91, 107, 110-111, 113, 123, 126-127, 139, 142, 155, 157, 159, 173-178, 180-182, 190, 207-208, 212

移動するユートピア空間 157, 170, 173, 179, 183, 200, 205, 207

ウォリック伯 62-66, 69-71, 72, 76, 78-79, 81, 85, 88, 130, 148

英国史劇 11-15, 19, 21-22, 25-26, 28-29, 31, 35-36, 38-40, 42, 44-49, 51-54, 57, 59, 65, 71-72, 76, 78, 80-81, 92-93, 114, 119, 122, 129, 135, 142, 151-153, 157, 161, 169, 183, 192, 204-205, 207-208

英国史劇の全体構造 19, 26, 29-31, 40, 42, 44-47, 48, 54, 208

英国史劇の変容 157, 159, 161, 163, 169, 183

『エドワード3世』 30, 32-34, 38, 40

『エドワード4世』 141, 148

『エドワード4世第1部』 148, 150-151

『エドワード4世第2部』 149, 154

エドワード4世の結婚 55, 57-58, 61-64, 70, 72-73, 78, 93

エリザベス・ウッドヴィル 26, 28, 44-45, 49, 51, 53, 57-62, 64, 70, 72-73, 75-78, 81-82, 92-93, 96-97, 114, 118-119, 126-128, 130-135, 137, 148, 152-154, 157-160, 166-168, 175, 183-185, 208, 212, 214

王立取引所 51, 158-160, 209

『オセロー』 184, 196-198, 200

か

カレー 31-33, 37-38, 40, 50, 55, 70, 72, 75-77, 125-126, 148

騎士道 11, 14, 24, 27, 30, 81-82, 93, 95, 97, 99, 100, 114-115, 117-118, 120-122, 127-134, 148, 151, 153-154, 207

近代国民国家の産出＝表象 11-22, 152

交換されない女 77

交換される女 55, 57, 61-62, 64, 72, 73-74, 78, 90, 93, 105, 111,

114, 137, 151, 185, 188

さ

30年戦争　157, 183, 185, 189-190, 192, 194, 197, 199, 203-205

ジェノヴァ商人　42, 108, 113-115, 159, 175, 177-180, 183, 190, 196, 198, 206-207, 212

嫉妬する男　183, 191-199, 200

「世紀の結婚」　12-17, 20, 23, 26, 38, 43-44, 46, 55, 57-59, 61-64, 68-70, 72-75, 78-80, 82, 85-90, 91-92, 93, 94-97, 100, 101-114, 116, 119, 122-124, 127, 130-132, 134-135, 137-138, 148, 163, 167-168, 170-171, 183-185, 188, 192, 195, 199-200, 202-204, 206, 213

た

低地諸国　21, 23, 36, 50, 67-68, 70-71, 80-82, 91, 98-99, 106, 109-110, 122, 125-126, 173-177, 179, 181, 187, 189-190, 212

『テンペスト』　162-164, 166, 169-173, 179, 182-184, 191-193, 200, 202-205, 207, 210

「同胞集団」　42, 126, 157, 178-179, 181, 190, 207-208, 212

トマス・グレシャム　51, 157-160, 181, 208-209

は

パジェントリ　26-27, 47, 100, 102, 105, 107, 120, 123-124, 128, 137, 139, 167-168, 189, 193-194

薔薇戦争　18, 20-21, 27, 29, 35, 44, 49, 51, 55-57, 60-62, 65, 70-71, 74-76, 78, 85, 87-88, 97, 112, 125, 133, 148, 152

ピアツェンツァ大市　42, 180, 190, 206

百年戦争　18, 20-21, 25, 27-29, 30-35, 35-39, 40, 47, 51, 55, 63, 74, 78, 86, 92, 94, 127, 147

フィレンツェ　36-37, 39, 77, 107-109, 113, 125, 196-197

市(フェア)　30, 39-43, 51-52, 195-196

『冬物語』　184, 191-195, 197-200

フランドル（Flanders）　21, 36-37, 40-41, 50, 65, 67-68, 70-72, 76, 80, 87-88, 90-91, 101, 106, 110-113, 115-116, 126, 198

ブルージュ　33, 67, 85, 88, 91, 94,

100-114, 116, 119-121, 123-126, 137-138, 142
ブルージュ入市式　85, 100, 101-109, 112, 114, 137-138
ブルゴーニュ公国　11, 15-16, 17-22, 23, 48, 64-72, 76, 78-82, 85-122, 123, 125-127, 130-131, 133-134, 148, 161, 174, 178, 180, 188, 202, 206, 214
ブルターニュ公国　68-69, 75
兵力と資金　25, 30-31, 35, 37-38, 40, 47, 55-56, 66, 70-72, 75-76, 79, 87-88, 109, 111, 113, 148-149, 157, 160-161, 180, 188, 201
兵力と資金の不足　25, 30-31, 35, 47
『ヘンリー5世』　11-22, 26, 29-30, 38-40, 42, 45-46, 51-52, 79
『ヘンリー6世』3部作　25, 29-30, 34-35, 39, 52, 55-75
『ヘンリー6世第1部』　25-30, 30-31, 34-35, 38, 40, 44, 47, 52, 74, 153, 155
『ヘンリー6世第2部』　31, 34
『ヘンリー6世第3部』　52, 55-59, 61-63, 65, 69, 71, 73, 75, 79, 87, 93

ま

マーガレット・オブ・ヨーク　17, 29, 46, 54, 58, 64, 73-75, 78-79, 85-113, 114-115, 119, 121-125, 127, 132, 135, 137-138, 202
メディチ家　37, 39, 47, 109, 111-113, 115, 125, 178

や

ヨーロッパ宮廷文化　23, 51, 85, 88, 93-95, 97-100, 114-115, 120, 126, 129-131, 133-134, 141, 148-149, 151-152, 154, 161, 165, 173, 194, 206-207
ヨーロッパの地政学　33, 35, 55, 57, 62, 64-72, 73, 76-77, 90, 112-113, 115

ら

『リチャード3世』　12-13, 17, 30, 40, 51-52, 59, 78-79, 93, 129-148, 151, 152-154, 207-208
ロマンス劇　26, 161-163, 166, 169-171, 173, 179, 182-183, 191-192, 199, 204-207, 210

ロンドンのシティ　107, 118, 120, 129, 135-154, 155, 158-161, 168-170, 173, 176, 188-189, 207-208

【著者】大谷伴子（おおたに・ともこ）
東京学芸大学教育学部講師。専攻は初期近代イギリス演劇、現代イギリス文化。
主な著作に *Performing Shakespeare in Japan*（共著 Cambridge UP, 2001)、「宝塚、シェイクスピア、グローバリゼーション」『ユリイカ』33.5（2001）: 210-18、『ポスト・ヘリテージ映画——サッチャリズムの英国と帝国アメリカ』（共編著、上智大学出版、2010)、『イギリス映画と文化政策——ブレア政権以降のポリティカル・エコノミー』（共編著、慶應義塾大学出版会、2012)、『秘密のラティガン——戦後英国演劇のなかのトランス・メディア空間』（春風社、2015）など。

マーガレット・オブ・ヨークの「世紀の結婚」
―― 英国史劇とブルゴーニュ公国

| | | 2014年9月26日 初版発行 |
| | | 2018年3月4日 二刷発行 |

著者	大谷伴子 おおたにともこ
発行者	三浦衛
発行所	春風社 *Shumpusha Publishing Co.,Ltd.*
	横浜市西区紅葉ヶ丘53　横浜市教育会館3階
	〈電話〉045-261-3168　〈FAX〉045-261-3169
	〈振替〉00200-1-37524
	http://www.shumpu.com　✉ info@shumpu.com
装丁	長田年伸
印刷・製本	シナノ書籍印刷株式会社

乱丁・落丁本は送料小社負担でお取り替えいたします。
©Tomoko Ohtani. All Rights Reserved. Printed in Japan.
ISBN 978-4-86110-419-0 C0098 ¥2700E